KB247524

"그런가요. 하지만 그전에 저와
데이트를 하지 않겠습니까?"

―레이에스 센트란스

Kruger

Sorcerer

Crash

마술사 쿠논은
보인다 3

"—당신의 마술은 정말로 재밌군요."
루뤼메트 게인즈
"—아, 진짜!
전부 젖어버렸잖아!"
카시스 호크

바다속에서 엄청난 속도로 무언가가 튀어나왔다. 그건 커다란 「물 구슬」이었다.
"―좋아, 탈출 성공."
쿠논 그리온

지오에리온에게는,
불로 이루어진 커다란 늑대가 빙의되어 있었다.

"날 알고 있나? ……그래?
유명해진 모양이야.
그럴 생각은 없었지만 말이야."

지오에리온 후 루반 아시온

Kunon the Sorcerer
can see through

마술사 쿠논은 보인다

Umikaze Minamino
미나미노 우미카제
illust. Laruha
3

contents

Kunon the Sorcerer
can see through

프롤로그   009

제 1 화 ¡ 실력 파벌의 선배들   017

제 2 화 ¡ 물속에서 호흡하는 법을 실험하다   061

제 3 화 ¡ 돈에 눈이 먼 실험   095

제 4 화 ¡ 스승과의 재회   133

제 5 화 ¡ 3급 클래스와 법칙 파괴   163

제 6 화 ¡ 2급 클래스와 마술 대결   209

제 7 화 ¡ 물 구슬과 화접   277

제 8 화 ¡ 마음을 졸이며 기다리다   319

에필로그 ¡ 편지   335

추가 번외편 ¡ 기사과 1학년생, 겨울의 어느 날   339

작가 후기   358

프롤로그

교사에게 불려가면 마음이 술렁인다.

잘 정돈된 실내, 어떤 서류들, 책등을 봐도 무슨 내용인지 알 수 없는 책들이 꽉 채워져 있는 책장.

잘 모르는 실험기구도 있었다.

저것도 마술에 쓰이는 걸까?

"불러서 미안해."

"아뇨."

집무 책상에 앉아있는 교사와 그 앞에 서있는 학생.

적어도 학생에게 달가운 구도는 아니다.

게다가 일면식도 없는 교사에게 불렸다.

"네가 지오에리온 후 루반 아시온이지?"

풍속성 교사인 사프 크리켓이 그렇게 말했다.

지오에리온은 갑작스러운 호출에 응하여 사프의 연구실을 찾았다.

사프가 어떤 사람인지는 잘 모른다.

학교에서 몇 번 본 게 고작이다. 당연히 말을 섞은 것도 이번이 처음이다.

"아, 그냥 이름으로 부르는 게 나으려나?"

"상관없습니다. 저도 여기에 있는 동안에는 일개 학생이니까."

그래서 다소 허물없는 말투를 쓰고 있었다.

공무였다면 「저」라는 속된 말투는 결코 쓸 수가 없다.

"그래? 솔직히 황족이나 왕족인 학생도 의외로 적지 않아. 그래서 처음 대면할 때는 조금 신경을 쓰지."

"그렇습니까?"

마술학교에 신분이나 권력을 끌어들이지 않는다.

암묵적인 규칙이지만 그 취지를 잘 모르는 학생도 있었다.

지오에리온은 그 의미를 잘 알고 있었다.

"그래서, 사프 선생님은 무슨 용건으로 절 불렀습니까?"

지오에리온은 한가하지 않았다.

오늘 수업은 끝났지만, 어서 돌아가서 다음 일정을 소화해야만 한다.

"몇 가지 묻고 싶은 게 있어서 말이야. 바쁜 것 같으니 오래 잡아두지는 않을 거야. 아, 참고로 시카 선생님한테는 승낙을 받았어. 그녀도 내가 널 부른 걸 알고 있어."

"그렇습니까?"

시카 슈트론은 2학년 화속성 담임 교사다. 즉, 지오에리온의 담임이다.

"넌 현재 2급 클래스를 어떻게 생각하지?"

"어떻게라면?"

"잘 모르겠다는 소리는 하지 말아주겠어? 최소한의 정보도 수집하지 못하는 처지는 아니잖아?"

사프의 얼굴과 말투 모두 온화했다.

그러나 부정을 용납하지 않겠다는 압력이 느껴졌다.

―피차 시간 낭비를 하지 말자고 넌지시 말하는 거겠지.

"……정확히 파악하지는 않았지만, 제국 출신자들이 상당히 활개를 치고 다닌다고."

아시온 제국에서 온 학생들.

신분과 권력을 끌어들여서는 안 되는 마술학교에 그것들을 무분별하게 끌어들이는 사람들이 있었다.

다른 학생을 위압하거나 시비를 거는 등 칭찬받을 수 없는 행동을 하고 있다고 한다. 문제는 일으키지 않았지만, 괴롭힘을 당하고 있는 학생들은 분명 존재한다.

그러나 지오에리온은 정말로 자세한 내막을 알지 못했다.

게다가 가담한 적도 없거니와 지오에리온 앞에서 무슨 일이 벌어진 적도 없기 때문이었다.

"그래? 그 제국 출신자들은 황자인 네가 있어서 기세등등한 모양이던데."

"저와는 관계가 없습니다."

설령 자신이 모르는 데서 남들이 자신을 내세우고 있더라도.

제국 출신이 거들먹거리는 이유가 자신 때문이라고 할지라도.

관계가 없으니 어쩔 수 없다.

가뜩이나 바빠서 마술을 배울 시간도 한정되어 있다. 남 때문에 공연히 애를 먹어서는 곤란하다.

"선생님, 저는 아무것도 하지 않았습니다. 일개 학생으로서 학교에 들어왔고, 줄곧 그런 마음가짐으로 생활해왔습니다. 저 개인이 어떤 다툼을 일으킨 적도 없습니다. 그런데 제가 가담하지 않은행위에 대한 책임을 요구하는 겁니까? 사리에 어긋난다고 생각합니다. 제가 잘못한 건 단 하나도 떠오르지 않습니다.”

만약에 아시온 제국의 황자이니 문제가 있다고 따진다면.

그 경우에는 이 학교에서는 신분과 권력을 모두 따진다고 인정하는 셈이다.

―지오에리온은 그런 시답잖은 소리는 하지 말라고 생각했다.

특히 마술학교 교사가 절대로 해주길 원치 않는 말이다.

이곳은 신분과 권력에 구애되지 않고, 배우고 싶은 사람이 배울 수 있는 장소로 남아주길 바란다.

그래야만 세계 최고의 마녀가 사는, 왕도 귀족도 없는 땅이라고 할 수 있겠지.

“뭐, 그렇군. 나도 그렇게 생각해. 넌 아무것도 하지 않았어. 어디까지나 네 이름을 이용하는 사람이 있다는 얘기일 뿐이야. 참고로 네 자신의 명예는 아무렇든 상관없다는 거지?”

이대로는 지오에리온의 이름이 더러워진다.

제국 출신자들이 제멋대로 이름을 들먹이고 다니니 싫어도 저절로 그렇게 되겠지.

“상관없습니다. 전 일개 학생이고, 적어도 이 학교에 다니는 동안에는 아시온 제국의 황자가 아닙니다.”

“―알겠어. 와줘서 고마워.”

사프는 지오에리온에게 돌아가도 좋다고 했다.

그가 지오에리온의 말에 납득했는지는 알 수 없지만.

그러나 이대로 대화를 나눠봤자 진전은 없다.

그 사실만은 확실히 깨달았겠지.

“끝나셨습니까?”

사프의 연구실에서 나오니 호위인 이루히 보라일과 가스이스 가단사스가 기다리고 있었다.

“지오 님, 무슨 짓을 저질렀나?”

“아니.”

가스이스가 묻자 지오에리온은 짧게 대답했다.

“그 건의 내막을 아느냐고 물었는데, 대답할 수 있는 게 없었어.”

지오에리온이 걸어 나갔다.

두 호위도 금세 뒤를 따랐다.

“왠지 큰일로 번진 것 같은 느낌이 듭니다.”

“교사가 호출까지 했으니까.”

이루히가 투덜거리자 가스이스도 수긍했다.

“지오 님, 얼른 밟아두는 편이 낫지 않나?”

“불가능한 소리는 하지 마라.”

우쭐대고 다니는 제국 출신자는 제국 귀족의 자식들이다.

지오에리온이 자신의 이름을 들먹이지 말라고 주의하는 건 간단하다. 잠깐동안은 조용해질지도 모르겠다.

하지만 이름을 내세우며 주의를 주는 행위 그 자체가 훗날 화근이 될 수도 있다. 학교를 졸업하면 제국으로 돌아간다. 훗날을 생각하면 대단히 귀찮아질 수 있다. 이런 데서 정적을 만들고 싶을 리가 없다.

그리고 무엇보다 이 학교에서 이름이나 권력을 이용했을 때 무슨 일이 벌어질까.

그러면 다른 왕후귀족들도 신분이나 권력을 당당히 쓰기 시작할지도 모른다.

아시온 제국의 제2황자도 썼으니까 괜찮잖아, 라면서. 그런 대의명분에 쓰일지도 모른다.

문제를 해결하더라도 더 커다란 문제로 발전할 수도 있다. 그러니 절대로 경솔히 움직여서는 안 된다고 지오에리온은 생각하고 있다.

설령 자신의 이름이 더러워질지라도 큰 문제를 일으킬 수는 없다. 첫 수를 그르치면 장차 질질 끌려다닐 문제라고 생각하고 있다.

"……하아."

의도치 않고 탄식이 살짝 새어나왔다.

—마술을 공부하러 왔건만, 여기서도 정치에 관한 생각만 하고 있는 듯했다.

입학 초기에는 이로써 몇 년 동안은 좋아하는 마술에만 시간을 쏟을 수 있겠다고 짐작했건만, 막상 뚜껑을 열어보니 여기서도 신분과 권력이 귀찮게 따라붙는다.

정말로 모든 것이 성가시다.

"아, 그나저나 지오 님."

지오에리온이 언짢아하며 침묵했음을 눈치챈 이루히가 애써 밝은 목소리로 말했다.

"특급 클래스 쿠논에 관한 새로운 소문이 들어왔어요."

"정말인가?"

요즘 지오에리온의 즐거움은 아직 만나본 적이 없는 하급생 이야기쁨이었다.

특급 클래스 1학년, 쿠논 그리온.

처음으로 그에 관한 소문을 들었던 적이 언제였지? 그 후배는 자신과 비슷한 발상을 품고 있을지도 모른다. 그렇게 여기고서 줄곧 예의주시해왔다.

─만약에 내가 아시온 제국의 황자가 아니었다면.

만약에 특급 클래스에서 마술에 실컷 몰두할 수 있었다면, 그 소년처럼 자유롭게 행동할 수 있었다면.

지오에리온은 그런 이뤄질 수 없는 꿈을, 아직 만나본 적도 없는 후배에게 겹쳐 보고 있었다.

〈광염왕자〉 지오에리온.

그가 쿠논과 만나는 건 조금 더 훗날의 일이다.

제1화 실력 파벌의 선배들

쿠논은 올려다보고 있었다. 눈이 보이지는 않지만.

"굉장해."

처음 왔을 때도 생각했지만, 역시나 굉장한 건 굉장하다.

「실력 파벌」이 거점으로 삼은 고성은 오늘도 당당히 그곳에 있었다.

외관은 커다란 석조 건축물이다.

성치고는 작은 편이라고 하는데, 그래도 대단히 훌륭했다.

투박하고 꾸밈이 없었다. 전란 시대 변경에 세워진 요새가 이런 느낌일까?

지난번에 왔을 때는 열 명쯤 되는 요정(분노한 여성들)의 손에 이끌려 왔기에 천천히 바라볼 틈이 없었다.

과거에 딱 한 번 조국인 휴그리아의 왕성에 가본 적이 있었다. 공교롭게도 그때는 「경안」을 습득하지 않았기에 쿠논은 성을 볼 수 없었다.

성.

실로 장관이었다.

쿠논은 「실력 파벌」 대표인 베일 카쿤튼을 만나려고 왔다.

자신과 성녀의 금전 문제를 해결해서 드디어 자신에게 시간을 쏟을 수 있게 됐다. 슬슬 단위를 취득하기 위해 어떤 연구든 시작해야겠다고 판단하고서 의논을 하러 왔다.

"─남자는 성을 좋아하네."

뒤에서 발소리가 다가오고 있음을 알아챘다.

"통계적으로 그렇게 나와 있나요? 뭐, 어쨌든 전 보이지 않지만요."

쿠논은 뒤를 돌아봤다.

"에리아 선배죠?"

"맞아. 너에게 결투를 걸자마자 순식간에 흠뻑 젖은 생쥐 신세가 됐던 에리아야."

그리고 「실력 파벌」에 들어오라고 쿠논에게 권유하러 왔던 여성이기도 했다.

─어느 파벌에 들어갈지를 두고서 다퉜을 때, 쿠논은 그녀하고도 싸웠다.

참고로 그때 내리게 했던 「붉은 비」는 해제하면 사라지는 구조였다.

그래서 에리아를 비롯한 선배들은 그 마술을 검증하는 데 애를 먹었다. 흔적이 싹 사라졌으니까.

"흠뻑 젖은 에리아 선배, 무척 귀여웠어요."

"보이지 않는데?"

"보이지 않아도 알 수 있는 게 있거든요. 물론 젖지 않은 지금의 에리아 선배도 근사해요. 흠뻑 젖게 만들고 싶을 정도예요."

"아하하. 절대로 하지 마."

쿠논은 흠뻑 젖게 하는 것도, 빠르게 말리는 것도 자유자재로 할 수 있다.

그러나 평범한 사람은 아무 이유도 없이 젖고 싶지 않은 법이다.

에리아도 평범한 사람이라서 예외는 아니었다.

우연히 만난 에리아의 안내를 받아 쿠논은 고성 안으로 들어갔다.

"쿠논 군은 겹치기를 인정받았으니 거리낌 없이 들어가도 돼."

그녀가 그렇게 말했다.

"다음에는 그렇게 할게요."

들어가기 망설여져서 우두커니 서 있었던 건 아니지만, 쿠논은 그렇게 대답했다.

"그래서, 오늘은 무슨 일이야? 용건이라도 있니?"

"당연히 에리아 선배를 만나러 왔죠. 런치는 먹었나요? 전 먹고 왔어요. 식후 티 타임은 꼭 당신과 즐기고 싶네요."

"쿠논이 권해주다니 영광이네. 그래서, 진짜 목적은?"

"대표인 베일 선배는 있나요?"

"아…… 글쎄? 있으려나?"

전에도 그랬듯 넓은 식당으로 안내받았다.

그때는 파벌을 가리지 않고 수많은 사람들이 있었다. 그러나 오늘은 평상시 그대로였다. 몇몇 파벌의 마술사가 식사를 하거나 담소를 나누고 있었다.

"앗!"

누군가와 대화를 나누고 있던 카시스가 쿠논을 보고서 목소리를 높였다.

"안녕하세요. 카시스 선배."

쿠논은 인사했다.

카시스는 「합리 파벌」이라서 여기서 만날 줄은 몰랐다.

자기 때문에 울었던 **그녀**와 맞닥뜨리니 조금 민망했지만, 무시할 수도 없었다.

"흥! 말 걸지 말아줄래?!"

미움을 살 만도 했다

마음에 담아두는 성격이라고 본인 입으로 말했으니 분명 앙심을 품고 있겠지.

"카시스 선배는 다른 파벌이죠?"

"여기까지는 누구든 들어와도 괜찮아."

에리아에게 묻자 그녀가 대답했다.

누구든 이용해도 되는 개방된 공간이었다.

"─우리 대표를 본 사람, 누구 없어?"

"방금 전까지 있다가 방으로 돌아갔어."

에리아가 식당에 있는 사람들에게 묻자 방에 있다는 대답이 돌아왔다.

"쿠논 군, 어쩔래? 불러올까? 아니면 대표실까지 갈래?"

에리아가 그런 식으로 「쿠논의 용건은 뭐야?」 하고 에둘러서 물어봤다.

다른 사람들도 있는 여기서 말해도 되는 내용인지, 아니면 베일과 은밀히 대화를 나누고 싶은지.

"방까지 가도 괜찮나요?"

질문의 의도를 알아챈 쿠논은 다시 에리아를 따라 고성 안으로 향했다.

"─역시 마술사 연구실은 이래야죠."

고성의 한 방을 연구실로 쓰고 있는 베일을 방문했더니 그는 쿠논을 흔쾌히 안으로 들였다.

그리고 쿠논이 말했다.

베일의 연구실도 얼마 전 쿠논의 연구실처럼 어질러져 있었으니까.

바닥과 테이블에 책과 서류들이 쌓여 있었다. 본 적이 없는 실험기구도 있었는데, 먼지를 뒤집어쓴 채 구석에 놓여 있었다.

식물을 키우는지 벽에는 화분 여러 개가 늘어서 있었다.

그중 하나에 심겨있는 독살스러운 붉은 꽃이 인상에 남았다.

"아아, 진짜. 좀 치우고 살아요."

"하하…… 미안."

그렇게 어질러진 방에서 책을 읽고 있던 베일 카쿤튼은 손에 닿는 곳부터 정리하기 시작한 에리아의 잔소리에 쓴웃음을 짓고서 책상에서 일어섰다.

"쿠논, 잘 와줬어. 환영해."

"고맙습니다. 갑자기 와서 죄송해요. 역시나 미리 약속하는 편이 나았을까요?"

"글쎄. 거창하게 그럴 필요까지는 없지만, 자리를 비울 때도 있으니까. 꼭 만나고 싶다면 사전에 연락해야 서로 시간을 낭비하지 않을 거야."

맞는 말이라고 쿠논은 생각했다.

"그래서 무슨 일이야? 상담할 게 있나?"

"예. 모처럼 파벌에 들어왔으니 바로 선배한테 응석을 부려볼까 해서."

"그래? 뭐, 앉아."

쿠논은 어디에? 라고 생각했다.

일단 손님용 테이블과 의자가 있었다. 책과 서류들이 점령하고 있어서 테이블과 의자인지 미처 알지 못했다.

쿠논은 의자에 놓여있던 책들을 옮긴 뒤 먼저 착석한 베일의 맞은편에 앉았다.

"네가 응석을 부리겠다니 무섭군. 내게 뭘 부탁할 셈이야?"

"……."

쿠논이 아직 방 안에 있는 에리아를 힐끗 쳐다보자 베일이 괜찮다고 단언했다.

"내가 방 안에 들인 녀석은 쉽게 정보를 누설하지 않아. 뭐, 정 마음에 걸린다면 내보내겠지만."

"아뇨, 그렇다면 괜찮습니다."

딱히 에리아가 정보를 누설할까 봐 우려했던 건 아니다.

애당초 아직은 누설될 걱정을 할 만한 이야기도 아니니까.

다만 에리아가 흥미를 품고서 도와주러 올 것 같아서 걱정이었다.

설령 공짜로 돕는다고 해도 말이다.

마술사 중에는 흥미와 호기심과 자기만족으로 움직이는 사람이 많다고 쿠논은 스승에게서 들었다.

실제로 그렇다고 쿠논도 동감했다.

그 논리에 비추어 보자면 자신 역시 그야말로 전형적인 마술사인 듯했다.

그래서 다른 사람을 끌어들여 시간을 빼앗고 싶지 않아서 망설였던 측면도 있었는데—.

"……."

당사자인 에리아가 「무지무지 궁금하다」는 표정으로 쿠논과 베일을 쳐다보고 있기에 그냥 넘어가기로 했다.

"베일 선배, 함께 마도구를 개발하지 않겠어요?"

"오, 제온리한테서 가르침을 받은 마기사 지식으로? 흥미가 없다고는 할 수 없지만, 난 네 스승만큼 마술을 잘하지 못해."

"상관없습니다. 세세한 지시는 제가 내립니다. 지금은 우수한 토속성 협력자가 필요해서요."

베일은 3성 토속성이다.

쿠논은 자신이 운영하는 수면 제공 서비스 손님에게서 그 정보를 얻었다.

마술학교라는 환경에서 속성을 숨기고서 살아갈 수는 없다. 그래서 아는 사람이 많다.

또한 베일의 뒤에 빙의되어 있는 「금속 덩어리」의 정체도 여전히 짐작이 안 가지만.

"뭘 만들려고? 그걸 알려줘야만 대답을 할 수 있겠는데."

당연한 물음을 듣고서 쿠논은 손가락을 세 개 세웠다.

"세 가지 마도구를 생각하고 있어요. 두 가지는 성질이 비슷해서 동시에 개발을 진행할 수 있지 않을까 싶습니다. 첫 번째는 안에 담긴 물체의 수분을 빼앗는 소형 상자. 두 번째는 안에 담긴 물체를 완전 밀폐하는 소형 상자. 이 마도구를 구상한 이유는—."

쿠논은 조금 전에 계약을 체결한, 영초 시 시루라로 만든 환약 이야기를 꺼냈다.

비밀을 딱히 지켜야 할 의무는 없기에 말해도 문제는 없었다.

"오호, 그랬구나. 간단히 말하자면 시 시루라 상처약을 운반할 용기를 말하는 거구나."

시 시루라 상처약은 섬세하다.

그걸 갖고 다니려면 신경을 써야 하는 부분이 많다. 기온 차와 습기 문제 등을 어느 정도 해결하지 않는다면 약의 수명이 쭉쭉 줄어든다.

그 약은 앞으로 판매할 예정이다.

분명 금세 인기 상품이 되겠지. 모험가들에게는 목숨과 관련된 약이니까. 그 약이 있는 것과 없는 건 심적으로 큰 차이가 있다.

그리고 그 약을 모험가에게 팔기 시작한다면, 그걸 갖고 다닐 전용 용기 역시 잘 팔릴 터—. 그게 바로 쿠논의 노림수였다.

"모험가는 다양한 곳에 가고, 다양한 상황에 처하죠. 갑자기 비가 쏟아지기도 하고, 마물이나 마수의 습격을 받기도 해요. 일반 약도 못쓰게 되는 경우가 있겠죠. 그래서 어떤 상황에서도 약만은 보존해주는 그런 마도구가 있으면 어떨까 해서."

이 이야기는 두 요소를 지닌 「수분을 빼앗고 완전 밀봉하는 상자」를 만들기 위한 포석이기도 했다.

장차 쿠논이 만들 「종이형 상처약」은 보존하기 어려울 것으로 예상된다.

혈액의 온도에서 녹는다면 땀에도 녹는다.

땀이 난 손도 위험하다.

비도 미심쩍다.

습기에도 분명 약하겠지.

그러나 「종이형 상처약」이므로 모험가가 소지하고 다녀야만 한다. 안치해둘 수 있는 곳에 가만히 놔둘 수는 없는 노릇이다. 그렇다면 환약만으로도 충분하니까.

"—좋네. 언젠가 누가 만들 것 같으니 우리가 먼저 개발하자는 얘기인가?"

그 말대로였다.

역시나 세 파벌 중 하나의 대표를 맡고 있는 마술사답다. 이해가 빠르다.

"그래서?"

"예?"

"세 번째는? 방금 두 가지밖에 안 말했잖아? 나머지 하나, 뭘 만들고 싶어?"

쿠논은 웃었다.

묻지 않는다면 말하지 않을 작정이었다.

현재 세 번째 마도구는 그 구상조차 아직 모호하기에.

"세 번째는 솔직히 가능할지 어쩔지 모릅니다. 아까 말했던 두 가지는 비교적 간단히 개발할 수 있을 것 같지만요."

비슷한 성질을 지닌 마도구가 이미 있으니까.

식재료를 보관하는 상자 말이다.

쿠논도 베이컨용 보관고를 스스로 제작했을 정도다.

거기에 쓰이는 기술을 응용한다면 밀폐형 보관 상자를 제작하고,

또한 소형화하는 건 비교적 간단하리라 내다보고 있었다.

"마도구는 원래 그런 거잖아. 말해봐. 어차피 네가 가장 만들고 싶은 마도구는 그거지?"

정답이었다.

쿠논은 노력하면 될 것 같은 마도구보다는 가능 여부도 알 수 없는 마도구 개발에 도전하는 데 더 큰 보람을 느낀다.

스승에게도 자랑할 수 있다.

다만 정말로 가능할지 어떨지는 알 수 없지만.

"세 번째는 마술을 담아두는 상자입니다."

"……뭐?"

"마술을 딱 하나 넣어서 보관하는 상자요. 쓰고 싶을 때 상자에서 꺼내서 쓸 수 있는, 그런 마술용 보관 상자입니다."

―이게 가능하다면 마술 세계가 바뀐다.

어디까지나 가능하다면 말이지만.

쿠논이 만들고 싶다고 한 세 가지 마도구.

"……그렇군. 잘 모르겠지만 대단히 흥미로워."

은근슬쩍 말하지 않으려고 했던 이유를 베일도 알아챘다.

―단순히 그 이야기만 들어서는 이해할 수 없기 때문이었다. 말로는 도저히 설명할 수 없고, 이해도 할 수 없는 이야기이니까.

하지만.

"그 말을 단순히 받아들인다면 흥미밖에 솟질 않아."

상자 안에는 무언가가 들어간다.

그 「무언가」가 「마술」이라는 점에서 쿠논의 발상은 상당히 엉뚱했다.

옛날이었다면 「그런 게 가능하겠냐?」 하고 코웃음을 치며 아무도 상대해주지 않았겠지.

전위적이라고 해야 할까, 과도하게 기발하다고 해야 할까.

하지만 현 시대라면 꼭 불가능하다고는 할 수 없다.

마술계는 하루하루 빠르게 성장한다.

내일 어떤 기술이 태어날지 알 수 없고, 그 기술을 개발하는 주인공이 자신이 될지도 모르니까.

예를 들어 눈앞에 있는 후배가 품고 있는 발상이 그럴지도 모른다.

매우 흥미로웠다.

마술 때문에 가슴이 설레는 건 오랜만이다.

"그래서, 실제로는 어떤 물건이야? 구상은 있나?"

"어렴풋한 느낌이에요. 하지만 아직 시험조차 하지 않았으니 뭐라 말할 수 없습니다."

어렴풋한 느낌.

조금이나마 짚이는 데가 있는 것만으로도 대단하다.

베일은 전혀 상상도 할 수 없고, 다들 짐작도 할 수 없겠지.

"그래? 왠지 두근거리네."

"그렇죠. 마술이든 마도구이든 자신이 모르는 걸 접하면 가슴이 뛰어요. 설령 자신이 갖고 있지 않은 다른 속성일지라도. 굉장히 재밌어."

─쿠논은 성격적인 문제가 많을 것 같다고 여겼는데, 바탕이 되는 가치관은 비슷한지도 모르겠다.

마술사 중에는 성격이 유별난 사람이 많다.

설령 동료일지라도 친해질 수 있는지는 별개의 문제다.

베일은 이때 비로소 쿠논 그리온과 잘 어울릴 수 있을 것 같다고 생각했다.

근본 가치관이 비슷하다면 분명 사이가 크게 틀어질 일도 없겠지, 하고.

"나도 재밌다고 생각해. 에리아도 그렇지?"

"그보다도 계속 설명해줬으면 좋겠어요. 마술을 담을 수 있는 상자라니, 그게 뭐야? 더 자세히 들려줘."

아무래도 에리아는 아까 쿠논의 발언을 듣고서 사고가 멈춰버린 듯했다.

그 심정은 알겠다.

마술사로서 궁금할 수밖에 없는 이야기였다.

그러나 안타깝게도……

"그 얘기는 이제 안 돼. 우린 들어서는 안 돼."

"네?! 베일 선배?!"

에리아가 나무라듯 이름을 불렀지만, 베일은 고개만 가로저었다.

"나도 아쉬워. 대표가 아니었다면 파벌을 뛰쳐나와서라도 협력했을지도 몰라. 첫 번째와 두 번째 마도구는 잘 알겠어. 꼭 돕게 해줘. 그거라면 나도 가능할 것 같으니까. 하지만 세 번째 발상은 『실력 파벌』에 맞지 않는단 말이지."

베일은 정말로 아쉬워했다.

마술을 담을 수 있는 상자.

마술을 보관하는 상자.

마술을 저장해두는 상자.

흥미가 없을 리가 없다.

아이디어만 들었을 뿐인데 이리도 상상력에 자극이 오고, 마음이 사로잡혔다.

그러나 파벌 대표로서 받아들일 수 없었다.

"우리 파벌 안에는 여럿이서 협력하는 방식을 받아들이지 못하는 녀석이 많아. 성격 때문에 횡적 연결이 희박해. 그래서 기본적으로는 스스로 실력을 키우다가 가끔씩 남의 힘을 빌리지. 그런 동료 관계야. 에리아, 너도 알고 있지? 역대 『실력 파벌』은 공동 실험이나 공동 제작을 벌이다가 몇 번이나 내부 붕괴를 일으켰어. 수많은 기록도 남아있지. 저마다 실력은 있지만, 그만큼 프라이드도 높기 때문이야. 자신이 뜻하는 대로 진행되지 않으면 직성이 풀리지 않는 녀석들이 많아."

─그게 무슨 의미인지 잘 안다고 쿠논은 절실히 생각했다.

자신의 스승이 그야말로 그런 유형이었다.

제온리는 과도하게 우수해서 주변 사람들이 따라가질 못했다고 한다.

처음에는 반쯤 과장이라고 받아들였지만, 어느새 믿게 됐다─. 제온리의 실력을 알면 알수록.

그래도 불만을 직접 토로할 수 있을 만큼 인원이 적다면 그나마 괜찮다. 충돌하면서도 서로 나아갈 수 있으니까.

쿠논과 제온리가 그랬다.

여러 번 충돌하고 다투기도 했다. 그때마다 의견을 절충하여 답을 도출해냈다.

그러나 그게 불가능할 만큼 인원이 많다면 도저히 보조를 맞출 수 없게 된다. 개성이나 실력이 돌출되고 만다.

그 결과, 구성원 사이에서 분쟁이 벌어진다.

"이 얘기는 『조화 파벌』에 가져가야 할까요?"

분명 거기서는 여럿이서 실험 등을 벌인다고 했다.

얼마나 많은 사람과 시간이 필요할지는 모르겠지만, 인원이 적으면 시간이 지나치게 많이 걸리리라 쿠논은 내다보고 있었다.

최소 다섯 명은 필요했다.

추후에 늘리더라도 초기 멤버는 최소 다섯 명이다.

실험을 실시하는 것도, 실험을 실시하기 위해 필요한 기구나 소재를 조달하는 것도, 그와 병행하여 여러 사소한 검증을 벌이는 것도, 다방면에 걸쳐 있는 조사도.

인원이 부족하다면 나아가는 속도도 느려지겠지.

시간은 유한하다.

쿠논은 줄곧 여기에 있을 수 없으므로 특히 그렇다. 언젠가 졸업할 테고, 집안 사정 때문에 귀국해야만 한다.

"그러게. 『조화』라면 시로트가 잘 통솔해줄 테고, 협력하여 무언가를 해내는 걸 좋아하는 녀석들만 있으니까."

시로트는 『조화 파벌』의 대표다. 야무진 여성이다.

"하지만 쿠논. 이건 내 개인적인 부탁인데, 반년쯤 기다려줄 수 없을까?"

"반년? 왜요?"

「마술을 담을 수 있는 상자」를 개발하는 건 현재 쿠논이 가장 하고 싶은 일이다. 당장에라도 착수하고 싶을 정도다.

시간은 유한하다.

아무 의미도 없이 시간을 기다리는 무익한 행위는 하고 싶지 않았다.

그러나 불가해한 「기다림」을 요구했던 베일이 뒤이어 이유를 설명하자 쿠논도 납득할 수밖에 없었다.

"그 일에 관여한 사람들의 단위가 엉망진창이 될 테니까. 너도 마찬가지고. 단위를 따야한다는 걸 잊지는 않았겠지? 그 작업은 필시 시간이 오래 걸릴 일이야."

쿠논은 아, 하고 속으로 탄식을 흘렸다.

그랬다.

단위다. 단위가 있었다.

"즉, 반년 동안 단위를 취득하고서 그 이후에 개발에 착수하라는 뜻?"

"맞아. 나도 마술학교에 처음 들어온 해에 그랬어. 마술이나 실험에 푹 빠져서 단위 부족으로 2급으로 강등될 뻔했지."

쿠논은 생각했다.

자신도 똑같은 전철을 밟을 뻔했구나, 하고.

쿠논은 눈이 보이지 않아서 시간 감각을 잘 느끼지 못하기에 하루나 이틀이 지나버렸는데도 알아채지 못했던 적도 자주 있었다.

실험이나 검증, 새로운 마도구를 제작하는 건 즐겁다.

푹 빠진다면 1년쯤은 순식간에 지나가겠지.

"알아들었지? 넌 특급 클래스라서 이렇게 자유롭게 행동할 수 있어. 언제든지 도서관과 시설을 이용할 수 있고, 하고 싶은 실험도 자기 뜻대로 벌일 수 있어. 선생들도 융통성 있게 배려해주고 있고 말이야. 하지만 2급으로 떨어지면 그 모든 걸 할 수 없게 돼. 게다가 너의 그 아이디어는 다른 녀석들도 끌어들일 가능성이 높아. 나도 도와주고 싶을 정도니까. ……아니, 도울 테니 난관에 봉착하거든 말을 걸어줘. 몹시 궁금하거든. 뭐, 어쨌든 널 포함하여 진급하지 못하는 녀석들이 반드시 나올 거야. 딱 하나만 집중할 수 있는 녀석들도 많으니까."

맹점이었다.

아니, 알고는 있었다.

다만 아직 입학한 지 2개월밖에 지나지 않았기에 단위라는 의무에 의식이 미치지 못했을 뿐.

아직 실감이 나지 않았다.

단위 부족이나 진급 위기 등 호된 꼴을 겪을 수 있는 문제에 직면한 적이 없었으니까, 단위를 따야만 한다고 막연하게 여겼을 뿐.

그러나 경험자가 말했다— 먼저 단위를 취득해 두라고.

"반년이면 딸 수 있습니까? 진급하는 데 필요한 단위는 10점이죠?"

계산상 거의 한 달에 하나씩 따야한다.

영초 건으로 하나는 땄을 테니 9점이 남았다.

"딸 수 있어. 그보다도 현재 이 학교에서 최단 단위 취득 기록을 갖고 있는 사람은 네 스승이야."

"제온리 스승님이요?"

"그래, **그 제온리** 말이야. 분명 3년 차였을 텐데, 무려 한 달 반 만에 10단위를 따버렸다고 해."

한 달 보름 만에.

쿠논은 이제야 하나를 따냈는데, 젊었던 제온리는 그 시점에 벌써 진급을 결정지었다고 한다.

"스승님은 굉장하네."

"그런 일화가 많아. 그 사람은. 졸업한 지 몇 년이나 지나서 직접 아는 학생은 이제 없겠지만, 그래도 이 학교에서는 유명인이라고."

―뭐, 제온리의 이야기는 제쳐두도록 하자.

"알겠습니다. 베일 선배의 말대로 단위를 취득하고 나서 착수하도록 할게요."

조금 빙 돌게 되겠지만, 이것만은 어쩔 수 없다.

학교의 규칙이니까.

"앞으로 3개월 안에 전부 따낼 생각입니다."

그러나 아무리 그래도 반년은 너무 길다.

쿠논은 결심했다.

앞으로 두 달 안에 이번년도 단위를 전부 따져버리겠다고.

"네가 말하니 전혀 농담으로 들리지 않는군."

베일이 말했다.

물론 농담은 아니라고 생각했다.

"알겠어. 나도 일찍 따둘 테니 꼭 나도 불러. 예약해두겠어."

토속성은 필요하기에 쿠논이 거절할 이유는 없었다.

파벌 리더인 베일이 참가해준다니 든든하기 그지없었다.

"우와— 궁금해— 마술을 담는 상자가 뭐야— 뭐야—."

에리아가 궁금증에 힘겨워했다.

그래서 묻지 않았으면 했는데, 하고 쿠논은 생각했다.

"좋아, 그럼 당장 시작해볼까?"

베일의 그 말부터 상황이 움직이기 시작했다.

맨 먼저 해야 하는 말을 했다.

최우선으로 해야 할 일이 정해졌기에 쿠논은 수긍했다.

마술을 담을 수 있는 상자 개발은 단위를 취득한 후에.

이제부터는 「안에 담긴 물체의 수분을 빼앗는 소형 상자」와 「안에 담긴 물체를 완전 밀폐하는 소형 상자」를 개발한다.

"작업은 어디서 할까요?"

"여기서 하자고 말하고 싶지만, 역시 공간이 없네."

이렇게 너저분한 곳에서는 역시나 어려울 듯했다.

"뭐, 고성에는 비어있는 방도 많으니 장소는 얼마든지 있어. 네 사업은 어때? 자리를 오래 비워도 괜찮나?"

"예. 제가 자리를 비웠을 때는 아주 저렴하게 마음대로 이용할 수 있도록 조치해뒀거든요."

그보다도 쿠논의 「수면」 사업의 주된 돈줄은 교실 영업이 아니었다.

돈이 많은 교사나 일부 학생의 호출을 받고서 거기서 「수면」을 제공하는 출장 영업이야말로 돈줄이었다.

연구 때문에 자기 자리에서 벗어날 수 없는 마술사가…….

—혹은 마감일을 어기지 않도록 누군가에게 붙잡혀 있는 마술사

나, 도망치는 버릇이 있어서 반쯤 감금되어 있는 마술사가.

역시나 이대로 쉬지 않는다면 쓰러질지도, 아니, 죽을지도 모르는 극한 상황에서 쿠논을 부른다.

짧게 푹 쉬고서 현장에 복귀할 수 있도록. 노예처럼, 말처럼 일할 수 있도록.

그들에게 질 좋은 수면은 거액을 써서라도 필요한 것.

그렇기에 쿠논의 연구실에 현재 위치만을 남겨두면 된다.

그러면 그들의 심부름꾼이 알아서 부르러 온다.

"문제가 없다면 됐어. 맞아, 주네브를 불러도 될까? 그 녀석은 마도구 제작이 특기야. 전력이 될 거야."

주네뷔즈는「실력 파벌」선배다.

"상관없어요. 시간이 아까우니 어서 제작해버리죠."

도와주는 사람들이 늘어나면 수입도 그만큼 줄어들겠지만, 쿠논은 시간을 더 우선시했다. 일찍 완성할수록 다음 한 걸음도 더 빨리 내딛을 수 있으니까.

참고로 주네뷔즈는 희귀한 마속성을 갖고 있다고 한다.

그는 완전한 인간처럼「보이는 존재」를 짊어지고 있기에 역시나 예외로 분류되어 있었다.

"나도! 나도 돕고 싶어!"

에리아가 손을 들었다. 그럴 줄 알았다.

"넌 풍속성이잖아…… 이번 마도구 제작에는 아마 필요없을 거야."

"뭐?"

풍속성과 화속성은 무언가를 만드는 작업에는 걸맞지 않는다.

마술사의 정설이다.

광, 암, 마는 샘플이 적어서 뭐라 단언할 수 없다고 한다.

"쿠논 군은 어떻게 생각해?! 내가 도와줘도 되지?!"

"아, 치사해, 에리아."

세 사람밖에 없는 자리에서 에리아는 절대적인 여성의 아군에게 동의를 얻어내려고 했다.

쿠논이라면 여성의 제안을 받아들이는 것 말고 다른 선택지는 없으니까.

"전 환영하고 싶지만, 베일 선배가 안 된다고 말하니……."

"에엥."

그러나 예상하지 못한 대답이었다.

쿠논이라면 에리아를 개발팀에 넣겠다고 말할 줄 알았는데.

—아니, 그 심정을 알지, 하고 베일은 생각했다.

쿠논은 맨날 입으로 여성, 여성, 하고 떠들어대지만, 역시나 순수한 마술사다.

마술과 여성을 저울에 올려둔다면 마술 쪽으로 기울어지겠지.

평상시 언동 때문에 착각하기 십상이지만, 필시 그런 천성이겠지.

그런 면도 베일의 가치관과 비슷했다.

"이렇게나 궁금한데?! 몇 달씩이나 모른 채로 기다리라는 말이야?! 알고 싶어, 알고 싶어!"

에리아는 평소에는 나름 평범한 여자처럼 온건하게 행동하지만, 역시나 그녀도 마술사였다.

궁금한 마술 앞에서는 눈빛이 바뀐다.

"이봐, 후배를 난처하게 하지 마."

베일이 쓴웃음을 지었다.

그런데 에리아가 예상하지 못한 각도에서 대꾸했다.

"—난 베일 선배도 줄곧 기다리고 있거든요! 더 이상 기다려야 하는 걸 늘리고 싶지 않거든요!"

"……뭐?"

"……바보!"

에리아가 연구실을 나갔다.

"……."

"……."

뭐라 형언할 수 없는 침묵이 찾아왔다.

그녀의 심정을 고스란히 알 수 있는 발언이었다.

쿠논은 침묵 속에서 조금 두근거렸다.

이게 이코가 말했던 여자의 힘이구나.

아무리 알려줘도 전혀 이해할 수 없었는데, 방금 이성을 강하게 느꼈다.

남자의 가슴을 때리는 폭력 아닌 폭력.

그게 여자가 지닌 힘이구나.

그야말로 이걸 말하는 거겠지.

"……저 녀석, 뭐야? 날더러 바보래. 이봐, 쿠논, 내가 바보인가?"

"전 잘 모르겠지만, 아마도 바보라고 생각합니다."

"이봐……."

에리아의 감정을 알아챘으면서도 무시하고 있다면 바보다.

진심으로 그렇게 말했다면 바보 멍청이다.

쿠논조차 한 대 얻어맞았는데도 태연할 수 있다면 남자인지도 의심스러울 정도다.

에리아의 발언 때문에 조금 삐걱거렸다. 그러나 쿠논은 남의 연애 사정에 함부로 끼어들어서는 안 된다고 시녀에게서 귀가 따갑도록 들어왔다.

일단 그녀는 내버려두기로 하고…….

쿠논, 베일, 주네뷔즈 셋이서 영초 시 시루라 상처약을 보존하고 휴대하는 상자— 통칭 「약상자」 개발에 착수했다.

세 사람은 고성에 있는 방 하나를 빌려 작업을 개시했다.

"—우훗, 에리아 양과 대표? 내가 아는 한 2년 동안 저런 느낌이 었어. 흐뭇한후후하하하핫…… 흐뭇한 사이지."

"—도발하는 건가요?"

"—이봐, 밥 가져왔어. 먹자고."

주네뷔즈의 웃는 버릇은 여전했지만, 베일의 말대로 마도구 지식과 기술은 확실히 우수했다.

둘이서 논의하여 방침을 정한 뒤 마도구 개발은 문외한인 베일에게 세세히 지시를 내리면서 모양을 다듬어 나갔다.

"—좋네! 쿠논 군, 넌 아주 좋아! 아핫, 그렇게 나온다 이 말이지! 좋구나, 그 발상! 새로워아하핫! 그런 발상이구나!"

"—도발하는 건가요?"

"—오, 주네뷔즈의 기분이 좋다니 별일이군. 간식 가져왔으니 한

숨 돌리자.”

개발을 시작한 지 며칠 뒤에 완성이 눈앞에 보이기 시작했다.

마도구에 정통한 주네뷔즈.

마술 지식이 풍부해서 하나를 들으면 다섯을 이해하는 우수한 베일.

그들의 확실한 실력 덕분에 완성을 향해서 착실히 다가갔다.

그야말로 약상자 개발에 딱 맞는 멤버였다.

“—마속성은 재밌네요. 물질의 구조, 특성을 잠시 변화시키는 마술은 처음 봤어요.”

“—드문 속성이라서 밝혀진 것도 적긴 하지만 말이야. 우훗. 도무지 잘 활용할 수가 없을 것 같다고. 구사할 줄 아는 마술은 네 개밖에 없어. 나도 쿠논 군처럼 자유자재로 아핫, 썼으면, 아핫핫!”

“—도발하는 건가요?”

“—에리아랑 애들이 사과 타르트를 구워왔어. 가져왔으니 쉬자고.”

이렇게 「안에 담긴 물체의 수분을 빼앗는 소형 상자」와 「안에 담긴 물체를 완전 밀폐하는 소형 상자」가 완성됐다.

개발에 걸린 일수는 겨우 닷새.

예상보다 빠르네, 하고 쿠논은 생각했다.

아무리 보관고라는 표본이 이미 존재한다고는 해도 이 속도는 상당히 빠르다.

베일과 주네뷔즈의 힘이 컸다. 선배들은 분명 실력이 뛰어났다.

마도구에는 두 종류가 있다.

하나는 영초 상처약처럼 마력을 지닌 소재 자체를 가공하는 것.

그리고 나머지 하나는 마력을 원동력으로 삼아 작동하는 가동형이다.

일반적으로 후자의 의미로 사용하지만, 시 시루라 상처약 같은 것도 마도구라 일컫는다.

그리고 이번에 개발한 약상자는 후자다.

마도구이므로 마력을 담아야만 하지만, 작은 물체라서 필요한 마력은 적었다. 한 번만 충전하면 한 달은 효과를 발휘하겠지.

약간 고가의 소재를 사용했기에 판매 가격도 나름 비싸지겠지만, 안에 담긴 약을 지키기 위해 튼튼한 구조로 만들어졌다. 평생 쓸 물건이라고 생각하면 그렇게까지 비싸다고 할 수는 없겠지.

상자는 시가 케이스 정도의 크기다. 외투 안주머니에 넣을 수 있는 크기이므로 꽤 소형이라고 할 수 있다.

크기에 중점을 둔 결과다.

이 「약상자」는 모험가뿐만 아니라 귀족이나 왕족이나 부자 같은 사람들도 늘 휴대하고 다니는 걸 상정했다.

그리고 쿠논은 두 가지 마도구를 개발하는 과정에서 양쪽 특성을 모두 지닌 「종이형 시 시루라 상처약 전용 약상자」를 독자적으로 만들어뒀다.

뭐, 셋이서 사소한 의논을 벌이다가 선배들도 알아차렸다는 사실이 드러났지만.

「실력 파벌」이 쓰는 고성에 드나드는 동안에 교사 스레야 가우린이 편지를 보냈다.

영초 시 시루라 재배하는 데 성공했으니 단위를 주겠다는 내용이었다.

편지에는 「단위 2점을 주겠다」고 적혀 있었다.

원래는 하나의 보고에 단위를 최대 3점까지 줄 수 있다. 그리고 영초 재배는 틀림없이 단위 3점짜리 성과였다고 한다.

그러나 어디까지나 공동 작업이었기에 이를 고려하여 2점이 됐다고 한다.

여럿이 참여한 실험이나 연구에는 단위 2점이 최대치라나?

그 규칙에서 벗어날 수는 없다는 이야기였다.

1점을 얻으리라 예상했는데, 예상치 못하게 단위 2점을 취득했다.

그리고 베일이 말하기를 「약상자」를 개발한 건으로도 단위를 받을 수 있을 거라고 했다.

이로써 단위를 3점이나 4점까지 취득한 셈이었다.

"다음에는 뭘 할까? —아, 슬슬 하늘을 날아볼까?"

쿠논은 다음 단위를 취득하기 위해서 걸어나갔다.

◆

"오랜만이군. 네 소문은 자주 듣고 있어."

쿠논은 입학시험 때 시험관을 맡았던 교사 사프 크리켓을 찾아갔다.

그는 연구실에서 서류 작업을 하고 있었는지 책상에 앉아 펜을 쥐고 있었다.

마술학교 교사가 평소에 뭘 하는지는 잘 모르겠지만 뭐, 한가하지는 않겠지. 할 일들이 많을 것 같았다.

“오랜만입니다. 사프 선생님. 뜬금없지만 방을 말끔하게 유지하는 비결이 있을까요?”

정말로 뜬금없는 질문이었다. 그러나 쿠논은 정리 정돈된 사프의 연구실이 부러웠다.

성격이 꼼꼼해서 시험관을 맡았던 걸까?

베일의 연구실은 실제로 봤고, 주네뷔즈의 연구실도 비슷하다고 했다.

쿠논을 비롯하여 정리를 잘하지 못하는 마술사들이 많다.

반면에 이 방은 보다시피.

바닥에는 서류 한 장도 떨어져 있지 않았고, 종이 뭉치도 굴러다니지 않았다.

출처를 알 수 없는 이상한 냄새도 풍기지 않았다.

뭔지 알 수 없는 좋은 향기가 희미하게 풍길 정도였다.

참으로 부러운 연구실이다.

“정말로 뜬금없군. ……성격 문제가 아닐까?”

그렇게 단정을 짓는다면 이 이야기를 그걸로 끝이지만.

“뭐야? 그런 걸 물어보러 왔어? 아, 어떤 연구에 쓸 통계 샘플인가?”

“아뇨, 그냥 제가 궁금했을 뿐이에요. 제 연구실은 금세 어질러져서.”

“정리해두는 편이 좋지. 가뜩이나 마술사의 방은 촉매나 마적 소재나 마력으로 가득해. 무슨 일이 벌어질지 알 수 없어. 방 한편에 본 적도 없는 생명이 태어나거나, 퍼져나가는 경우도 있어.”

“흥미로운 얘기네요.”

“절대로 하지 마. 옛날에 그것 때문에 학교 건물 하나를 엉망으로 만들었던 학생도 있었다고. 어쩌다가 바다 괴물을 우연히 불러내고 말았는데…… 정체불명의 미끈한 물질과 악취 때문에 대처하고 사후 처리하는 데 고생했어. 슬픈 과거를 반복하지 말아다오. 하다못해 내가 없을 때 해줘."

그 이야기도 흥미로웠다.

아니, 본론으로 들어가자.

이대로는 본론에 들어가지 못한 채 시간만 허비할 듯했다.

솔직히 이대로 잡담을 계속 나누고 싶은 마음도 있었지만, 피차 한가하지 않기에 체념했다.

"실기 단위를 따고 싶은데, 봐주실 수 없을까요?"

오랜만에 만나서 이야기가 탈선하고 말았지만, 쿠논은 드디어 본론에 들어갔다.

"오, 좋지. 뭘 하려고?"

"여기는 좁으니 밖에서 해도 될까요? 하늘을 나는 거라서."

"오호? 수속성으로 말이야?"

"예."

"—좋지. 당장 가자."

사프는 흔쾌히 수락하고는 서류 작업을 내팽개치고서 일어섰다.

사프도 마술사다.

신기한 마술을 보여준다는 말을 들으면 마음이 뜨거워진다.

하늘을 나는 건 풍속성의 전매특허다.

만약에 쿠논이 풍속성이 아닌 다른 속성으로 실현시킨다면 상당한 성과다.

"혹시 리야한테 시켰던『비행』도 이걸 위해서였나?"

"물론입니다."

밖으로 나가던 도중에 사프가 묻자 쿠논은 그렇게 대답했다.

동기인 리야 호스는 조금 착각했지만, 쿠논은 아무런 목적도 없이 돈을 지불하면서까지 그의「비행」데이터를 확보한 게 아니었다.

마술학교 생활에 적응하지 못하는 그를 개인적으로 지원한 것도 아니었다.

그런 목적이 아예 없었다고는 할 수 없겠지만, 유일한 목적도 아니었다.

"전 언젠가 스스로 해보려고 마음먹었던 걸 리야한테 먼저 시켜봤을 뿐이에요. 그는『비행』을 익혔고, 전 약간의 돈으로 실험 데이터를 충분히 얻었어요. 덤으로 그는 단위도 취득했고요. 지금부터는 저도 단위를 취득할 수 있겠죠. 제가 떠올렸지만 참 좋은 방안이었다고 생각해요."

이야기만 들어보면 확실히 효율적인 아이디어이지만…….

"그럼 행크한테 베이컨 굽기를 시켰던 것도?"

"그건 제 취미 때문입니다."

"아, 그래."

"어? 그것도 단위가 됩니까?"

"조금 어렵겠네. ……맛있게 구울 수 있나?"

"예, 행크가 구운 베이컨은 맛있어요. 저도 조금 지원하면서 가공육 상회를 세워보라고 권해볼까 생각했어요. 그 베이컨이라면 세계에서도 통하지 않을까 싶어서.”

“화속성을 유효하게 활용하는 방식을 고민했나?”

“그런 면도 있습니다.”

생산에 적합하지 않은 화속성이나 풍속성은 취직하기가 힘들다—
는 이야기는 이 학교에 들어오고 나서 들었다.

인간사회 안에서 풍속성과 화속성으로 뭘 할 수 있을까?

냉정하게 따져본다면 일상에서 그렇게까지 필요하지 않다고 쿠논
은 생각했다.

분명 많은 사람들이 똑같은 결론에 이르렀겠지.

절반 이상은 모험가가 되어 써먹기 모호한 그 마술로 마물을 퇴치
하고 있다나?

화속성은 말 그대로 화력이라는 의미라서 전투에는 적합하다.

풍속성도 쓰기 나름이다.

말 그대로 순풍이나 역풍은 다방면에서 도움이 되겠지.

그러나 일상생활에서 그것들이 필요할까?

—그렇게 생각했을 때 쿠논의 머릿속에서 번뜩인 아이디어 중 하
나가 식육 가공이었다. 자신의 취향도 충족시킬 겸.

“화마술사만이 만들 수 있는 최상의 베이컨. 좋다고 생각하지 않
나요?”

“난 지지해. 마술사들 중에는 프라이드가 높은 사람들이 많아서
직업으로서 인기가 있을지는 모르겠지만 개인적으로는 마술 적성이
낮은 1성이나 궂은일을 질색하는 화속성 마술사한테는 좋은 진로가
될 것 같아. 난 응원하고 싶군.”

마술 적성이 낮은 1성 중에는 일상에서 살짝 유용한 수준의 마술밖에 구사하지 못하는 사람도 있다.

솔직히 말해서 일반인과 별반 다를 게 없는 사람도 있다.

자신의 마법을 써먹을 데를 찾지 못하여 애를 태우는 마술사들의 직장으로 괜찮을 것 같다고 사프는 생각했다.

―그러나 그건 개개인의 자유.

행크가 제작한 베이컨을 전 세계 어디서든 구할 수 있게 된다.

쿠논에게는 그게 가장 중요한 사항이고, 꿈같은 계획이다.

다른 화마술사 따위 나중 문제다.

일하고 싶다면 일하면 되고, 그렇지 않다면 본인의 뜻대로 하면 된다.

다행히도 행크는 베이컨 제작에 깊은 흥미와 관심을 품기 시작했다.

베이컨의 늪에 푹 빠져서 베이컨 관련 상회를 세워줬으면 좋겠다.

그리고 세계 최고의 베이컨 회사로 성장해줬으면 좋겠다.

신중하게, 때로는 절절하게, 그리고 대담하게 진행시키고 싶은 이야기다.

행크가 경계하지 않도록, 차근차근 대처해 나가고 싶다.

"―방금 무슨 불온한 생각을 했지?"

"예? 아뇨?"

쿠논은 의외로 속내가 얼굴에 드러나는 유형이지만, 본인은 자각하지 못했다.

각설하고.

두 사람은 이동하는 도중에 조금 열띤 대화를 나누면서 밖으로 나왔다.

바람도 순하고 날씨도 좋다.

날기에는 절호의 날이다.

"사프 선생님은 날 수 있습니까?"

"뭐, 풍속성이니까."

디라싯크 마술학교 교사는 대부분 특급 클래스를 졸업한 우수한 마술사다.

풍속성 교사들은 모두「비행」쯤은 습득한 상태다.

"먼저 말해두겠지만, 물로 하늘을 날겠다는 네 발상은 대단해."

"참고로 묻겠는데 전례는?"

"있어. 나도 얘기로 들었을 뿐 실제로 본 적은 없지만."

"역시나 있었군요."

그러지 않으면 재미없지, 하고 쿠논은 생각했다.

자신은 아직 신출내기라고 할 수 있다. 여기에 있는 교사들과 선인들은 더 머나먼 앞을 걸어가고 있다.

그만큼 쿠논이 모르는 마술 기술과 지식이 많다는 뜻이다.

두근거린다.

"그럼 해볼게요."

"그래."

쿠논은「초연체물 구슬」을 생성하여 그 위에 등부터 드러누웠다.

아니, 상반신을 조금 일으켰으니 깊은 소파에 푹 앉은 느낌이라고 할 수 있을까?

뭐라고 해야 할까, 참 거들먹거리는 자세였다.

"전 생각을 조금 잘못하고 있었습니다."

몸을 뒤로 젖힌 쿠논을 태운 「물 구슬」이 두둥실 떠올랐다.

"풍속성은 『비행』을 할 수 있지만, 수속성은 『떠올라서 떠다니는 것』밖에 못합니다. 적어도 현 단계의 전."

"흠— 그 답은?"

쑤욱!

사프의 눈이 휘둥그레졌다.

쿠논을 태운 「물 구슬」이 엄청난 속도로 날아가버렸기 때문이었다.

저공을 나아가다가 급상승하고서 두둥실 떠다니다가 갑자기 나선형으로 선회하며 급강하했다가 다시 떠올랐다.

쿠논은 하늘을 자유롭게 날아다니고 있었다.

잘난 척 몸을 뒤로 젖힌 채로.

"……설마……."

사프는 아연실색했다.

눈앞에서 몸을 뒤로 젖힌 채 날아다니고 있는 쿠논의 모습이 믿기지 않았다.

속도는 그렇다고 치자.

저 정도는 풍속성으로도 낼 수 있다.

하지만 저토록 복잡한 궤도를 그리고, 중력이나 관성을 거스르는 「비행」은 풍속성으로도 불가능하다.

저렇게 급정지도 할 수 없다.

기껏해야 마술을 제어하지 않고 추락시키는 게 고작이다.

애당초—「비행」자체는 조작하는 게 매우 어려운 마술이다.

그리고 실패하면 죽음으로 직결될 만큼 위험하다.

그래서 누군가가 가르치지 않고, 실력을 어엿하게 갖춘 술자가 독자적으로 고안해낸다.

그런데…….

"—다녀왔습니다."

거들먹거리듯 몸을 뒤로 젖힌 쿠논이 돌아왔다.

풍속성으로는 불가능한 급정지를 하고서 사프 앞에 착지했다.

"어떤가요?"

"……궁금한 것 투성이다만……."

하고 싶은 말이 아주 많았다.

그러나 지금 사프가 하고 싶은 말은 하나였다.

"그렇게 거들먹거리는 자세가 아니면 못 나나?"

거들먹거리듯 소파에 앉아있는 아이가 날아다니는 그림은 뭐라고 해야 할까, 조금 화가 났다.

하늘을 날 거라면 제대로 날라고 말하고 싶었다.

풍속성보다 복잡하게 날아다녔으면서도 거들먹거리듯 앉아있어서인지 「식은 죽 먹기라는 느낌」이 풍겨서 짜증이 났다.

"어? ……엥? 뭐가 말인가요?"

하지만 쿠논은 잘 알지 못했다.

거들먹거리며 몸을 뒤로 젖힌 사람을 본 적이 없으니까.

"타보실래요? 제가 조작해야겠지만."

"……그러네. 부탁해."

풍속성 교사 사프는 자력으로 날 수 있다.

그러나 아까처럼 복잡기괴하게 날아다닐 수는 없었다.

꼭 시험해보고 싶었다.

"아, 거꾸로 날아다는 것만은 하지 말아줘. 그건 무서워."

조금 망설였던 이유는 나선형으로 솟구쳤다가 하강하는 비행을 직접 경험한다고 생각했더니 조금 무서워서였다.

풍속성 「비행」으로 그 행위를 시도했다가는 확실히 추락한다는 걸 알고 있다.

사프는 씁쓸한 기억을 떠올렸다.

"알겠습니다. 그럼 평범하게 날게요."

몸을 뒤로 젖혔던 쿠논을 대신하여 이번에는 사프가 「물 구슬」에 몸을 묻었다.

"아, 등을 더 뒤로 넘어뜨리세요. 날고 있을 때 풍압이 정면에서 걸리거든요. 몸을 일으켰다가는 허리나 척추에 큰 부담이 될 거예요."

쿠논이 지시한 대로 앉았더니 자연스럽게 거들먹거리는 자세가 되고 말았다.

"그렇구나."

옆에서 봤을 때는 거들먹거리는 것처럼 보였는데, 막상 앉아보니 대단히 합리적이었다.

등 전체가 「물 구슬」에 밀착되더니 그대로 빨아들이듯 몸을 고정시켰다.

그렇구나. 몸을 단단히 고정시키지 않은 상태에서 급정지했다가는 앞으로 튕겨나가겠지.

그걸 막기 위한 안전 설계인가?

이 자세는 「물 구슬」에 접촉하는 면적을 최대한으로 늘리는 형태다.

—그리고 그 이유를 제쳐두더라도 이 물 소파는 앉는 느낌이 좋았다.

체험해보니 잘 알겠다.

쿠논의 사업이 궤도에 오르고, 순조로운 이유는 이 절묘한 부드러움 때문이겠지.

"그럼 갈게요."

쑤웅!

사프가 날았다.

거들먹거리듯 몸을 뒤로 젖힌 채로.

"—의외로 이치에 맞구나."

날아다니다가 되돌아온 사프의 입에서 가장 먼저 나온 말이 그것이었다.

쿠논이 말했던 대로 날아다니는 동안에 풍압이 엄청났다.

오히려 몸을 일으켜— 거들먹거리지 않게 앉는 게 더 어려웠다. 맞바람 때문에 자연스럽게 그런 자세가 됐다고 해야 할까.

풍속성으로 나는 것과는 별개였다.

차라리 벌러덩 드러누워서 나는 게 더 편하지 않을까, 라는 생각마저 들었다.

누운 채로 하늘을 나는 사람.

침비(寢飛).

뭐라고 해야 할까…… 거들먹거리듯 몸을 뒤로 젖히는 자세가 그나마 나은 듯했다.

종이 한 장 차이로.

누운 채로 날아다는 건 이제 의미를 알 수 없으니까.

"잘 모르겠지만, 겉모습이 흉한가요?"

사프를 날리는 동안에 쿠논은 나름대로 생각했다.

잘난 척하는 자세가 대체 무엇일까, 하고.

혹시 어느새 셔츠 앞섶이 풀어져 섹시한 느낌을 풍겼나? 싶어서 옷매무새를 가다듬었을 정도였다.

다행히도 옷은 헝클어지지 않았다.

안도했다.

신사인데 섹시라니 자신에게는 아직 이르다고 쿠논은 생각했다.

"조금 말이야. 그 앉은 자세가 어리석은 권력자처럼 보여."

"앉은 자세……. 그렇군요. 그런 거였군요."

그렇게 지적을 받았지만, 쿠논은 잘 와닿지 않았다.

그러나 사프가 거짓말을 할 이유도 없으니 이 세상은 그렇게 받아들인다고 기억해두기로 했다.

"볼썽사납다면 전체를 뒤덮는 것도 괜찮을지도 모르겠네요. 풍압을 피할 수도 있을 테고."

"가능해?"

"예. 핵심은 외관이잖아요? 물에 색을 입혀서 뒤덮기만 하면 되니까. 상자형 마차처럼 만들 수도 있고요……. 아, 근데 역시 날아다녀야 하니 유선형으로 해야 하려나? 조류 몸통이나 물고기 모양으

로. 그래야 공기 저항을 덜 받을 것 같으니까.”

“……흠.”

사프는 그 말을 듣고서 깨달았다.

풍속성은 그런 형태로 나는구나, 하고.

자연스럽게 그런 형태가 되기에 의식해본 적은 없었다.

풍속성으로 날 때는 머리부터 들이미는 형태가 된다.

시야를 넓게 확보하기 위해서다.

그리고 머리부터 발끝까지 바람을 온몸에 휘감기에 맞바람을 맞지 않는다.

그걸 도형으로 표현한다면 머리를 기점으로 삼은 삼각뿔이나 유선형이라고 할 수 있다.

분명 그 형태가 공기나 물을 가르는 데 유리하겠지.

“뭐, 개선안은 추후에 생각하면 돼. 그래서— 넌 이 성과를 공표할 건가?”

“아, 왠지 단위에 영향을 미칠 것 같네요.”

공표.

즉, 공개하느냐 하지 않느냐에 따라 평가가 바뀐다.

공표란 그 마술의 구조나 실험 데이터를 리포트로 작성하여 누구든 열람할 수 있게 하는 것.

이른바 역사에 이름을 새기는 행위다.

도서관에 비치되어 누구나 읽을 수 있게 된다.

반면에 공개하지 않는다면 자신만의 마술 성과로서 독점하게 된다.

기록은 남지 않는다.

어디까지나 단위를 취득하기 위해서만 보여주는 기술이 된다.

당연히 전자가 더 많은 단위를 받을 수 있다.

마술사 업계 전체의 양식이 되기 때문이다.

"―하지만 공표하는 건 어렵지 않을까요?"

그러나 아무리 학생이 공표하는 걸 택하더라도 학교 측에서 규제하기도 한다.

예를 들어 실력이 부족한 마술사의 「비행」 연습이나.

광범위에 퍼져나가는 화속성 마술이나.

시험하기만 해도 위험할 수 있는 성과는 강제로 비공개하는 경우가 있다고 쿠논은 들었다.

"뭐, 그렇겠지. 내가 정하지는 않지만 아마도 그렇게 될 거야."

그건 학교 윗분들이 정한다.

사프처럼 젊은 평교사는 결정권을 갖고 있지 않다.

그저 풍속성 「비행」과 동일한 이유로 허가를 내리지 않으리라고 쿠논과 사프가 모두 예상했다.

실패하여 추락했다가는 부상으로 끝나지 않을 위험성이 있기에 연습일지라도 허가할 수가 없다. 그게 가능할 만큼 실력을 키운 뒤에 자력으로 도달하는 수밖에 없다.

위에서 그리 생각했기에 풍속성 「비행」도 동일한 논리로 각하시켰다.

이 「비행」의 근본은 초보 마술인 「물 구슬」이다.

초보자 수마술사일지라도 할 수 있을 가능성이 있다.

그러나 이건 쿠논이 단련하고 또 단련한 「물 구슬」이기에 가능하므로 초보자는 흉내낼 수 없겠지.

그 차이가 위험하다는 뜻이다.

"그럼 비공개로 부탁드립니다."

어차피 허가받지 못할 테니 신청해봤자 헛수고다.

습득하는 과정이 위험하기에 공개하지 않는 게 낫다고 쿠논 자신도 판단했다.

"그럼 그렇게 하자. ―참고로 어떤 원리로 저렇게 날 수 있는 거지?"

"어, 물어보는 겁니까? 어디까지나 흥미가 생겨서 묻는 건가요?"

쿠논은 놀랐다.

방금「비공개」하겠다고 말했는데, 설마 원리를 물어볼 줄이야.

"풍속성은『비행』할 수 있지만, 수속성은『떠서 부유하는 것』밖에 못하는 것처럼 말했기 때문이야. 답이 궁금할 수밖에 없지."

"아, 그런가요? 뭐, 단순한 구조라서 숨기려야 숨길 수도 없지만요. 답은 간단해요.『화주』입니다. 그 마술에서 영감을 받아 조정해 봤습니다."

"『화주』……?"

「화주」는 그거다.

땅을 질주하는 불 말이다.

마력의 도선을 그어서 그것을 따라 불을 달리게 하는 화속성 마술―.

"그래!『날고 있는 게』아니라『이동』했을 뿐이구나!"

그렇다면 그 속도와 급정지, 나선 비행도 설명이 된다.

사고를 일으킬 리가 없다.

미리 선행시킨 마력을 따라 이동했을 뿐이니까.

그래, 원리는「화주」와 똑같았다. 입학시험에서 행크가 보여줬던 마술을 응용했다.

"맞습니다."

역시 선생님이구나, 하고 쿠논은 생각했다.

금세 파악할 줄 알았지만, 이렇게 빠르리라 미처 예상하지 못했다.

"아, 미리 말해두겠지만, 풍속성『비행』과는 상성이 안 좋은 것 같아요. 리야는 못했거든요."

"그렇겠지. 풍속성의 경우에는 나는 데만 급급해서 도저히 마력을 선행시킬 여유가 없어. 무리했다가는 제어가 흐트러질 뿐이지."

떠있기만 한 상태라면 가능할까?

아니, 그 경우에는 그 풍압을 몸으로 받아야만 한다.

역시나 풍속성으로는 어렵겠다고 사프는 예상했다.

"그 대신에 풍속성 비행은 급격하게 방향을 전환할 수 있다는 게 강점이죠. 제 방식으로는 어렵거든요."

쿠논의 방법으로는 어디까지나 미리 지정하여 정해진 방향으로 이동할 뿐이다.

그래서 마술을 한 번 발동시킨다면 급격한 방향 전환도, 미세 조정도 불가능하다.

풍속성「비행」은 감각적으로 자유롭게 날 수 있다.

"뭐, 어쨌든 큰 발견이고, 새로운 기술이라고 생각해. 게다가 좋은 경험도 했어. 고마워, 쿠논. 재밌었어."

단위는 훗날 편지로 통보하기로 정한 뒤 두 사람은 헤어졌다.

◆

“이로써 단위를 4, 5점을 확보했네. 다음은 뭘 해볼까?”

쿠논은 빌려 쓰고 있는 자신의 교실로 향하면서 다음 행보를 생각했다.

구상은 여러 가지가 있었다.

금세 착수할 수 있을 만한 것도 있었다.

영초 시 시루라와 「약상자」와 관련한 구상은 현재 시간이 필요하다. 한 달에서 세 달은 경과를 지켜볼 필요가 있다.

그러니 역시 이 상황에서는…….

“……슬슬 만나러 가볼까?”

줄곧 궁금했던, 동경하는 사토리 선생님.

성녀의 금전 문제부터 시작하여 여러 일들로 바빠서 만나러 갈 만한 여유가 없었다.

지금 만나지 않으면 또 여러모로 바빠질 듯했다.

“좋아.”

정했다.

이대로 동경하는 사토리 선생님을 만나러 가야겠다—고 생각했을 때였다.

“—아, 쿠논 군!”

학교 건물 창문에서 웬 여성이 고개를 내밀고서 부르자 쿠논의 사고가 정지했다.

이름이 떠오르지는 않지만, 분명 「합리 파벌」 여성이다.

"물속에서 호흡하는 실험에 흥미 없어—?!"

신사로서 여성의 목소리에 응해줘야만 한다.

그리하여 쿠논은 한동안 「물속에서 호흡하는 실험」에 몰두하게 된다.

제2화 물속에서 호흡하는 법을 실험하다

"―아앗?! 왜 네가 여기에 있냐!"

처음에는 그렇게 반응했는데, 지금은…….

"―아니, 아니, 잠깐, 잠깐! 이거 뭐야? 엄청나잖아!"

쿠논이 제안한 아이디어를 강하게 긍정하고 있었다.

목표가 같다면 마음도 일찍 터놓을 수 있는 법이다.

그렇게 쿠논과 산드라는 두 번째로 만났다.

쿠논은 「물속에서 호흡하는 법」을 실험하자는 권유를 받고서 흔쾌히 승낙했다. 그리고 금세 실험에 착수하게 됐다.

권유한 상대는 「합리 파벌」에 소속된 수속성 유시타였다.

이번 실험의 리더이기도 한데, 그녀의 안내를 받아 「합리 파벌」의 거점인 지하 시설에 와있었다.

이 지하 시설은 원래는 인공 던전이었다고 한다.

천연 던전의 구조를 조사하기 위해 꽤 먼 옛날에 당시 특급 클래스 학생들이 만들었다나?

그 실험을 마친 뒤 어둡고 축축한 곳을 좋아하는 일부 마술사들이 요청하여 인공 던전을 재이용하기로 결정했다.

현재는 「합리 파벌」이 거점으로 삼고 있었다.

다시 이용하기 전에 던전이었던 과거는 제쳐두고.

현재는 출입구도 네 개쯤 늘어났고, 옛날에는 통로를 이루고 있던 벽도 허물어서 널찍한 공간을 여럿 마련했다. 그런 느낌으로 지하 1층부터 3층까지는 활동하기 편하게 리폼되어 있었다.

벽과 천장은 어슴푸레 밝고, 공기 순환도 잘 되고 있었다.

지하 시설이라는 사실을 잊을 만큼 지하답지 않은 장소였다.

─다만 「합리 파벌」은 지하 3층까지만 이용하고 있었다. 그 아래는 수수께끼도 많고, 지하 13층 이하는 상세한 자료조차도 남아있지 않았다. 지하 몇 층까지 있는지도 모른다.

지하 41층까지는 여담 같은 형태로 자료가 몇몇 남아 있다고 하는데, 신빙성이 의심스럽다나?

그보다 더 아래층에 관한 정보는 전무하다.

이따금 지하에서 무슨 신음이나 으르렁거림이 들려온다는데─.

기본적으로는 무시한다.

「그런 장소」라는 걸 납득하고, 납득한 상태에서 굳이 「합리 파벌」은 대대로 여길 거점으로 써왔다는데…….

꽤나 호탕한 면이 있다.

"아앗?!"

던전 시대의 자취가 약간 남아 있어서 통로가 미로처럼 뻗어 있었다. 그러나 안내받은 방은 조금 넓은 공간이었다.

학교 건물에 있는 교실처럼 연구를 시작하면 빌릴 수 있는 빈 방이라나?

쿠논이 거기에 들어가자마자 한 여성이 목소리를 높였다.

산드라다.

"왜 네가 여기에 있는 거야!"

갑작스러운 인사였다.

"—다수결로 어제 결정했잖아!"

"—이제와 시시콜콜 따지지 마!"

"—단위! 단위!"

산드라가 쿠논에게 대들자마자 주변에 있던 사람들이 그녀에게 되레 대들었다.

"—그만해, 산드라! 쿠논 군과 산드라 둘 중 하나만 잡을 수 있다면 난 망설이지 않고 쿠논 군을 잡을 거니까! 쿠논 군을 내쫓을 바에야 널 내쫓을 테니까!"

쿠논을 권유하고 데려온 유시타마저도 산드라에게 불만을 토로했다.

"아직 단위를 1점도 따내지 못했으니 끼워달라고 울며 매달렸던 사람이 누구?!"

"……나, 납니다."

"우리의 지시를 순순히 따르고, 불만을 내뱉지 않겠다고 약속했지?!"

"해, 했습니다……."

"그럼 지금 해야 할 말은?!"

"……빵을 사올까요?"

"아니잖아! 쿠논 군한테 사과해야지! 우릴 위해 와줬다고!"

"……죄송합니다."

산드라가 사과했다.

이게 실험 리더의 힘인가? 하고 쿠논은 생각했다. 저 걸걸한 산드라에게 사과를 시킬 만한 힘이구나.

뭐, 어쨌든.

"단위가 필요한 건 저도 마찬가지이니 조금만 참아줄 수 없을까요? 하지만 언짢아하는 당신도 참으로 가련해요. 마치 네모필라처럼. 꽃말을 아시나요? 꼭 찾아봐요. 제 진심이니까. 뭐, 보이지는 않지만."

참고로 네모필라의 꽃말은 가련이다.

"……여전히 이 녀석은 골치 아프구만……."

산드라는 쿠논의 입방정을 듣고서 벌벌 떨었다.

그녀는 시시콜콜하게 따지는 걸 싫어하는 성격이라서 「적이냐 아군이냐」로 사람을 판단한다. 그래서 어느 쪽으로 분류해야 할지 알 수 없는 상대를 껄끄러워한다.

―인사를 나누며 안면을 익힌 뒤 곧바로 실험에 들어갔다.

여기는 커다란 원룸 연구소다.

필요한 물건은 최소한으로만 갖춰져 있었다. 실험에 맞춰서 그때마다 마련한다나?

이번 실험에 맞춰서 실내 중앙에는 커다란 수조가 설치되어 있었다.

이걸로 「물속에서 호흡하는 방법」을 실험하겠지.

참가자는 산드라와 유시타를 포함하여 네 명.

쿠논을 합하면 다섯 명으로, 남자 둘과 여자 셋으로 구성되어 있었다.

모두가 수속성이라는 말을 전해 듣고서 쿠논은 조금 흥분했다.

입학한 지 얼마 되지 않았지만, 이런저런 이유로 실험이나 연구는 해왔다. 그러나 수속성 마술사끼리 물에 관한 실험을 아직 해보지 않았으니까.

수속성 마술사와 함께 무언가를 하는 건 첫 스승인 제니에 이후로 처음이었다.

"지금은 아직 의견을 서로 내고 있는 초기 단계인데, 쿠논 군은 어떻게 해야 물속에서 호흡할 수 있을 것 같아? 머릿속에 얼핏 떠오른 대략적인 아이디어라도 괜찮으니 생각해 봐."

유시타가 묻자 쿠논은 팔짱을 꼈다.

"글쎄요…… 네 가지 정도가 얼핏 떠오르네요."

"어? 네 가지나?"

물어봤더니 팀원 넷이서 지혜를 짜내본 결과, 세 가지는 떠올려냈다고 한다.

"그렇다면 하나는 여러분들과 다른 아이디어가 나왔을지도 모르겠네요?"

"그럼 재밌겠네."

쿠논은 고개를 끄덕였다. 확실히 재밌겠다.

"어차피 거짓말이겠지."

"그만하래도."

그토록 볼멘소리를 들었는데도 산드라는 아직도 쿠논이 참가해서 불만스러운 듯했다.

"지금 거짓말을 해봤자 금세 들통날 테니 의미가 없잖아요? 네모필라 같은 그대여."

“…….”

쿠논은 산드라를 침묵시킨 뒤 손가락을 하나씩 꼽으며 떠오른 아이디어를 거론했다.

첫 번째,「물 구슬」을 두른다.

공기와 함께 물속에 들어가는 방법이다. 공기를 채운「물 구슬」속에 몸을 통째로 집어넣거나, 혹은 머리에만 씌워도 될지도 모르겠다.

두 번째, 입과 코를 수면과 연결한다.

요컨대 길쭉한 관으로 지상과 수중을 잇는 방법이다.

세 번째, 공기를 발생하는 마도구를 제작하여 입 속에 넣는다.

“세 번째는 어디까지나 얼핏 떠오른 영감에 불과하지만요. 지금부터 개발에 착수하더라도 시간이 오래 걸리지 않을까 싶어요.”

「합리 파벌」멤버들이 고개를 끄덕였다.

“그런 도구를 제작한다는 방안은 우리 사이에서도 나왔어.”

“그런가요? 가능성을 따지자면?”

“없다고 할 수 있지 않을까? 솔직히 이 실험은 단위를 따내고 싶어서 벌이는 거니 시간이 오래 걸리는 방법은 피하고 싶어. 욕심 같아서는 노력도 덜 쏟고 싶네. 가볍게 실험하는 게 이상적이야.”

유시타의 그 말은 머릿속으로는 생각할 수 있어도 입 밖으로 좀처럼 꺼낼 수 없는 속마음이었다.

하지만 그 심정을 알겠다.

시간을 덜 쓰면서 편하게 단위를 딸 수 있다면 그보다 더 좋을 수는 없다.

"솔직한 사람이야. 당신의 새로운 매력을 발견하고야 만 것 같아."

"하하…… 고마워."

쿠논의 그 말은 비아냥거림처럼 들렸다. 뭐, 역시나 비아냥거릴 만하다고 유시타는 생각했다.

"그럼 가장 빠른 방법을 시도해볼까요? 수속성 마술사들이 이만큼 모여 있으니 조금 억지스러운 방법도 가능할지도."

"억지스러운 방법…… 아마도 아직 거론하지 않은 네 번째 아이디어인 것 같은데 뭐야?"

"물속에 육지를 만드는 거예요."

"음…… 육지……?"

네 사람의 머리 위에 의문 부호가 떠오른 듯했다.

"해볼까요?"

쿠논은 앞으로 나선 뒤 수조 앞에 섰다.

"―이렇게 공기를 가둔 기포를 만들어 물속에 가라앉혀 나가면……."

쿠논이 「물 거품」으로 생성한 수많은 기포들이 수조 속에 점점 가라앉아 나갔다.

"일체화시키고서……."

기포들을 가라앉힌 뒤 서로 붙여 나갔다.

그런 과정을 반복하니 점점 커다란 하나의 기포가 되어 갔다.

"……자, 이런 느낌입니다."

"―오오……!"

물속에서 공기는 위로 올라간다.

쿠논이 생성한 기포는 그 상식을 뒤집고서 가라앉아 수조 아래에 공기층을 만들었다.

그래, 이건 육지다.

물속에 육지가 생겼다.

「물속에서 호흡하는 방법」으로서는 벗어났는지도 모른다. 하지만 넓은 의미에서는 이것도 틀렸다고 할 수는 없겠지.

"이 방법이라면 우리도 빨리 시도해 볼 수 있지 않을까요? 다섯이나 있으니 도구도 필요 없고요. 간편해요."

"분명 그렇긴 하지만…… 근데 이걸로 단위를 딸 수 있을까?"

"아마도 안 되겠지."

유시타가 중얼거리자 「합리 파벌」 멤버들이 대답했다.

안타깝게도 방법이 너무나도 간편해서 교사가 평가해줄지 의심스러울 듯했다.

물속에 가라앉힌 기포.

꽤 고도의 기술이건만, 그 사실은 깨닫지 못했다.

그런데―.

"아니, 아니, 잠깐, 잠깐! 이거 은근히 굉장하다고!"

산드라만이 흥분했다.

"『물속에서 호흡하는 방법』보다 물밑을 걷는 게 훨씬 더 굉장하잖아! 물속과 물밑을 가까이서 관찰할 수 있다고! ―왜 다들 그걸 느끼지 못하는 거야! 꼬맹이 껄떡쇠?! 그렇지?!"

"꼬맹이 껄떡쇠……."

신사와는 너무나도 거리가 먼 호칭에 쿠논은 충격을 받았다.

"어째서 아이디어를 제시한 너도 느끼지 못하는 거냐!"

너무나도 충격적인 호칭에 그럴 정신이 없었기 때문이다.

아무도 그 의미를 알아채지 못한 듯했다. 그래서 다들 「산드라는 왜 그렇게 흥분한 거야? 배가 고파서 짜증난 거야?」하고 생각하는 것 같은 얼굴로 어리둥절해했다.

산드라의 입장에서는 참으로 부아가 치미는 얼굴들이었다.

"너희들, 잘 들어! 낭만이 더 넘치는 말로 바꿔서 말해주랴?!"

모험가 기질도 갖고 있는 산드라가 모험가다운 말을 내뱉었다.

"―예를 들어! 해저에 가라앉은 난파선에서 보물을 주우러 갈 수 있다는 얘기야!"

그래.

이 발언을 기점으로 실험의 방향성이 크게 바뀌었다.

단지 단위를 따내려는 가벼운 실험에서 대인원을 끌어들인 일대 프로젝트로 진화했다.

"……꼬맹이 껄떡쇠……."

그러나 쿠논은 그럴 정신이 없었기에 한동안 침울해했다.

"―진정해주세요."

난파선 보물 이야기 때문에 멤버들이 흥분하자 쿠논이 제지했다.

꼬맹이 껄떡쇠라는 호칭에 상처를 입은 마음의 통증을 꾹 참고서.

산드라가 난파선 보물 이야기를 꺼낸 바람에 분위기가 완전히 그쪽으로 쏠린 듯한데…….

"그렇게 간단했다면 누군가가 진즉에 했을 거예요. 그러니까 분명 안 될 거예요."

"듣고 보니 그러네."

한 번 제동을 걸자 멤버들이 냉정하게 생각했다.

"어? 안 돼?"

산드라 혼자만 그렇게 말했다.

"냉정히 생각해보니 그러네. 그리 단순하지는 않을 거야. 문제점도 떠오르고."

유시타가 그렇게 말하고서 타일렀지만―.

"지금 당장은 어렵습니다. 하지만 가능성은 충분히 있다고 봐요."

그러나 쿠논은 부정하지 않았다.

"유사타 선배의 말대로 해결해야만 하는 문제가 많을 뿐입니다. 예를 들어 전 바다에 가본 적이 없어서 이 마술이 바닷물에 통할지 모릅니다. 수심이나 해류 같은 문제도 있고요. 수압 때문에 한계도 있을 것 같네요. 그리고 바다에 서식하는 마물도 위협이에요. 수심이 깊으면 깊을수록 강한 마물이 활동한다고 들었으니까."

지금 당장은 어렵다.

그러나 그 문제들을 해결한다면 어쩌면 산드라의 모험심을 충족시킬 수 있을지도 모른다.

"얕은 지점부터 먼저 시도해보지 않겠어요? 시도해보고서 문제점을 찾아낸 뒤 그것들을 하나씩 해결해 나간다. 실험이란 원래 그런 거잖아요?"

그렇다. 실험이란 그런 것이다.

"하아…… 실은 단위를 간편하게 따고 싶었을 뿐인데 말이야……."

이 멤버들은 그런 과정을 생략하고서 단위를 빨리 취득하고 싶었지만…….

"―하는 수 없지. 해볼까!"

""오―!""

유시타의 그 말 한마디에 이 팀은 본격적으로 실험을 벌이기로 했다.

"보물을 갖고 싶은가?!"

""오오―!""

"부자가 되고 싶은가?!"

""오오―!""

"돈으로 호화롭게 놀고 싶은가?!"

""오오오―!""

"오……오―."

선배들의 열의가 대단했다. 돈을 향한 집착이 대단했다.

그만큼 쿠논은 소외감을 품었다.

뭐, 특급 클래스는 스스로 생활비를 벌어야만 하니 쿠논에게도 남
일은 아니지만.

물속에서 호흡하는 법.

쿠논이 제시한 기술만으로는 단위를 따내지 못할지도 모른다.

그러나 검증 데이터도 함께 제출한다면 단위를 획득할 수 있는 가
능성이 높아진다.

게다가 예전부터 생각했던 아이디어를 버릴 필요는 없다.

그것까지 포함해서 검증하면 된다.

물론 최종 목표는 난파선의 보물이다.

일확천금이다.

다들 돈에 눈이 멀어버렸다.

"지상과 물속을 관으로 잇는 방안이 현실적이지 않을까 싶어."

"공기가 관 속에 늘 흐르고 있어야 해."

"수심에 따라서 공기를 밀어서 보내는 힘이 필요할지도."

"이상을 말하자면 공기가 들어오고 나가는 구멍이 따로 있었으면 좋겠네."

"빵 사왔습니다!"

"수심이 깊은 곳에서는 풍속성도 필요하지 않을까? 공기를 보내주는 역할로."

"아—. 그럼 위장 같은 형태는 어때? 공기를 집어넣는 쪽을 식도처럼 생각하는 거지."

의욕이 샘솟은 선배들이 여러 의견을 제시했다.

쿠논이 여기에 처음 왔을 때는 분위기가 느슨했는데, 지금은 거짓말 같았다.

다들 은은한 열기를 품고 있었다.

쿠논도 논의에 참여했고, 가능성이 있을 법한 방안을 서로 나누면서 뜻을 모아 나갔다.

"—의견은 거의 다 나왔나? 언젠가 풍속성이 필요해질지도 모르겠지만, 우선 우리끼리 해볼까?"

이제는 현장에 가서 검증해봐야 한다.

이튿날 아침에 모험가이기도 한 산드라가 안다는, 도시 밖에 있는 호수에 가기로 했다.

"……."

쿠논은 전혀 정비되지 않은 장소에 가는 건 처음이다.

그 사실을 말해봤자 걱정과 민폐만 끼치므로 굳이 내뱉지는 않았지만.

그래서 다른 의미로도 굉장히 두근거렸다.

—쿠논 그리온, 난생 처음으로 필드워크에 나선다.

◆

이튿날.

비가 내리면 중지하기로 했는데, 다행히도 날이 맑아서 예정대로 진행됐다.

"어, 잠깐만?! 저기, 유시타. 이 녀석이 있다는 얘기는 못 들었는데!"

아침부터 설레는 마음을 안고서 쿠논은 약속 장소인 교문 앞으로 갔다. 그랬더니 이미 유시타가 와있었다.

그리고 쿠논을 보자마자 곁에 있던 한 사람이 소란을 피웠다.

"어? 아, 뭐야? 카시스, 쿠논 군을 알고 있어?"

이 무슨 일이란 말인가.

그곳에는 카시스가 있었다.

쿠논에게 조금 안 좋은 감정을 갖고 있는 남자, 아니, 여자가 있었다.

"나, 이 녀석 싫어!"

"어?"

"전 싫지 않아요."

"엥?"

"그게 뭐야! 어차피 너도 여자 가슴에만 흥미가 있잖아?! 남자는 죄다 그렇거든! 어차피 나 따윈 납작하다고!"

"아니, 카시스?! 아침부터 교문 앞에서 무슨 소리를 하는 거야?!"

"시끄럽거든! 어차피 나 따윈 가슴도 없는, 빼어난 미모밖에 없는 여자야! 딱히 예쁘지는 않지만, 가슴이 약간 있는 네가 내 기분을 알 리가 없어!"

"뭐? 맞을래? 주먹, 얼굴에 날린다?"

흥분한 카시스를 진정시킨 뒤 유시타가 한숨을 내뱉었다.

"……쿠논 군, 카시스랑 무슨 인연이 있었니? 미안, 몰랐어."

얼마 전에 벌어졌던, 쿠논을 서로 차지하려고 벌였던 파벌 다툼은 유명하긴 했지만…….

공교롭게도 유시타는 아무에게도 그 이야기를 듣지 못한 듯했다.

뭐, 흥미가 없었겠지.

"사과는 그 녀석 말고 내게 해야지!"

"카시스는 일이잖아. 보수는 지불했으니 똑바로 해."

─카시스는 풍속성 마술사이고, 또한 「비행」이 특기라나? 많은 인원과 중량을 어느 정도 감당하면서 날 수 있다고 한다.

요컨대 다리로 쓰려는 거였다. 가설을 검증하려는 호수까지 카시스의 마술을 이용하여 간다는 이야기였다.

도보나 마차로 이동한다면 왕복하기만 해도 시간을 많이 잡아먹기에 유시타는 자비로 카시스에게 부탁했다고 한다.

“멋대로 정해서 미안. 산드라한테 자세히 물어봤더니 목적지까지 거리가 꽤 멀다고 해서.”

“아뇨, 전 상관없어요. 그보다도 그런 사소한 일로 당신의 표정을 어둡게 하고 싶지 않네요. 타고난 매력이 망가지겠어요.”

“하, 하하…….”

“—쳇.”

오늘도 경박한 쿠논의 말투에 유시타는 겉치레로 웃었고, 카시스는 혀를 찼다.

어제 모였던 다섯 명과 카시스는 「물속에서 호흡하는 방법」을 검증하기 위해 호수로 날아갔다.

낯을 많이 가리는 카시스는 인원이 늘어나면 말수가 극단적으로 줄어들기에 딱히 문제는 없었다.

“좋은 곳이네.”

디라싯크에서 북서쪽에 위치한 호수는 숲속에 있었다.

크다고는 할 수 없지만, 적은 인원으로 실험하기에는 딱 좋은 규모라고 할 수 있겠지.

날씨는 좋고 수면은 잔잔하다.

“그치? 여기서 밥을 먹으면 맛있어.”

산드라는 소풍을 나온 기분에 젖어있는 듯했다.

뭐, 그 심정은 알겠지만.

“그럼 실험을 시작해볼까?”

저마다 구상한 방법으로 수중 탐색을 개시했다.

수속성 마술사가 다섯 명이 있으니 실험과 검증 모두 꽤 빠르게 소화할 수 있겠지.

"……너 진짜 솜씨가 좋네."

쿠논은 「물 구슬」로 만든 의자와 책상에 앉아 오로지 기록했다.

쿠논의 검증이 끝날 때까지는 한가한 카시스가 미리 챙겨온 해먹에 누워서 보고 있었다.

땅이 고르지 않은 곳이라서 발밑이 너무 위험하다.

그러한 주장 때문에 쿠논은 기록을 맡았다.

여기서는 함부로 걸을 수가 없다면서.

"카시스 선배는 한가해 보이네요."

쿠논이 기록하면서 대꾸했다.

"실제로 한가해. 물속에 들어가서 뭘 하고 싶은 거야?"

"뭐가 있을지 궁금하지 않습니까? 호수 바닥이나 바닷속에."

"전—혀. 물밑에는 사람이나 동물의 백골만 있지 않겠어?"

"그건 그것대로 흥미롭지만."

"아, 그래—."

카시스는 정말로 흥미가 없는 듯했다.

"—야! 호수 바닥에서 지갑을 발견했어! 역시 이 방법이 먹혀!"

산드라가 작은 보물을 발견할 때까지는.

"어, 진짜?!"

카시스가 벌떡 일어섰다.

"—구제국 은화잖아!"

내용물이 멀쩡한 걸 보고서 카시스가 기뻐하며 목소리를 높였다.

산드라가 호수 바닥에서 주워온 가죽 지갑 속에는 주화 몇 닢이 담겨 있었다.

오랫동안 물속에 있었기에 지갑은 심하게 열화돼서 만지기만 해도 부스스 허물어졌다. 산드라는 두 손으로 떠내듯 받치면서 신중히 육지까지 가져왔다.

"아아, 옛 시대의 돈인가?"

"전란 시대의 분실물 아닐까?"

"······분실한 물건이라기보다 **분실된 물건**일지도 모르겠지만."

"아, 아마 그렇겠지."

유시타를 비롯하여 실험 팀이 모여서 물속에서 습득한 물건에 관한 감상을 밝혔다.

쿠논도 그렇게 생각했다.

아마도 제국이 마술도시 디라싯크를 갖고 싶어서 침공했던 시절의 물건이겠지.

무슨 일이 생겨서 그 시대부터 줄곧 호수 바닥에 가라앉아 있었다.

어쩌면 **주인과 함께** 호수 속에 빠졌을지도 모르겠다.

현재는 전란 시대의 흔적이 전혀 보이지 않는, 아름다운 호수이지만.

분명 그 시대에는 이 주변에서도 수많은 사람들이 죽어나갔겠지.

"뭔가가 더 있지 않겠어?! 금화! 구제국 금화 같은 게!"

"맞아! 하나를 건져냈으니 더 나와도 이상하지 않다구!"

카시스와 산드라는 시대 배경이나 경위 따윈 중요하지 않은 듯했다.

여하튼 돈을 갖고 싶어 하는 속물 계열 여자라고 할 수 있겠지.

"─그러네. 방침을 살짝 변경할까?"

두 사람의 의견도 듣고서 팀 리더인 유시타가 말했다.

"일단 이제부터는 물밑에 있는 물건은 건드리지 마."

""엇?""

"어차피 여기서는 옛 시대의 동전이나 주울 수 있겠지. 인원수대로 나눠봤자 기껏해야 한 사람당 10만에서 50만 넷카밖에 안 될 거야. 호수도 그리 넓지 않고."

듣고 보니.

당시 물건은 습득해봤자 이제 쓸 수가 없을 테고, 주화 역시 호수의 규모로 보아 거액이 잠겨 있을 것 같지 않다. 장소로 미루어보아 여기서는 일반 병사가 죽었을 테니까.

"그보다도 역사적 가치가 더 높을 것 같아. 이 실험 데이터를 역사학자한테나 팔아서 돈을 뜯어내자."

뜯어내자는 표현은 좀 그렇지만.

무슨 말인지는 알겠다.

주화가 들어있던 지갑도 만지기만 해도 허물어질 만큼 손상되어 있었다.

즉, 물밑에 가라앉아 있는 모든 게 비슷한 상태일 터.

그렇다면 억지로 금품을 찾다가 망가뜨리기보다 이 모든 것에 가치를 매겨줄 역사학자에게 파는 편이 더 돈이 되리라 판단했다.

"난 10만 넷카도 좋은데?!"

카시스가 부르짖었다.

욕망을 훤히 드러냈다.

"난 주운 돈이라면 5백 넷카도 기쁘거든?!"

산드라의 마음도 알겠다.

아무리 돈이 많아도 5백 넷카를 줍는다면 누구든 기뻐하기 마련이다. 5백 넷카에는 수수께끼 같은 매력이 담겨 있다. 어쩌면 천 넷카보다도 감각적으로는 더 기쁠지도 모른다.

"그래서 돈을 학자들한테서 뜯어내자니까. 그리고 카시스는 관계 없잖아."

제일 흥분한 그녀야말로 제일가는 외부인이라는 사실.

이때 카시스는 알아챘다.

어쩐지 자신에게 향하는 모두의 시선이 차갑다는 것을.

"─싫어! 싫어, 싫어! 동료로 끼워줘!"

그 사실을 깨닫자마자 카시스는 떼를 쓰기 시작했다.

"어차피 이 기술을 이용해서 바다에 잠긴 해적선이나 리사 플로링 호 같은 걸 찾으러 갈 거잖아?! 지금은 없어진 옛 제국의 니베파 보석이나 미술품, 에크라 자트란트의 초기 액세서리를 주우러 갈 거잖아?! 나도 갖고 싶어, 갖고 싶어! 앗, 그냥 금괴도 좋아! 굵고 큰 거!"

물욕과 금전욕을 노골적으로 드러냈다.

방금 전까지는 흥미가 없다며 아무것도 하지 않았으면서 막상 금품이 발견되자 이토록 노골적으로 드러내다니.

그 욕망에 차가워진 시선들이 유시타에게로 쏠렸다.

이 수전노를 어떻게 하지? 하고.

"……어차피 우수한 풍마술사는 필요했으니까."

이 호수에는 어디까지나 검증을 하려고 왔다.

진정한 승부처는 역시나 바다다.

─「바닷속에서 호흡하는 방법」도 확실히 연구해 나갈 작정이지만, 이 모임의 목적이 점점 보물찾기로 굳어지고 있었다.

그러나 아무리 리더라고 해도 유시타는 이 흐름을 막을 수 없었다.

아니, 이 흐름에 올라타야 한다고 생각하고 있었다.

돈은 필요하고, 단위도 따고 싶으니까.

다음 현장은 분명 바다겠지.

이동 시간, 난파선 수색, 인양해낸 물품 운반 등등.

유시타는 현 멤버만으로 바닷속을 대대적으로 탐색할 수 있으리라 여기지 않았기에 카시스가 참가하는 건 나쁘지 않다고 판단했다.

이토록 물욕이 그득하다면 함부로 배신하거나 실험 정보를 누설하지는 않겠지.

자신의 몫이 줄어들 뿐이니까.

게다가…….

"혹시 보석 감정도 할 수 있어?"

"물론! 미술품도 가능해! 골동품도 좋아! 보석은 더 좋아! 앗, 금괴도 좋아!"

그렇다면 최적의 인재일지도 모르겠다.

"뭐, 우린 괜찮지만 말이야. 같은 파벌이고, 서로 모르는 사이도 아니고."

카시스와 대화를 나눠본 적이 없는 멤버도 있지만, 서로 같은 파벌이라는 건 인식하고 있다.

방금 카시스가 본성이 드러내서 내심 놀라기는 했지만, 아무튼…….

“근데 쿠논 군 말이야.”

“나?”

“네가 싫다고 대놓고 말하는 선배가 참여하는 건 싫을 거 아냐?”

그건 배려심에서 나온 말이었다.

만약에 유시타가 쿠논과 카시스의 사연을 알고 있었다면 카시스를 도우미로 택하지 않았을 테니까.

원래는 단위를 따내기 위한 간단한 실험이다. 귀찮은 분쟁을 감수할 필요는 없다.

“—좋아! 아주 좋아! 나, 쿠논 군, 좋아해!”

카시스가 고백했다.

돈을 위해서 자신의 의지와 프라이드를 버린 순간이었다.

“얘, 쿠논 군! 쿠논 군도 날 좋아하지! 좋아하는 거 맞지?! ……좋아한다고 말해!”

그녀가 다그치자 쿠논은— 당당히 고개를 끄덕였다.

“물론 좋고말고요. 여성이 이토록 갈구하는데 응하지 않는 남자는 신사가 아니니까요.”

쿠논은 카시스를 여성으로 인식하기로 정했다.

그래서 대답은 하나다.

“……쿠, 쿠논 군…… 흐흥, 우쭐거리지 말아줄래? 너한테 다정하게 대해주는 건 이번뿐이니까.”

쿠논이 예상과 다르게 당당히 받아들이자 오히려 카시스가 동요했다.

지금껏 대화를 나누면서 카시스의 다정함은 조금도 찾지 못했지

만…….

하지만 뭐, 쿠논이 괜찮다면야 결정할 수밖에 없겠지.

"쿠논 군이 괜찮다면 카시스도 끼워줄까? 뭐, 어차피 실제로 해보니 대여섯 명은 적을 것 같으니까 바다에 들어갈 때는 도우미를 더 늘려야 한다고 봐. 이만한 호수에서도 인원이 부족한 느낌이었거든."

이건 실제로 실험을 해보고서 느낌 감상이었다.

수마술사 다섯 명으로는 인원이 부족하다는 인상을 받았다.

정말로 바다에서 난파선을 찾을 작정이라면 만전을 기하기 위해서라도 인원을 늘려야만 한다.

"그리고 대표도 데려오고 싶네."

쿠논은 그 말에 강하게 끌렸다.

"루뤄메트 선배 말인가요?"

유시타가 언급한 대표는 「합리 파벌」의 대표겠지.

즉, 배후에 그림자 나무를 짊어지고 있는 루뤄메트 말이다.

"그래. 그 사람이 있으면 왠지 안심이 되거든."

안심.

주변에서는 그렇게 인식하는 듯했다.

─「합리 파벌」의 대표 루뤄메트는 암속성이다.

광, 암, 마는 희귀 속성인데, 루뤄메트는 그중 하나인 암속성을 갖고 있다.

암속성은 어떤 게 가능할까?

보유한 인원이 적은 만큼 정보도 적어도 쿠논은 암속성으로 할 수 있는 일을 거의 알지 못했다.

그래서 그만큼 매우 흥미로웠다.

예상치 못하게 이야기가 순조롭게 자꾸자꾸 커져가는데…….

솔직히 보물찾기보다는 루뤄메트가 참가할지도 모른다는 소리를 듣고서 쿠논은 가슴이 더 크게 뛰었다.

뭐, 그건 그렇고.

"―오호. 물속은 이런 느낌이군요."

데이터를 많이 취득했기에 마지막으로 쿠논도 물속에 들어가봤다. 바닥이 고르지 못한 물밑에서도 넘어지지 않을 방법을 착안했기 때문이었다.

실제로 경험해보는 것도 실험의 일환이다.

수심은 깊지 않았다.

이번에는 물가에서 공기를 보내서 한 사람이 걸을 수 있을 만한 공기층을 만드는 방식으로 물밑을 걷고 있었다.

올려다보니 물고기가 있었다.

도감에서 본 적이 있는 커다란 담수어였다. 몸통을 우아하게 꿈틀대며 헤엄치고 있었다.

"너, 보여?"

"보이지 않죠."

함께 따라온 카시스에게 적당히 대답하면서 쿠논은 주변을 둘러보며 천천히 걸었다.

"친구가 양식 연못을 만들고 싶다고 해서 참고가 될 것 같아요."

“흐—음. 그 말은 학교에서 만들고 싶다는 뜻?”

“예.”

“어렵지 않겠어?”

“어? 어째서?”

“옛날에는 있었대. 담수어를 키우는 양식 연못이. 제법 잘 운영됐대.”

“그럼 무슨 문제가?”

“응. 어떤 바보가 사용기한이 지난 마술약, 촉매 찌꺼기, 어중간하게 남은 용제 등을 정식으로 폐기하는 게 귀찮다며 양식 연못에 버렸대. 뭐가 어떻게 작용했는지 모르겠지만, 그래서 괴물 같은 물고기가 대량으로 증식했대. 뒤처리를 하느라 고생했나 봐.”

“오호, 흥미로운 얘기네요.”

“넌 뭐든지 흥미가 있네.”

“선배의 흥미는 보석이죠? 리사 플로링호라면 옛 제국 시대를 대표하는 귀족용 대형선이잖아요. 침몰한 당시에 제국 요인들이 많이 탑승하고 있었다고 하던데.”

“맞아, 맞아! 침몰하기 직전 항해 때, 선상에서 거행될 예정이었던 차기 황제 임명식에 참석하기 위해 주변국의 높은 사람들도 타고 있었어! 그러니 필시 보물들도 함께 실려 있었을 거 아냐!”

“찾아내면 좋겠네요.”

쿠논은 의외로 평온하게 카시스와 수중 산책을 즐겼다.

필드워크는 무사히 끝났다.

호수 주변에서 여러 가지를 시험해 보고서 오후에 학교로 돌아왔다.

"난파선을 탐색하려면 현실적인 방법이 두 가지가 있겠네."

「합리 파벌」의 지하 시설로 돌아가 어제처럼 커다란 수조를 둘러싼 채 대화를 나눴다.

유일한 차이점은 외부인에서 관계자가 된 카시스가 있다는 것.

"물속에 공기층을 만드는 것과 원통형 벽을 만들어서 바닥에 구멍을 뚫는 거. 이 두 가지가 좋다고 생각해."

데이터를 바탕으로 유시타가 말했다.

멤버들은 이의가 없었다.

오늘 실험을 벌였던 얕은 호수나 바다의 얕은 지점이라면 다른 방법도 괜찮을 것 같지만…….

그러나 수심이 꽤 깊은 바다에서 홀로 잠수하는 형태는 현실적이지 않겠지.

바다에 뭐가 돌아다니고 있을지 모른다.

마물 중에는 거대한 존재도 있고, 독을 지닌 생물도 있다. 사람을 먹는 물고기도 유명하다.

주변 공기— 사람이 행동하는 범위가 넓을수록 바다에서 보호를 받을 수 있는 범위도 넓어지겠지. 공기가 있는 공간은 안전하다.

안전 대책은 지나쳐도 부족하다.

……원래 연구 테마가 「물속에서 호흡하는 방법」이었다는 걸 돌이

켜본다면 물을 이토록 대대적으로 밀어내고서 호흡한다는 해결책은 반칙 기술 같다는 생각이 들지만…….

그 부분은 연구 테마에 「수중·물밑을 탐색하는 방법」을 추가한다면 문제가 없겠지.

뭐, 처음의 실험 목적과 현재 목적이 달라졌으니 모순이 생기는 것도 어쩔 수 없을지도 모른다.

"지적할 점이 또 있을까?"

그 말을 시작으로 멤버들이 의견을 밝혔다.

"호수 밑바닥이 굉장히 미끄러웠으니 바닥을 무리하게 걸을 필요는 없지 않을까?"

"아, 같은 생각을 했어. 바닥에서 몸을 조금 띄워야 걷기 쉬울 거야."

—참고로 호수에 잠수했던 쿠논은 「물 구슬」로 만든 막을 바닥으로 삼아 걸었다.

"좋아, 난 빵을 사올게!"

"베이글 샌드위치 하나."

"나도 베이글 샌드위치."

"그럼 나도."

"난 베이컨 계란 샌드위치."

"아무거나 두 개. 산드라의 센스에 맡길게."

"쿠논 군은 괜찮지만, 우린 공기층을 만드는 마술을 더 연습할 필요가 있다고 봐."

"응. 방향성이 보이니 확실히 습득해둬야겠네."

"그럼 난 실험할 수 있을 것 같은 얕은 수역을 찾도록 할까!"

"그러네. 내일부터는 바다에서 실험해볼까?"

한동안 논의가 이어졌다.

아직 어리고 미숙하다고는 해도 다들 특급 클래스에 소속된 마술사다.

한 번 흥미를 품으면 상당한 열정을 품고서 목표를 향해 나아간다.

이튿날부터 팀은 바다에서 실험을 하기 시작했다.

가을이 깊어진 시기라서 바닷바람이 아주 차가웠다.

얕은 해역일지라도 역시나 호수와는 크게 달랐다.

해류, 수압, 기압, 해양 생물 등등.

물속에 전개하는 마술이 받는 영향은 호수보다 더 크고 많았다.

문제가 발생하면 그때마다 데이터를 남기고 수정하여 미세 조정을 거듭해 나갔다.

같은 물속이긴 하지만, 호수와 바다는 크게 다른 곳이었다.

실패했다가는 목숨을 잃을 가능성도 있었다.

현장에서 시험을 여러 번 해보고 나서 보다 안전하게 본 탐사에 나서고 싶었다.

"—여러분! 점심을 다 차렸어요—!"

마술도시 디라싯크에서 국경을 넘어 성교국 센트란스 외곽에 위치한 해변에 와 있었다.

점심은 쿠논이 데려온 시녀가 솜씨를 발휘했다.

방금 다함께 모은 식재료를, 바람이 잘 들지 않는 바위밭 뒤에서 불을 피우고서 조리했다.

생선구이와 조개구이.

전복구이와 성게구이.

해조류 볶음.

거기에다가 해산물 스프까지 바다의 맛이 총출동했다.

실험 장소를 택한 카시스가 「아슬아슬하게 당일치기할 수 있는 거리」라고 했다.

그러나 실험을 며칠 동안 벌일 거라고 내다본 유시타는 「차라리 숙박하자」며 며칠 걸리는 스케줄을 세웠다.

그리고 아직 열두 살인 쿠논만 보호자를 대신하여 시녀를 데려왔다.

아무도 신분을 알지 못하지만, 쿠논은 척 봐도 좋은 집안에서 태어난 아이처럼 생겼다. 그 집 관계자의 눈이 닿지 않는 곳에 데려갈 수는 없다는 걸 다들 알고 있었다.

"아, 맛있어!"

"조개, 맛있어!"

"하아…… 따끈해……."

"—여러분, 그 요리에 사용한 조미료가 뭘까요? 그래요, 아무것도 넣지 않았습니다. 굳이 말하자면 바다의 맛이에요. 어머니 같은 바다의 맛…… 즉, 어머니의 맛이에요."

득의양양한 표정을 지은 시녀의 말이 약간 성가시긴 했지만, 요리 실력은 확실히 뛰어난 듯했다.

물고기를 굽기 전에 내장을 확실히 제거했고, 뾰족뾰족한 성게도 말끔하게 손질되어 있었다.

심플하게 굽거나 삶기만 한 것 같지만, 모든 음식에서 세심한 정성을 엿볼 수 있었다.

"─그래서요? 쿠논 님의 걸프렌드는 누구세요?"

시녀가 스프를 훌쩍훌쩍 마시고 있는 쿠논에게 속삭였다.

"─응? 전부 다인데?"

쿠논이 당연하다는 듯 그렇게 대답했다.

"─린코, 봐 봐. 전부 매력적이잖아? 다들 내 친구야."

쿠논의 말을 부정하고 싶었지만, 부정하고 싶지 않은 점도 있었다.

그래서 여성들은 미묘한 얼굴로 흘려들었다.

팀 안에 남자가 딱 하나 있지만, 먹는 데 정신이 팔린 척 흘려버렸다.

그는 여성 비율이 높은 자리에서는 여성에게 거역하지 않는 게 좋다는 걸 알고 있었다. 참고로 카시스는 아니다.

"─아이 참. 쿠논 님은 플레이보이라니까."

"─이로써 나도 신사에 한 걸음 더 다가갔네."

두 사람이 서로를 보면서 웃었다.

뭐라고 해야 할까. 쿠논의 머릿속에 잘못된 신사관이 생겨난 원인을 본 것 같은 기분이 들었지만, 결국 그 누구도 아무 말도 하지 않았다.

─닷새에 걸쳐 얕은 수역을 조사했다.

얕은 수역.

깊은 수역.

날씨와 시각, 밀물과 썰물.

비 오는 날, 구름이 낀 날.

본격적으로 탐사를 시작한 후에는 일정이 조금만 틀어져도 곤란한 일이 벌어진다.

그래서 바다나 날씨가 조금 험해진 상태의 데이터도 획득해두고 싶었다.

그래서 조금 오랫동안 실험을 벌였다.

"—우헤헤. 헤헤. 이히히."

노력한 보람이 있었고, 습득물도 있었다.

실제로 바다에 가라앉은 작은 난파선을 발견했다.

물고기들의 서식지로 변한 곳에 발을 들이고서 금품을 수색해본 결과— 자그마한 보석과 세공품, 주화를 나름 발견했다.

카시스는 히죽거리면서 하나씩 주워온 금품을 헤아리며 머릿속으로 환금하고 있었다.

세공된 금속 좌대는 못쓰게 됐지만, 보석이나 금, 은은 멀쩡하다던데…….

인원수로 나누면 한 사람당 벌 수 있는 금액은 그리 높지 않을 것 같지만—.

"이 정도면 가능성이 있을 것 같네."

유시타의 말대로였다.

그래, 주워온 그것들의 가치보다 실제로 바다에 가라앉아 있던 배에서 회수해 왔다는 사실이 더 값어치가 있었다.

"—그럼 본 탐사를 준비해볼까."

드디어 보물찾기가 시작된다.

◆

"─난파선 조사? 리사 플로링호의 재보? 그건 이미 다 탐색했는데요?"

"네?"

본 탐사를 대비하여 준비를 시작하자.

드디어 구체적으로 일정을 정해나가는 단계에 접어들어 일주일만에 학교로 돌아온 유시타는 협력을 요청하기 위해 「합리 파벌」 대표인 루뤄메트에게 이야기를 꺼냈다.

정리 정돈된 그의 연구실에 가서 용건을 전했더니─.

"그러니까 끝났대도요."

그 대답이 이것이었다.

"끄, 끝났, 다고요?"

"전부 다 조사했는지는 모르겠지만, 유명한 곳은 다 끝마쳤을 거예요. 그 유명한 리사 플로링호는 항해 루트가 출발 전부터 정해져 있었어요. 그러니 어디서 침몰했는지 대강 밝혀낼 수 있었겠죠? 거기에 보물이 있다는 걸 안다면 어떻게든 손에 넣고 싶어지겠죠. 그렇게 판단한 권력자가 마술사를 고용하여 건져냈다─는 얘기를 들은 적이 있어요. 아무튼 이 학교의 교사한테도 의뢰가 들어온 적이 있었으니까."

루뤄메트는 충격을 받고서 굳어버린 후배에게 가벼운 어조로 거듭 말했다.

"난파선 탐사 전문 마술사도 있다고 해요. 모험가로서 활동하고 있는 마술사였다고 기억합니다만."

"이, 이럴 수가……."

유시타는 휘청거렸다.

분명 처음에는 단위만을 따내기 위한 실험이었다.

예기치 않게 계획이 확대돼서 열의를 품고서 실험을 실시했다.

카시스가 여러 재보 이야기를 하기에 어느새 유시타도 관심이 동했다.

보물을 이미 손에 넣은 것이나 마찬가지라는 생각조차 했다.

그런데 그런 나날이 헛수고가 됐다.

야망이, 놀고먹겠다는 꿈이, 방금 흩어졌다.

"……하아…… 실례했습니다……."

"어라? 벌써 용건이 다 끝났습니까?"

유시타는 힘없이 고개를 끄덕인 뒤 어깨를 축 늘어뜨린 채 루뤄메트의 연구실을 나왔다.

자신만만해하며 찾아왔던 후배가 자신감을 잃고서 나갔다.

쓸쓸한 뒷모습을 바라보며―「합리 파벌」 대표 루뤄메트는 생각했다.

"……그나저나 바닷속을 탐사한다? 재밌을 것 같군요."

루뤄메트는 여러 장소에서 실험과 조사를 해왔다.

그러나 바닷속에는 가본 적이 없었다.

난파선 수색.

가라앉은 배에서 금품을 건져낸다.

"흠."

루뤄메트는 자리에서 일어섰다.

흥미가 조금 솟아서 방금 나갔던 후배를 쫓아가기로 했다.

—어디로 갈 예정인지 듣지 못했다.

—그곳에는 이미 탐색을 마친 난파선이 있을지도 모른다.

허탕을 치더라도 괜찮겠지.

돈을 벌면 되지만, 경험은 돈으로 살 수 없는 경우가 있다.

자신도, 그리고 후배도.

아무것도 얻지 못할지도 모르겠지만, 이 경험은 분명 헛되지 않겠지.

게다가— 바닷속에 있는 보물에 관해 짐작 가는 바가 있다.

그것까지 포함하여 분명 좋은 경험이 될 거다.

제3화 돈에 눈이 먼 실험

얕은 수역에서 실험을 마친 지 사흘이 지났다.

몸을 충분히 쉬면서 준비를 단단히 하는 시간을 보냈다.

그리고 그날.

"—그래서 이 열다섯 명으로 해저 탐색을 할 생각입니다."

하늘도 아직 어둑한 이른 아침.

마술학교 교문 앞에는 열다섯 명의 마술사가 모여 있었다.

열다섯 명.

「물속에서 호흡하는 방법」 팀에서 부랴부랴 증원한 멤버들이었다.

「조화 파벌」에서도 참가자를 모집했다고 한다.

뭐, 남성만 늘어난 것 같아서 쿠논은 딱히 흥미가 없지만.

멤버 숫자가 상당히 늘었지만, 여전히 팀 리더인 유시타가 지휘를 맡았다.

—드디어 본격적으로 난파선을 조사하는 단계에 이르렀다. 요컨대 이 인원수야말로 유시타 팀이 진심이라는 방증이라고 할 수 있겠지.

현지에서 벌어진 문제에 대처하고, 짐을 운반하고, 상정된 트러블에 대응한다.

그 문제들을 감안하여 인원을 이만큼 늘렸다고 한다.

쿠논이 보기에는 대대적인 조사를 벌이는 것치고는 적은 편이 아닐까, 하고 생각했다.

전력을 다할 작정이라면 더욱 만전을 기해야만 한다고.

아니, 이 탐사도 아직은 시험 단계라고 할 수 있겠지.

실험은 실시했고 데이터도 획득했지만, 정작 본격적으로 탐사를 해본 경험은 없었다.

그래서 오늘 성공한다면 다음에는 더욱 힘을 낼 수 있겠지. 딱 한 번만 진행하고서 끝낼 필요는 없으니까.

뭐, 다음에도 쿠논이 참가할지는 알 수 없지만.

"……."

지금.

쿠논의 의식은 오늘 일정을 설명하고 있는 유시타가 아니라…….

자신과 마찬가지로 팀 리더를 주목하고 있는 한 남성에게 쏠려 있었다.

「합리 파벌」 대표 루뤄메트.

마술사 업계에서도 보기 드문 암속성을 가지고 있다.

―꼭 대화를 나눠보고 싶고, 가능하다면 암속성 마술도 보고 싶었다. 꼭 보고 싶다. 보이지는 않지만.

암속성이란 귀중한 샘플에 비해 바다 탐색 따위 별 흥미가…….

"……아니, 그런가?"

흥미가 없다고 단언할 수 없긴 했다.

아니, 그러기는커녕…….

자신의 마음속을 잘 살펴보니 양쪽의 흥미가 비슷한지도 모르겠다.

―마술사로만 구성된 팀으로 실험하고 검증하고 필드워크했던 경

험은 즐거웠으니까.

함께 해변에서 먹었던 물고기가 조개도 맛있었다.

수속성 마술사끼리 수마술에 관해 대화를 나누는 건 몹시 재밌었다.

그 나날이 아무런 성과도 거두지 못한 시간 낭비였다는 소리는 아무에게서도 듣고 싶지 않고, 말하지 못하게 할 거다.

난파선이나 보물에는 별로 흥미 없지만, 이 실험이 어떤 결과를 내놓을지 무척 궁금했다.

단위도 달려있고.

유시타의 설명이 끝나자 다들 곧장 행동에 나섰다.

카시스에 이어 세 명쯤 늘어난 풍마술사가 「비행」으로 모두를 목적한 포인트로 옮겼다.

참고로 쿠논은 당일치기다.

당일치기반과 체류반 두 팀으로 나뉘었다. 그리고 쿠논은 당일에 돌아가는 팀을 택했다. 그래서 이번에는 시녀를 대동하지 않았다.

한동안 마차보다도 훨씬 빠르게 이동했다.

하늘이 훤해졌을 즈음에 멀리서 바다가 보였다.

목적지인 작은 어촌에 도착한 뒤 일을 한바탕 마친 풍속성 마술사들이 쉬는 동안에 다른 사람들은 빠릿빠릿 움직였다.

준비를 제대로 해왔다.

쿠논도 준비하는 데 참가하고 싶었지만 「신입생은 할 수 있는 게 없다」고 해서 가만히 있었다.

그렇게 말한 이유를 납득할 만큼 선배들이 빈틈없이 준비를 해왔다.

어디선가 중형 선박을 조달해왔다.

작은 어촌에는 어울리지 않는 목조 범선으로 장거리 항해도 문제가 없을 만큼 튼튼했다. 사고라도 일어나지 않는 한 침몰하지는 않겠지.

그다음에는 보물을 향해 심상치 않은 흥미와 열정을 품고 있는 카시스가 전력으로 조사하고 조사하여 어느 해역에서 난파선으로 추정되는 물체를 발견했다.

정말로 발견했다.

이 근방에 사는 사람들에게 물어봤더니 사람이 거기까지 간 적은 거의 없다고 한다. 애당초 큰 배도 가지 않는다나?

즉, 아무도 건드리지 않은 상태로 가라앉아 있을 가능성이 높았다.

또한 법도 확인했다.

성교국 센트란스 외곽에 위치한 이 해안가에서는 주인을 알 수 없는 습득물은 주운 사람이 가져도 된다고 한다.

보통 큰 도시에서는 영주가 그 부분을 규제할 텐데.

적어도 이 부근에서는 허락한다는 뜻이었다. 그만큼 사람이 없는 시골이라는 뜻이다.

"─자, 어서 타!"

유시타가 어촌 촌장에게 인사를 한 뒤 어서 배에 타라고 마술사들을 재촉했다.

마을 사람들이 신기해하며 지켜보는 앞에서 줄줄이 배에 승선했다.

"─도와줄까요?"

사람들이 널빤지를 타고서 다 올라탈 때까지 기다렸다가 마지막에 가려고 마음먹은 쿠논.

그런 쿠논에게 루뤄메트가 말을 걸었다.

"아, 괜찮습니다. 감사합니다."

"그렇습니까? 정말로 괜찮습니까?"

"예. 루뤄메트 선배가 여성이었다면 꼭 부탁했겠지만, 신사로서 남성한테 에스코트를 부탁할 수는 없으니까."

"후후, 그런가요? 그럼 먼저."

배와 잔교를 잇는 널빤지에는 당연히 난간도 달려 있었다.

물론 파도에 흔들려 불안정하고, 발을 삐끗한다면 바다에 풍덩 빠질 수 있다.

"아, 카시스 선배. 에스코트해주지 않겠어요?"

"뭐? 싫어. 쿠논 군이랑 친해다는 소문이 퍼지는 건 싫으니까. 애당초 넌 혼자서도 괜찮잖아?"

카시스가 고개를 획 돌리고서 배에 올라탔다.

쿠논은 차였다.

뭐, 예상했기에 딱히 아무 생각도 들지 않았다. 에스코트를 해주면 좋겠다는 가벼운 바람이었으니까.

"……."

"……."

"……."

"……산드라 선배, 먼저 가세요."

"왜 내게는 부탁하지 않냐?"

"선배의 손을 귀찮게 하는 남자가 되고 싶지는 않아서요."

"……흐응…… 쳇. 시답잖은 소리를 내뱉었다가는 바다에 빠뜨릴 생각이었는데."

불온한 말을 중얼거리면서 산드라도 배에 탔다.

쿠논은 그 의도를 미리 읽어냈다.

쿠논은 디딤새가 불안정한 곳에 약하다. 아마도 그냥 걸었다가는 높은 확률로 바다에 빠지겠지.

유시타는 가장 먼저 탑승했기에 이제 에스코트를 부탁할 만한 여성은 없었다.

하는 수 없이 순순히 「날기」로 했다.

"……."

매우 거들먹거리듯 몸을 뒤로 뺀 채로 하늘에 날아올라 마지막에 배에 탑승한 최연소 마술사를 보고서 주변 사람들이 어이없어했지만.

뭐, 여하튼.

"모두 다 탔어?! ―닻을 올려라! 출발!"

유시타의 목소리에 맞춰 배가 나아갔다.

"바람 담당, 잘 부탁해! 힘내!"

여기서도 풍속성이 크게 활약했다.

돛이 크게 부풀더니 속도를 점점 높여 나갔다.

"루뤄메트 선배, 아까는 고마웠습니다."

"……아, 예……."

거들먹거리듯 몸을 젖힌 채로 두둥실 다가온 쿠논을 보고서 루뤄메트는 뭐라 형언할 수 없는 기분이 들었다.

아니, 이유는 알지만.

"멀미를 합니까? 아니면 발밑이 불안정해서?"

"발밑 때문입니다. 전 단차나 경사에 약하거든요. 아마도 배 위에서는 서있을 수 없을 거예요."

눈이 보이지 않기에 평형감각이 제 역할을 하기가 어려울 거라고 루뤄메트는 해석했다.

"아, 이런 모습이라 죄송합니다. 왠지 자세가 거들먹거리는 것처럼 보인다는 지적은 들었지만, 반대로 어떻게 고칠지 고민했더니 떠오르질 않아서……."

"……."

일단 문제가 있다는 걸 자각하고는 있구나, 하고 루뤄메트는 생각했다.

뭐, 그보다도.

"재밌는 마술이군요. 설마 수속성으로 날 수 있을 줄은 생각지도 못했습니다."

이래 봬도 루뤄메트는 충분히 놀랐고, 주변 마술사들도 놀랐다.

특히 쿠논과 동일한 속성인 수속성 마술사들은 꽤 크게 놀랐다.

그 제온리의 제자다. 그 간판이 장식이 아니라는 건 잘 안다.

이게 바로 재능 있는 마술사의 모습이다.

쓸데없이 거들먹거리는 것 같지만.

"괜찮다면 알려드릴게요. 대신 선배의 암마술을 알려주세요."

"어라? 내 마술을?"

"예. 암속성이 어떤 건지 전 전혀 모르거든요. 암속성에 관하여 기술한 책도 꽤 적다고 하고요."

"그렇군요."

마술사로서 마술이 궁금하다.

마술사로서 대단히 건전한 욕구다.

지금은 가라앉았지만, 막 입학했을 때는 루뤄메트도 자주 질문을 받았다.

대체 암속성은 어떤 것이냐고.

"그렇군요ㅡ. 쿠논, 위를 봐주세요. 바닷새가 배를 뒤따르듯 날고 있죠? ……아, 보이지 않습니까?"

"아뇨, 괜찮습니다. 보이지는 않지만."

하늘을 올려다보고 있는 루뤄메트 옆에서 쿠논이 거들먹거리는 자세로 나란히 올려다보고 있었다.

두 사람은 하늘을…… 여섯 장의 날개로 날고 있는 새를 주시했다.

루뤄메트의 마력이 움직였다.

그러자ㅡ 바닷새가 날개 여섯 장을 비틀다가…… 배 위에 떨어졌다.

"우와, 뭐야?!"

"어, 죽었어?! 뭐야?! 뭐가 벌어진 거야?!"

루뤄메트와 쿠논 근처에 있던 사람은 경위를 알고 있지만…….

모르는 사람의 눈에는 바닷새가 뜬금없이 갑판에 떨어진 것처럼 비쳤겠지.

그러니 놀랄 수밖에.

"내가 했습니다. 우리의 점심으로 먹도록 하죠."

루뤄메트가 말하자 사람들의 동요가 금세 가라앉았다.

그들은 암속성을 알고 있기에 납득했다.

"······즉사 마술? 무슨 원리지······?"

쿠논도 놀랐다.

그는 루뤄메트가 쓴 정체불명의 마술이 지니고 있는 이상함과 기이함에 놀랐지만.

그렇다— 암속성은 마술에 조예가 깊은 사람일수록 더욱 크게 놀란다.

아무 현상을 일으키지 않고 생물을 죽음에 이르게 하는 마술 따윈 존재하지 않는다. 그건 불가능하다.

그 사실을 잘 알고 있으니까.

"쿠논 그리온. —난 늘 누가 암속성에 관해 물어보면 이렇게 대답합니다."

순식간에 사고의 바다에 빠져든 쿠논을 루뤄메트가 불렀다.

"—내 마술의 정체를 맞춰 보세요. 그게 가능하다면 얘기를 하도록 하죠."

"즉사, 어둠, 즉사, 즉사."

쿠논은 거들먹거리듯 몸을 젖힌 채로 사고의 바다에 빠져 있었다.

만약에 여기에 쿠논의 시녀가 있었다면 「바다 위에 있는데 바다에 빠지다니 감탄스럽네요」 하고 말할지 어떨지는 모르겠지만······.

"슬슬 포인트야! 감속!"

유시타가 외쳤다.

돛을 크게 부풀렸던 풍마술사들이 이번에는 미풍을 일으켜 배 속도와 방향을 조정해 나갔다.

그동안에 카시스는 앞서 날아가 장소를 확인했다.

"―영차."

지참해온 작은 뗏목만 한 나무판을 바다에 내려두고서 그 위에 내려섰다.

옆에서 보니 바다에 서있는 듯했다.

저것도 간단해 보이지만 「비행」이 장기인 카시스이기에 가능한 곡예였다.

카시스가 손짓으로 배를 세우라고 신호를 보냈다. 난파선이 침몰해 있는 포인트임이 틀림없는 듯했다.

유시타는 그걸 보고서 호령했고, 배는 속도를 완전히 줄이고서 닻을 내렸다.

파도에 출렁이며 커다란 배가 이리저리 기울었다.

그런 와중에…….

"잘 보고 있어!"

마술사들이 카시스의 목소리에 주목했다.

쿠논은 홀로 생각에 몰두하고 있었지만, 뭐, 보이지 않으니 괜찮겠지.

"―『반향음_{아라리}』!"

그건 소리를 날려 반향음을 듣는 마술이다.

밤이나 시야가 막힌 장소에서 주변을 파악하는 식으로 국소적으로 활용한다.

보통 반향음은 술자만 알아들을 수 있지만―.

""오오―!""

카시스 수준의 마술사라면 소리가 **보인다**.

정확히 말하자면 다른 사람의 눈에도 보이게 할 수 있다.

카시스를 중심으로 암록색으로 빛나는 커다란 원이 퍼져나갔다.

그리고 그 원은 그 모양을 유지한 채로 바다에 서서히 잠겨갔다.

어두워서 속이 보이지 않는 바다 깊은 곳에 이르렀는데도 녹색의 빛이 확실히 보였다.

잠겨가는 빛이 어떤 형태를 빚어냈다.

위에서부터 순서대로 설명하자면 부러진 막대.

물밑에서 고개를 내밀고 있는 고래 같은 머리.

중간쯤에서 부러진 동체.

해저에 잠들어 있는 하반신.

암녹색 빛은 이내 사라졌다.

그러나 모두의 눈에 또렷이 보였다.

그 형태는 두 동강으로 부러진 대형선 그 자체였다. 해저 바위에 걸려있을 선수는 위를 향하고 있고, 뒷부분은 바닥에 누워있었다.

"—좋아, 내게 맡겨!"

이번에는 산드라가 눈동자를 반짝이며 목소리를 높였다.

카시스가 포착해낸 난파선 정보를 믿지 못한 건 아니었다.

다만 실제로 그 광경을 보고서 텐션이 엄청나게 상승했을 뿐이다.

보물을 눈앞에 보고서 흥분하지 않을 리가 없다.

그런 이유였다.

"아, 잠깐만—."

"『<ruby>수와류<rt>아 류쿠르</rt></ruby>』!"

즈, 즈즈즈즈, 즈즈즈즈즈즈즈.

처음에는 물결이 일렁였던 해수면에서 작은 소용돌이가 생겼다.

작은 소용돌이는 조금씩 커져갔다.

바닷물을 삼키고서 커져갔다.

—소용돌이.

물을 소용돌이 모양으로 조작하는 마술이다.

산드라는 마술을 세세히 조작하는 데 서투르다.

그러나 대출력 마술이라면 이야기는 다르다. 그녀가 구사한다면 대해일지라도 잠시 동안 바다에 커다란 구멍을 낼 수 있다.

카시스가 황급히 나무판에서 뛰어올라 배로 돌아왔을 즈음에는 커다란 소용돌이로 자라났다.

"너 말이야! 날 죽일 셈이야?!"

당연히 따질 만한 일이었다.

저렇게 커다란 소용돌이에 휘말렸다가는 사람 따윈 가볍게 목숨을 잃는다.

"입 다물고 보기나 해!"

"기다리라고 하면 좀 기다려!"

"됐으니까 보라고! 자! 슬슬 나올 거다!"

카시스가 항의했지만, 산드라뿐만 아니라 아무도 눈길을 주지 않았다. 이번만은 정당한 항의였는데.

모두의 시선이 소용돌이 중심에 꽂혀 있었다.

—바다에 구멍을 뚫은 소용돌이 안에는 썩은 목조 배가 있었다.

돛대가 부러져 있었다.

동체는 두 동강으로 쪼개져 있었다.

곳곳마다 구멍이 나 있었고, 커다란 소용돌이가 갑작스레 발생해서 미처 도망치지 못한 물고기들이 여기저기 팔딱거렸다.

삼각뿔을 거꾸로 돌린 것처럼 생긴 커다란 소용돌이가 점점 닫혀갔다.

모두가 봤다.

저건 분명히 배였다.

난파선이었다.

"―탐색 준비를 시작하자! 이제는 아직 아무도 건드리지 않았기를 바랄 뿐이야!"

소용돌이가 완전히 사라지고, 아무 일도 없었다는 듯 해면이 잔잔해졌을 즈음.

모두가 난파선에 푹 빠져있을 때, 꿈에서 깨어난 유시타가 외쳤다.

그래, 꿈에서 깨어났다.

지금 본 건 꿈이 아니었으니까.

"―"오오―!""

돈에 눈이 먼 자들이 갑자기 의욕을 내며 움직였다.

―그리고 그동안에도 쿠논은 나 몰라라 하고 아직도 사고의 바다에 빠져 있었다.

"쿠논. 생각은 나중에도 할 수 있어."

쿠논이 입을 다물고서 거들먹거리듯 앉아있자 그를 사고의 바다에 떠밀었던 루뤄메트가 다시 현실로 데려왔다.

“……예? 어? 예? 뭔가요?”

“이제 도착했어요. 난파선도 있었습니다.”

“앗, 벌써?!”

“덧붙이자면 이미 몇 사람이 거기로 향했어요.”

날벼락 같은 소리였다.

쿠논은 방금 출발한 배 위에서 잠시 생각에 잠겼을 뿐이라고 여겼건만…….

실제로는 시간이 상당히 지났던 모양이다.

그러고 보니 주변이 소란스러웠다.

활기를 띠고 있다고 해야 할까, 들떠 있다고 해야 할까. 돈에 눈이 멀었다고 해야 할까.

어딘가에서 산드라가 「우오— 어서 가자—! 모험—!」 하고 외치는 소리가 들렸는데…….

뭐, 그건 신경쓰지 않아도 되겠지.

“모처럼 찾아온 기회이니 우리도 바다에 가보죠.”

“가고 싶은 마음은 굴뚝같지만, 제가 가봤자 방해만 될 것 같아서요.”

지금 쿠논은 바다나 난파선보다는 암마술이 몹시도 궁금해서 미칠 지경이었다.

이대로 계속 생각에 잠겨 있고 싶었다.

“괜찮겠습니까? 난 생선잡이를 할 건데요? —암마술로.”

그 말을 먼저 했어야지.

“아직 어린 후배지만 제가 동행을 해도 되겠습니까? 루뤄메트 선배.”

"예. 부디 도와주세요."

루뤄메트가 주문한 「상자형 물 구슬」에 타고서 두 사람은 물속으로 내려갔다.

"이 모습은 거들먹거리는 것처럼 비치지 않나요?"

"거들먹거리는 듯 보이지 않는군요. 누가 봐도 그냥 서있는 것으로 보일 겁니다. 괜찮을 거예요."

허리 높이쯤 되는 상자로, 뚜껑이 열려있는 상태였다.

두 사람이 상자 속에 들어가 선 채로 가장자리를 붙잡고 있는 자세였다.

그렇구나. 이렇게 하면 거들먹거리는 듯 보이지 않는구나, 하고 쿠논은 생각했다.

빨리 날 수 있는 자세는 아니지만, 서서히 이동한다면 이 형태도 문제없겠지.

앞으로는 천천히 날아야 할 때 이렇게 하기로 정했다.

바다에는 큰 구멍이 나 있었다.

바닥까지 닿는 구멍으로, 원통형 막이 펼쳐져 바닷물이 들어오지 못하도록 막는 형태였다.

공기를 보내거나 배출하는 수고를 고려했을 때, 이 형태가 가장 단순하고 명쾌하다는 결론이 나왔다.

조금 난폭하고 우악스러운 방식인 것 같긴 하지만.

사용하고 있는 마술의 규모는 크지만, 이걸 위해서 마술사 도우미를 증원했다. 오랫동안 유지하는 건 어렵겠지만, 도중에 휴식 시간을 가지면서 횟수를 나눠서 탐색한다면 충분한 시간을 확보할 수 있겠지.

구멍 바닥에는 난파선이 자리하고 있었다.

그리고 그 주변을 풍마술사가 날아다니고 있었다.

"배 내부는 그들한테 맡길까요?"

"아, 예."

루뤄메트는 생선잡이를 한다고 하기에 쿠논은 그쪽에 어울릴 예정이다.

"―우와, 본 적도 없는 물고기!"

"―우와, 본 적도 없는…… 이게 뭐야?! 바다소?!"

"―바다에 소 따윈 없다고!"

"―너, 바보냐. 산드라 수준이네."

"―아, 사람 뼈가 있어. 아…… 그야 있긴 하겠지……."

"―이거 침몰한 지 몇 년이나 지났으려나?"

"―입 다물어! 금품이나 찾아! 난 빚이 있다고!"

등등 시끄럽게 떠들면서 배 내부를 탐색하고 있는 듯했다.

저들 사이에 끼어서 움직이는 건 분명 사양하고 싶었다.

애당초 쿠논은 탐색 작업에는 적합하지 않겠지. 볼 수가 없으니까.

"물로 된 벽에 접근해주세요."

"예."

루뤄메트의 지시를 좇아 「상자형 물 구슬」을 조작하여 막 앞까지 다가갔다.

바닷물과 공기가 말끔하게 나뉘어 있었다.

눈앞에 솟아 있는 바다라니, 꽤나 재밌다.

"쿠논, 저쪽에 커다란 물고기가 있는 건 압니까?"

"예, 이쪽 동태를 엿보고 있네요."

벽처럼 솟아있는 막 너머에서 큰 물고기가 헤엄치고 있었다. 이쪽을 신경쓰며 어슬렁대고 있었다.

"저 크기를 보아하니 우리를 먹을 수 있을 것 같네요."

"먹을 수 있죠. 마물의 일종이니까요. 저걸 처치할 테니 당신이 회수를 해줬으면 좋겠군요. 가능하겠습니까?"

"물론이죠. 어서 빨리."

루뤄메트가 묻자 쿠논은 덥석 대답했다.

저걸 처치한다.

즉, 또 암마술을 쓰겠다는 뜻이다.

거절할 리가 없다.

"그럼— 자, 부탁합니다."

"……역시, 즉사……."

간단히 처치하고 말았다.

이번에는 큰마음을 먹고 「경안」으로도 주시했지만, 아무것도 모르겠다. 루뤄메트의 마력이 움직였다는 것밖에 모르겠다.

아무 일도 없었다.

그런데도 큰 물고기는 활동을 멈추고는 해류에 거스를 의지를 잃고서 둥둥 떠다니고 있었다.

"쿠논? 생각은 나중에."

"어? 아, 예. 회수할게요."

무심코 생각에 또 빠졌는데, 지금은 그럴 때가 아니었다.

이 생선잡이를 계속한다면 방금 그 마술을 여러 번 볼 수 있다는 뜻이다.

그렇다면 쿠논이 해야 하는 일은 하나다.

쿠논은 손을 뻗어 손가락 끝으로 막을 만졌다.

막을 구성하는 마력에 자신의 마력을 동조시킨 뒤 막이 유지되는 걸 방해하지 않도록 매우 작은 마력을 저 너머로 발했다.

부글, 부글부글부글부글.

막 맞은편에 작은 거품이 발생했다.

거품이 잇달아 발생하고 맞닿으며 점점 커지면서 촉수처럼 뻗어 나갔다.

연이어진 거품— 굳이 말하자면 공기의 밧줄 끝이 루뤄메트가 처치한 큰 물고기에 닿았다.

그러자 가장 커다란 거품이 큰 물고기를 감싸서 확보했다.

그후에는 공기의 밧줄을 슬슬 끌어당기듯 큰 물고기를 운반했다.

"……과연, 방금 그건 『물 거품』이군요."

원래는 세정 마술이다.

안에 오염을 가두는 방식으로 사용하는데, 방금 전에는 거품 속에 공기를 넣어서 쭉 늘려나갔다.

결코 대단한 마술은 아니다.

그러나 이토록 솜씨 좋게 구사할 줄 아는 사람은 좀처럼 없다.

그보다도 루뤄메트는 이렇게 활용하는 모습을 처음 봤다.

여러 마술을, 속성을 불문하고 숱하게 봐왔다.

그래서 요즘에는 새로운 마술을 볼 기회가 적어졌다.

"난 암마술보다 당신의 마술이 더 재밌다고 생각해요. 참으로 흥미로워."

"아하하. 감사합니다."

쿠논은 진심으로 받아들이지 않았지만, 루뤄메트는 진심이었다.

"—후후후. 꽤 큰 물고기군요."

큰 물고기는 돈이 된다.

그 사실을 아는 루뤄메트는 설령 난파선에 보물이 없을지라도 헛걸음이 되지 않도록 생선잡이로 돈을 벌 계획을 세워뒀다.

""—오오—.""

가끔 함성이 들려오는 걸 보니 배 내부에서도 나름 수확이 있는 듯하지만.

그건 그거, 이건 이거다.

작은 물고기들은 바다의 이변에 반응하여 달아났고, 먹잇감을 찾는 대물만이 모여들었다.

그리고 그걸 사냥했다.

이 흐름은 예상하지 못했지만, 상당한 선순환이었다.

"선배, 전 슬슬 한계예요."

큰 물고기를 24마리쯤 처치했다.

쿠논은 죽은 생선을 회수한 뒤 근처에 띄워둔 「특대 저온 물 구슬」 속에 넣어뒀다.

그러나 한계 중량에 거의 도달했는지 더 이상은 들어가지 않았다.

뒤를 돌아 「특대 저온 물 구슬」을 보면 확실히 알 수 있다.

용케도 대물만 계속 사냥했다.

그리고 저만한 질량과 중량을 확보한 채 유지하고 있는 쿠논의 실력도 상당하다. 게다가 초급 마술로.

쿠논은 입학한 지 얼마 안 된 신입생이다.

무심코 그 사실을 잊어버릴 뻔했다.

“알겠습니다. 이쯤에서 마치도록 할까요?”

루뤄메트는 딱 적당한 때인지도 모르겠다고 생각했다.

잔챙이는 이변을 눈치채고서 도망쳤고, 대물만 다가왔다.

그 말인즉— **성가신 대물**도 다가올 수 있다는 뜻이었다.

그건 생선잡이를 시작하자마자 떠올린 가능성이었다.

조사든 생선잡이든 오랫동안 할 수는 없다.

그래서 군소리 없이 각자 해야하는 일을 우선했다.

“아.”

쿠논이 목소리를 흘렸다.

“왔군요.”

루뤄메트도 똑같이 느꼈다.

—성가신 대물이 깊은 바다 저편에서 다가왔다.

아무래도 조금 오래 있었나 보다.

“대피! 커다란 마물이 옵니다!”

루뤄메트가 외치자마자 쿠논은 자신들이 타고 있는 「상자형 물 구슬」을 상승시켰다.

"—마물이 오고 있대!"

"—아무나 먼저 가! 우리가 나가거든 벽을 해제하라고 전해줘!"

"—산드라한테 공격 준비도 하라고 해!"

특급 클래스는 여러 경험을 통해 돈을 벌어왔다. 그래서 비상 상황을 알리고자 급하게 경계를 발령했는데도 신속하게 반응했다.

난파선 탐색을 바로 중단하고서 이탈을 택했다.

설령 지금 회수하지 못하더라도 나중에 또 들어가면 된다.

지금은 접근해오는 위험에 대처해야만 한다.

만약 바다에 뚫려있는 구멍 안에 있는 동안에 바다를 막고 있던 벽이 무너진다면 모든 게 끝장이다. 닥쳐오는 바닷물에 휩쓸려 익사하든가, 수압에 찌부러지겠지. 마물보다도 더 화급하게 대처해야 하는 사태였다.

"도움이 필요해?"

모두가 한창 대피하고 있는 중에 상황을 보러 온 카시스가 쿠논 일행에게 말을 걸었다.

"근사하군요."

"뭐어?!"

"이러쿵저러쿵 말하면서도 절 걱정해주는 카시스 선배는 근사한 여성이라고 생각합니다."

"지금 그런 건 됐어! 그런 말을 할 때냐고!"

카시스의 말은 당연했다. 오늘 그녀는 당연한 말만 하고 있었다.

그래, 그런 말을 하고 있을 때가 아니었다.

그럴 만한 상황은 아니었지만, 실로 쿠논다운 발언이기도 했다.

"전 됐으니 루뤄메트 선배를 데려가 주세요. 가벼워지면 조금 더 빨리 움직일 수 있으니까."

지금 쿠논은 「상자형 물 구슬」과 물고기를 확보해둔 「특대 저온 물 구슬」을 유지하면서 상승하고 있었다.

역시나 적재량이 너무 많아서 풍속성 「비행」에 비해 상승 속도가 느렸다.

"알겠어! 대표, 날 붙잡아요!"

"어어. 그럼 쿠논, 먼저 갈게요."

카시스가 루뤄메트의 손을 잡아당긴 순간—.

쿵!

막이, 공기와 바닷물을 구분하고 있는 벽이 크게 흔들렸다.

묵직한 충격음과 함께 막에 금이 갔다.

다가온 마물이 몸통 박치기를 가했다.

순식간에 금이 확대되어 갔다.

자그마한 균열이 벌어지다가 끝내 막에 구멍이 뚫렸다.

대량의 물이 마치 폭포수처럼 쏟아져 들어왔다.

이 막은 주변 바닷물의 압력에 지지 않을 만큼 단단하면서도 신축성을 다소 갖고 있어서 내구성이 우수했다.

그런데도 마물이 가한 강렬한 일격에 작은 구멍이 뚫리고 말았다.

"크다?! 저게 뭐야?!"

카시스는 초조해졌다.

이거 꽤 위험한 상황이 아닐까, 하고.

"굉장하네. 웬만한 외적 충격으로는 이 벽을 깰 수 없는데."

쿠논은 태연하게 놀라워했다.

수준이 높은 마술사가 구축한 마술답게 상당히 단단했다. 흥미로웠다.

"어라? 이건 커다란 거암어^{락헤드}야."

루뤄메트는 냉정하게 습격해온 마물을 보고 있었다.

거암어^{락헤드}.

머리가 바위처럼 발달한 커다란 물고기 마물이다.

실로 거대했다.

머리부터 꼬리 끝까지의 길이가 쿠논 일행이 타고 온 중형 범선만 했다.

일반적인 거암어도 크긴 하지만, 저건 그중에서도 특히 커다란 개체라고 할 수 있겠지.

어쩌면 모험가 길드에서 현상금을 내건 마물일지도 모르겠다.

거암어는 근처를 지나가는 배에 몸통 박치기를 가하는 마물이다.

저 난파선도 불운하게도 저 마물과 맞닥뜨려 침몰했겠지.

"선배, 저걸 즉사시킬 수 있습니까?

쿠논은 카시스의 손에 팔이 붙잡혀 있는 루뤄메트에게 물었다.

"당신은 이미 내 마술의 구조를 알아차리지 않았던가요?"

"그만큼 많이 봤으니까요. 여러 예상쯤은 할 수 있지만."

"그럼 가능하리라 생각하나요?"

"열심히 하면?"

“으—음. 조금 어렵겠네요. 저건 너무 커.”

시간이 있으면 처치할 수 있겠지만, 지금 당장은 어려우리라 루뤄메트는 생각했다.

“—그럼 날아갈게요!”

정말로 농담을 할 수 없는 상황이 됐다.

처치할 수 있는지 대답을 기다리고 있던 카시스가 일단 도주를 택했다.

그러나.

“아, 잠깐만.”

쿠논이 손을 내밀었다.

그야말로 날아서 도주하려고 했던 카시스의, 보란 듯이 펄럭일 뻔했던 미니스커트를 붙잡으며 만류했다.

“우앗, 잠깐 어딜 잡는 거야? 이 변태!”

“변태.”

쿠논은 두근거렸다.

방금 여자력이 근사한 폭력을 가했다.

그리고— 쿠논 일행의 바로 위를, 두 번째 몸통박치기로 막을 뚫어낸 거암어가 「비행」하듯 통과했다.

“말도 안 돼?!”

위험했다.

지금 급히 상승했다면 옆에서 튀어나온 저 마물과 충돌했을지도 모른다.

거암어가 떨어져 갔다.

여긴 아직 공기가 있는 장소이니까.

그러나 침수된 바닷물이 차오르고 있어서 거리는 가까웠다.

이 높이는 위험하다.

거암어가 뛰어오른다면 부딪칠지도 모른다.

"쿠논 군, 놔! 먼저 갈 테니까!"

카시스가 두 사람을 염려하며 다가왔던 이유는 다른 사람들은 이미 대피를 마쳤기 때문이었다.

즉, 세 사람만 미처 빠져나오지 못한 상황이었다.

만약에 거암어가 먹잇감을 찾아서 온 거라면.

틀림없이 그들을 노리고 있겠지.

어쨌든 여기에는 세 사람밖에 없으니까.

"문제없어요. 저 정도라면 제가 어떻게든 할 수 있을 것 같아요."

"뭐어?! 보이지 않는데?!"

"예."

쿠논이 태연하게 수긍했다.

"오히려 함부로 움직이는 게 더 위험할지도 몰라요. 저건 신사인 제게 맡겨줄 수 없을까요?"

이 상황과 신사는 아무 관련도 없잖아, 하고 카시스는 생각했다.

그러나 생각만 했을 뿐 말하지는 않았다.

그런 말을 할 여유도 없었으니까.

"괜찮아요. 물은 제 영역이니까."

"─앗?! 아직 못 도망쳤잖아?!"

보고를 듣고서 배 위에 있던 유시타가 격하게 동요했다.

—쿠논과 루뤄메트와 카시스가 도망치지 못했다.

막을 파괴하고서 뛰어들었던 거암어의 모습을 봤던 사람이 마지막으로 남았던 사람……이 아니었다.

구멍 속에 아직 세 사람이 남아있다고 한다.

그러나 유시타를 비롯하여 막을 유지하고 있던 마술사에게도 한계가 찾아왔다.

균열이 생긴 막을 어떻게든 유지하려고 애를 쓰고는 있었다.

그러나 압력이 거세지면서 점점 어려워졌다.

결국 막이 완전히 사라지고 말았다.

모든 방면에서 바닷물이 쏟아져 들어갔다.

구조요원을 보내라는 지시를 내릴 틈도 없었다.

대해원에 뚫렸던 구멍이 완전히 사라지더니— 바다가 평소 모습을 되찾았다.

아무 일도 없었다는 듯.

보물은 있었다.

값이 나갈 것 같은 물건은 이미 인양했다.

만약을 위해 휴식을 가진 뒤 다시 한번 탐색하고서 종료할 예정이었다.

모두가 매우 간단한 돈벌이라고 여겼다.

그런데 마물이 등장한 바람에 모든 게 허사가 됐다.

그뿐만 아니라 사망자까지 나온 커다란 불상사로 돌변하고 말았다.

평온한 바다 위에서 축제를 벌이던 분위기가 확 바뀌었다.

회수해온 보석류를 몸에 착용하고서 방방 뛰며 춤을 추던 산드라마저 망연자실해하며 표정을 잃어버렸다.

모두들 아무 말도 잇지 못한 채 방금 전까지 뚫려 있던 구멍을 보고 있었는데—.

해저에서 엄청난 기세로 무언가가 튀어나왔다.

그건 커다란 「물 구슬」이었다.

24마리의 거대어와 세 사람을 안에 담은 「거대한 물 구슬」이었다.

튀어나와 공중에 정지한 「물 구슬」을 보니 위쪽 절반이 사라져 있었다.

양푼 같은 형태를 띠는 「물 구슬」 안에 있던 세 사람이 수면 밖으로 고개를 내밀었다. 거대어들은 여전히 물속에 잠겨 있었다.

유시타를 비롯한 멤버들이 올려다보고 있는 그 물 구슬을 마치 작은 바다 같았다.

"—좋아, 탈출 성공."

"—콜록! 콜록! 아— 진짜! 바닷물을 삼킨 것도 모자라 전부 젖어버렸잖아!"

"—당신의 마술은 정말로 재밌군요."

미처 빠져나오지 못했던 쿠논과 카시스, 루뤄메트가 무사히 생환했다.

대단한 기술을 쓴 건 아니었다.

모두를 탄력이 있는 「물 구슬」로 감싼 뒤 미세 조정하여 거암어의 몸통 박치기에 일부러 맞았을 뿐이었다.

「물 구슬」 아래쪽에 충격을 가하도록 유도하여 위로 튕겨지게 만들었다.

—더불어서.

몸통 박치기에 당했을 때, 안에 있던 공기를 「물 구슬」에 담아서 거암어의 상반신에 고정시켰다.

그것도 탄력이 있는 「물 구슬」로.

몸부림을 쳐봤자 빼낼 수 없고, 아무리 부딪쳐본들 쉽게 깨지지 않는다.

이제 잠시 후에 거암어는 바다 위에 떠오르겠지.

바닷속에 있으면서도 마치 육지로 튀어나와서 호흡을 못하고 죽은 물고기처럼.

◆

잠시 휴식하고서 다시 바다에 들어가기로 했다.

이 시점에 실험은 성공했다. 거암어가 습격해온 해프닝이 벌어지긴 했지만, 그건 다른 이야기다.

"—그럼 다시 한번 가자!"

유시타의 지휘 아래에서 모두 다시 움직였다.

아까는 마물이 습격해서 중단했지만, 그렇다고 해서 중지할 이유는 없었다.

두 번째 난파선 탐색을 개시했다.

그 후에 하늘이 붉어질 때까지 탐색을 계속하다가 드디어 철수하게 됐다.

첫 번째 시도 때는 트러블이 있었지만, 그 이후에 특별한 문제는 벌어지지 않았다.

「물속에서 호흡하는 방법」 실험은 이렇게 성과를 거뒀다. 약간 탈선한 느낌이 없지 않지만, 실험 자체는 제대로 끝마쳤다.

이제는 리포트로 정리하고 제출하여 단위를 따낼 수 있는지 평가받는 일만 남았다.

실험 결과만으로는 약할지도 모르겠다.

그러나 실험하고 습득물을 획득했던 기록도 함께 제출한다면 평가가 오를 것이다.

책상 위 공론과 실적이 있는 실험 결과는 정보의 가치가 다르니까.

이번에는 다들 돈에 눈이 멀었지만, 이 실험은 이른바 해저 탐색이다. 해양생물의 실태를 조사하거나, 해류를 조사하는 등 다양하게 응용할 수 있다.

결코 난파선 탐색에만 초점을 맞춰서는 안 되는 실험이다.

단위를 받을 수 있는 사람은 카시스까지 포함하여 처음에 실험을 기획했던 팀원 여섯 명뿐이다.

도우미로서 증원한 사람들은 대상이 되지 않는다.

물론 그 사실은 사전에 고지를 했다.

습득물은 모두 공평하게 나누겠지만, 어디까지나 보수를 받고서 일했을 뿐 실험 멤버로 참여한 건 아니다.

“우후. 우후후. 후후후후. 후후.”

카시스는 햇볕에 말릴 겸 갑판 위에 늘어뜨린 귀금속과 보석류를 바라보면서 웃음이 끊이지 않았다.

석양에 반짝이는 그것들은 대단히 아름다웠다.

시대라는 거친 파도를 뛰어넘어 드디어 햇빛을 본, 역사적 가치도 있을 것 같은 액세서리들. 그게 아무렇게나 널려있는 광경은 마치 번쩍거리는 해면 같았다.

감정할 줄 아는 카시스가 간단하게 훑어보니 다 합쳐서 5천만 넷카는 족히 나갈 듯했다.

5천만 넷카.

열다섯으로 나누더라도 한 사람당 3백만 넷카는 벌 수 있다는 계산이다.

이건 파격적인 보수라고 할 수 있겠지. 게다가 도우미로 참가했던 사람들은 하루에 3백만이나 번 셈이다. 좀처럼 찾아볼 수 없는 좋은 일거리였다.

게다가.

"……쳇. 마음에는 안 들지만, 제법이잖아."

분통해하는 얼굴로 혀를 차고 있던 산드라는 습득물이 아니라 해면을 보고 있었다.

자신들이 타고 있는 배 바로 옆에는 배만큼 거대한 거암어가 둥둥 떠 있었다.

―쿠논이 처치한 사냥감이었다.

산드라는 가능하다면 자신이 처치하고 싶었다고 생각했다.

현상금이 걸려 있는지는 모르겠지만, 저토록 크다면 현상금이 걸려 있지 않더라도 상당한 가격을 받고서 팔 수 있겠지.

고기도 일단 먹을 수 있긴 하지만, 별로 맛이 없어서 가치는 낮다.

그러나 뼈나 이빨, 마석, 바위 같은 머리 등은 여러모로 써먹을 데가 많다. 그쪽은 가치가 상당히 나가겠지.

또한 쿠논이 「오늘은 팀으로 활동했으니 뒤탈이 없도록 번 돈을 똑같이 나누도록 하죠」 하고 통 크게 말한 것도 조금 마음에 들지 않았다.

산드라였다면 독점을 주장했을 테니까.

—쿠논은 이후에 기다리고 있는 루뤄메트와 답을 맞춰보는 시간에 정신이 팔려있어서 다른 일은 아무렇든 상관없다고 여겼을 뿐이지만.

습득한 보석과 귀금속은 믿을 수 있는 상인에게 감정을 맡긴 뒤 가격을 흥정하여 매각하기로 했다.

바다에서 얻은 물고기는 그대로 마술도시 디라싯크까지 운반하기로 했다. 이 역시 신뢰할 수 있는 상인에게 팔 예정이다.

거암어만은 여기서 가장 가까운 해변 도시에 있는 모험가 길드로 가져가기로 했다.

둘 다 모험가로도 활동하고 있는 산드라를 비롯한 마술사들에게 처리를 맡겼다.

—갑판에서 사람들이 그런 대화들을 나누면서 한창 귀항하고 있는 도중.

"루뤄메트 선배. 오늘 좋은 걸 보여줘서 고맙습니다. 뭐, 전 볼 수 없지만요."

쿠논과 루뤄메트는 선미에 있었다.

돈 따윈 전혀 흥미가 없다는 듯.

흥미가 없는 게 아니라 우선순위가 다른 것뿐이지만.

"알아냈습니까? 내 마술의 정체."

"아마도. ―『쇠약』 아닙니까?"

루뤄메트는 웃었다.

"그 답을 도출해낸 근거는?"

"자세히 보니 움직임이 점점 굼떠졌거든요. 뭐, 전 볼 수 없지만."

그렇다.

물고기를 처치하는 모습을 여러 번 보여줬기에 법칙을 알아챘다.

즉사의 장체는 쇠약사였다.

혹은 과로사일까?

즉사한 것처럼 보였지만, 실제로는 급격하게 쇠약해져 죽었다.

그게 쿠논의 견해였다.

급격한 「쇠약」은 갑작스러운 변화가 아니다. 심장이 느닷없이 멈추는 것도 아니고, 고통이 따르지도 않는다. 속도가 많이 빠르긴 하지만 조금씩 약해져간다.

그래서 알아차리지 못한다.

표적은 알아차리지 못한 채로 계속 움직이다가 언젠가 활동이 정지되어 죽는다.

약해지는 속도는 빠르지만 그래도 연속적인 변화라서 바닷새와 물고기에게서 딱히 괴로워하는 반응을 찾아볼 수 없었다.

공격을 공격이라 인식하지 못했다.

"당신은 우수하군요. 아직 눈치채지 못한 사람도 많습니다만."

"그 말은 정답이라는 뜻인가요?"

"예. 그것도 정답이라고 할 수 있을까요."

그것도 정답.

즉, 다른 요소도 있다는 뜻이다.

"암속성 마술의 특성은 쇠약, 쇠퇴, 열화, 피폐 등등 무언가를 약화시키는 겁니다. 이렇게 말하니 꽤나 수수하게 들리죠?"

"굉장히 재밌네요! 두근거립니다!"

─정말로 우수한 아이구나, 하고 루뤄메트는 생각했다.

수수하다.

무슨 소용이 있냐.

루뤄메트가 암속성 마술을 깨달았을 때, 그 두 가지 생각을 가졌다.

약화시켜서 뭘 어쩌자는 거냐.

사람을 피로하게 만드는 마술로 뭘 어쩌라는 말이냐.

생명력이 넘치는 생물에는 큰 효과도 없고.

그런 기분으로 가득했다.

그때의 루뤄메트는 암속성의 가능성을 전혀 알아차리지 못했다.

"광속성과 암속성은 표리일체라고 하더군요. 광마술의 특성은 차단, 보호, 치유, 성장이라고 할 수 있을까요? 암속성은 그 반대라고 할 수 있겠습니다. 침식, 부상이나 피로 촉진, 생명이나 물질의 쇠퇴…… 뭐, 이런 느낌이군요."

루뤄메트는 설명을 하면서 참으로 답답한 속성이라고 생각했다.

암속성의 가치는 그 너머에 있는데.

그 사실을 깨달을 때까지 암속성을 좋아할 수 없었다. 오히려 조금 멀리했는지도 모르겠다.

광, 마처럼 희귀한 속성이면서도 그 두 속성에 비해 활용성이 전혀 없었다. 일곱 속성 중에서 유일한 결함 마술이라고 생각했던 적도 있었다.

"이렇게 말했는데도 재밌을 것 같습니까?"

"재밌을 것 같다기보다 이미 재밌어요!"

그러나 쿠논은 루뤄메트가 시간을 들여 조예를 키우고 나서야 알아차린 암속성의 가능성을 금세 깨달은 듯했다.

암속성의 가능성.

쇠약이나 쇠퇴가 진행된다면 어디에 도달할까?

루뤄메트가 진정한 의미로 암속성에 눈을 떴을 때는 그 발상이 떠오른 후였다.

그 발상에서 암속성의 가능성을 봤다.

암속성은 다른 속성과는 전혀 다르다. 꽤 독특한 성질을 갖고 있다.

깨달을 때까지는 시간이 걸렸지만, 깨닫고 나니 푹 빠졌다.

"그럼 그럼! 쇠약을 꾹꾹 모아 농도를 높여나가면 닿자마자 모든 걸 풍화시키고 갉아먹는 무시무시한 마술이 되는 거예요?!"

"쿠논, 목소리가 큽니다."

—지금 쿠논이 말했던 그건 루뤄메트의 비장의 패였다.

오랫동안 생각하고 또 생각하여 도달한, 암속성의 하나의 종착점이다.

여기서 나눈 대화만을 토대로 쿠논은 곧바로 거기까지 도달하고 말았다.

자신의 속성도 아닌데. 암속성의 특성을 아직 완전히 이해하지 못했을 텐데.

"대단해! 제 마술 따윈 전부 약화시켜서 없애버릴 수도 있겠구나! 굉장해, 암속성!"

루뤄메트는 어처구니 없어 하다가 웃었다.

—정말로 굉장한 건 어느 쪽일까 싶어서.

◆

"—다녀오셨어요. 쿠논 님."

쿠논은 하늘이 완전히 어두워졌을 즈음에야 디라싯크에 소재한 집에 돌아왔다.

"다녀왔어, 린코. 늦어서 미안해."

"미리 일러주셨기에 문제없어요."

시녀는 쿠논의 외투를 받았다.

바다 냄새가 풍겼다.

오늘은 난파선을 탐색하러 간다고 사전에 전해뒀다.

당일치기지만 귀가가 늦어질지도 모르겠다고.

오늘 안에 돌아오지 않았다면 본가에 보고해야만 했지만, 돌아왔으니 문제는 없다.

"해저 탐사는 어땠어요?"

"그게 말이야. 린코, 내 말 좀 들어봐!"
"예?! 그 반응, 설마 유령선이라도 보셨나요?! 그런 얘기 정말 좋아!"
"유령선을 보긴 했지만 그 얘기는 나중에!"
"앗, 정말로 봤어요?! 듣고 싶어, 듣고 싶어!"
"그전에 이 얘기를 들어봐!"
"싫어요! 유령선 얘기를 듣고 싶습니다!"
아무 영양가도 없는 말다툼이 한동안 이어졌다.

참고로 쿠논이 유령선을 봤던 건 사실이다.
생선잡이를 하다가 「경안」으로 봤다.
낡아빠진 범선이 바닷속을 항해하고 있었는데, 유령선 말고 뭐라
표현할 수 있을까?
뭐, 자신 말고는 아무도 보지 못한 것 같고, 피해도 끼치지 않아
서 아무에게도 말하지 않았지만.

제4화 스승과의 재회

"—그럼 결국 값어치가 2천만 넷카 정도밖에 되지 않았군요."

그건 그것대로 고액이긴 하지만.

그러나 카시스가 어림잡아 계산해서 내놓았던 5천만 넷카에는 절반에도 미치지 못했다.

"그래서, 납득했습니까?"

성녀가 묻자 쿠논은 영초 관련 서류를 읽으면서 수긍했다.

"난 전혀 상관없어. 물론 대답은 내가 아니라 팀 리더가 했지만 말이야. 사후보고를 들었을 뿐이야."

난파선이 침몰해있던 지점은 성교국 외곽 해역. 그 사실만으로도 그 배가 성교국의 배라는 사실이 판명됐다.

법적으로 습득물은 주운 사람의 소유물이 되어야 했다. 그런데 성교국에서 인도하라는 요청이 왔다.

모든 습득물은 자신들의 것이니 넘기라고.

그리고 학교의 교사들도 「장래를 고려하여 지금은 양보하라」고 성교국의 편을 들어주는 목소리를 냈다.

결국 유시타는 성교국에 넘기기로 결정했다.

그리고 쿠논은 보석이나 귀금속을 판매한 게 아니라 주워준 사례로서 2천만 넷카를 받기로 했다—고 들었다.

이 문제는 의견이 반드시 갈릴 테고, 어느 쪽으로 결정하든 불만이 나오리라 판단하고서 유시타가 리더 권한으로 독단으로 결정했다고 한다.

교사들이 목소리도 냈기에 거절하는 건 어려웠겠지.

게다가 성교국과 마술학교의 향후 관계도 은근히 악화될 것 같았으니까, 마술사들 전체에게 눈총을 받는다면 이익보다는 손해가 더 클 듯했다.

이번에는 눈앞에 있는 돈보다는 성교국과의 관계를 우선하는 편이 일을 온건하게 마무리하는 길이라고 쿠논은 판단했다.

카시스를 비롯한 몇몇은 요즘에 씩씩대고 있다지만.

수입을 기대했고, 여러모로 갖고 싶은 것도 있었겠지. 그녀는 돈이 목적이었음을 숨기려고도 하지 않았으니 알만하다.

"우리나라의 일이지만, 미안합니다."

입으로는 사과하고 있지만, 약간 남 일처럼 여기는 점은 여전히 성녀답구나 싶었다.

바다에서 벌였던 실험이 마무리되고 며칠이 지난 어느 날.

쿠논은 영초 시 시루라와 관련된 자질구레한 용무를 해결하기 위해 오랜만에 성녀의 교실을 방문했다.

"레이에스 양, 오랜만— 아, 화분이 늘었어."

인사를 중단하고서 늘어난 화분을 보러 가는 쿠논 역시 여전했다.

"이 잎은 당근인가? 이쪽은 무? 야채를 키우고 있어?"

쿠논이 등을 돌린 채 묻자 성녀는 읽고 있던 책을 덮고서 대답했다.

"예. 남은 공간이 있어서 영초 말고도 다른 걸 키워볼까 해서."

「결계」의 힘으로 영초를 재배하는 데 성공했다.

그렇다면 동일한 조건으로 평범한 야채나 약초, 향초 등을 키우면 어떨까.

성녀에게는 풍양의 힘도 있다고 들었다. 어디까지나 전승에 남아 있을 뿐, 구체적인 효과나 사용법까지는 모른다.

그 부분을 확인할 겸 성녀 나름대로 실험을 시작했다.

"양식 연못은 어때? 슬슬 될 것 같아?"

"아뇨, 안타깝지만 허가받지 못했습니다. 과거에 이 학교에 양식 연못이 있었다고 합니다만, 그 연못에서 사고가 일어난 적이 있다면서."

"그랬구나."

어디선가 들어본 적이 있는 이야기를, 쿠논은 별로 흥미가 없다는 듯 흘려들었다.

"그쪽은 어떻습니까? 소문을 듣기로는 난파선을 탐사하러 갔다고 들었습니다만."

"아아, 맞아. 실은―."

다 끝날 때까지는 실험 데이터를 외부에 누설할 수는 없었다.

그러나 지금은 다 끝났으니 문제없다.

쿠논은 화분 관찰을 멈추고서 「물속에서 호흡하는 방법」 팀이 벌였던 실험과 그 전말을 들려줬다.

영초와 관련한 작업을 하면서.

"―아쉽겠군요."

5천만 넷카가 2천만 넷카로. ·

성녀는 얼마 전까지 금전 문제에 허덕였기에 이야기만 들었을 뿐인데 자기 일처럼 실망했다. 3천만 넷카 차이는 크다.

"듣기로는 성교국 문장이 들어간 보석도 있었다나 봐. 그런 건 네 나라의 높은 사람만 갖고 있는 거잖아?"

"아아, 예. 여신 키라레이라 님의 문장이 들어간 보석은 기술 유출을 막기 위한 이유도 있어서 교황님이 허가해야만 제작할 수 있습니다. 그런 장식품은 교황님께서 직접 건네는 특별한 물건이라서…… 그 문장이 들어간 물건이라면 그렇게 조치하는 게 불가피할지도 모르겠군요."

그건 어떤 의미에서는 소유주가 드러난 습득물이다.

앞으로 어떤 형태로 악용될지 모르기에 습득물들을 회수하고 싶다는 성교국의 의향은 이해가 됐다.

성교국 사람인 성녀라면 더더욱 그렇다.

"맞아. 뭐, 난 정말로 괜찮지만 말이야."

물고기나 거암어를 팔아 1천만 넷카쯤 벌었다.

보석이나 귀금속을 제외한 습득물…… 금화 등은 우리가 가져도 된다고 했다.

그 수익들에서 경비 등을 제하니 대략 3천만 넷카쯤 됐다.

팀으로 번 돈이니 약 3천만 넷카를 열다섯 명이서 나눠야 한다.

쿠논은 그 정도면 보수로서 충분했다.

그보다도 단위를 따고 싶다.

"─『약상자』도 문제가 없는 것 같네."

성녀가 작성하는 기록을 눈으로 훑고서 경과를 확인했다.

약초와 관련한 작업은 순조로웠다.

시 시루라로 만든 약을 보관하는 마도구 「약상자」도 상정된 효과를 발휘하고 있다. 아직 시험 단계이지만.

"쿠논은 지금 무슨 실험을?"

"지금은 아무것도 하고 있지 않아. 하고 싶은 건 있지만 말이야. 그래도 너랑 데이트를 하는 일정이라면 시간을 비울 수 있는데?"

요 며칠 동안.

쿠논은 「합리 파벌」 대표인 루뤄메트가 가르쳐준 암속성 마술에 푹 빠져 있었다. 암속성을 어떻게든 이겨낼 수 있는 방법이 없을까, 하고 골똘히 생각하고 있었다.

쿠논이 쓸 수 있는 마술은 두 가지.

물을 생성하는 「물 구슬」.

세정 효과가 있는 거품을 만드는 「물 거품」.

수마술사에게는 초보 중의 초보라 할 수 있는 두 마술.

그만큼 소비되는 마력이 꽤 적었다. 쿠논이 구사하면 나름의 양을 유지하면서 복잡하게 조작할 수 있다. 이게 나의 강점이겠지, 하고 자각도 하고 있었다.

그러나 장점인 「사용 마력이 적다」는 것이 암속성 앞에서는 약점이 된다.

사용 마력이 적다. 이점이기도 한 그 성질이 쇠퇴와는 상성이 좋지 않다. 마력이 적기 때문에 금세 사라질 테지.

그래서 현재 암속성에 대항할 수 있는 수단이 없었다.

—광과 암, 그리고 마속성은 근본이 다르구나, 하고 쿠논은 왠지

모르게 생각했다.

일반적으로 화, 수, 토, 풍에 비해 희소한 광, 마, 암속성은 근본적인 힘이 다른 것 같았다. 잘 표현할 수는 없지만…… 불이나 물이라는 현상과 비교하여 존재하는 방식 자체가 다르다고 해야 할까.

격이 한 단계 높다고 해야 할까.

만물의 상성, 만상의 상극을 초월했다고 해야 할까.

참으로 흥미로웠다.

즉, 지금은 어렵더라도— 수속성을 그런 희소한 속성처럼 한 단계 높은 영역으로 끌어올릴 수 있다면 대처할 수 있을지도 모르겠다고 생각했다.

마술 한계를 돌파한다면 다음 영역이 있을지도 모른다.

아니, 있다.

반드시 거기까지 간다.

시각을 아직 완벽하게 확보하지 않은 이상, 이보다 더 높은 경지가 있다면 더할 나위 없는 기쁨이겠지.

쿠논이 탐구해야 하는 영역, 시험해야 하는 영역은 아직도 넓다.

분명 어딘가에 진정한 의미로 시각을 완벽히 획득할 수 있는 방법이 있을 터.

만약 없다면 자기 나름대로 추구하면 그만이다. 마술이나 마력에는 아직도 미지수인 부분도 많으니까.

……뭐, 그건 그렇고.

"하고 싶은 거?"

"응. 슬슬 새로운 마술을 익히고 싶어."

그것도 가능하다면 사용 마력이 많은 중급 마술을.

루뤄메트의 암속성을 공략할 수 있는 실마리가 될지도 모르고—무엇보다 단순히 새로운 마술도 재밌을 것 같았다.

쿠논은 「물 구슬」과 「물 거품」 두 종류밖에 사용할 수 없어서 그 두 가지를 실컷 써왔다.

그 두 가지로 머릿속에 떠오르는 걸 죄다 해왔다.

할 수 있는 건 거의 다 해보지 않았나 싶었다.

"그런가요. 하지만 그전에 저와 데이트를 하지 않겠습니까?"

"하고말고!"

성녀가 예기치 않게 제안했다. 그러나 쿠논은 망설이지 않았다.

"레이에스 양의 권유를 거절할 리 없잖아!"

"그건 다행입니다. 그럼 지금부터 모험가 길드로 가죠."

"네가 가고 싶은 데라면 어디든지!"

—그런 대답을 하면서 쿠논은 생각했다.

아아, 아마도 상업 길드와 관련한 어떤 부탁을 받았겠지, 하고.

그래도 대답은 바뀌지 않지만.

"—오랜만입니다. 쿠논 님."

목소리를 듣자마자 쿠논은 한 걸음 물러섰다.

무의식적이었다.

"안녕, 지루니. 흐린 날에도 그대의 미모는 빛나고 있네. 마치 몇 캐럿짜리 보석 같아."

그래도 말은 나왔다.

평소처럼.

"하아, 안녕하세요. 구름 한 점 없이 하늘이 푸른데요."

"아, 그래? ……먹구름이 드리워진 건 내 마음일까?"

"……응?"

쿠논은 떠올렸다.

그랬다. 성녀가 학교 밖에 나왔다는 건 그녀가 호위로 따라붙는다는 뜻이다.

주먹구구식으로 사는 쿠논조차 지난날에 점심값으로 22만 넷카나 지불했던 일은 잊을 수 없는 마음의 상처로 남아 있었다.

그 비싸고도 비싼 20만 넷카짜리 와인을 주문했던 사람이 바로 이 시녀 겸 호위 지루니였다.

오늘 성녀는 모험가 길드에 가야 하는 용건이 있어서 오전에 학교를 나올 예정이었다고 한다. 그래서 자신의 호위에게 데리러 오라고 부탁했다나?

또한 또 다른 시녀 겸 호위인 피레아는 오늘 거처를 지키는 담당이라고 한다.

교문 근처에서 무사히 호위와 합류한 뒤 세 사람은 모험가 길드로 향했다.

"길드에서 용건을 마치거든 어디로든 가도록 하죠."

"응."

"어디로 갈까요?"

"네가 바라는 곳이라면 어디든지. 설령 여성용 속옷 판매점일지라도 난 주저하지 않아."

길드로 가는 도중에 성녀와 쿠논은 두서없는 잡담을 나눴다.

나란히 걷고 있는 두 사람 뒤를 지루니가 따르고 있었다.

"그러고 보니 약속했죠? 오늘에야말로 파르페를 먹으러 가죠."

"그러네."

"하지만 이 시간에는 점심이 먼저일까요?"

점심.

듣고 싶지 않은 단어가 나왔다.

무심코 움츠러들 것 같은 단어지만……

"—물론 점심도 먹으러 가자."

그러나 쿠논은 앞으로 나섰다.

설령 마음이 고통을 호소할지라도. 거절하라고 큰 목소리로 애원할지라도.

시녀에게 꾸지람을 들었던 기억이 뇌리에서 되살아날지라도.

속마음이야 어쨌든 간에 신사다운 자세만이라도 유지하고 싶었으니까.

"어디 가고 싶은 가게라도? 두 미녀를 꼭 에스코트 하, 하고 싶네."

목소리가 떨렸다.

말문이 막힐 듯했다.

그러나 쿠논은 애를 썼다.

여기서 물러선다면 자신이 신사라는 말을 두 번 다시 꺼낼 수 없을 것 같았으니까.

남자란 여자 앞에서는 폼을 재고 싶어 하는 서글픈 생물이다.

"정말입니까? —잘 됐군요, 지루니. 쿠논이 또 맛있는 가게에 데려가준다고 해요.”

“잘 먹겠습니다. 쿠논 님.”

“하하, 하하하. 천만에요. 난 이래 봬도 돈을 꽤 버니까. 괜찮아요. 응, 괜찮아. 무서울 거 하나 없어.”

거짓말이다.

시녀에게 혼났던 기억은 그리 쉽게 지워지지 않았다. 떠올리는 것조차 싫을 만큼 꾸중을 들었다.

와인은 주문하지 마, 절대로.

겉치레로 웃으면서도 그렇게 간절히 바랐다.

─그나저나.

“그래서?”

기분을 조금 전환하고 싶었다.

쿠논은 점심 화제를 끊어냈다.

이대로는 감정에 압도되어 발을 멈추고서 달아날 것 같았으니까. 22만 넷카. 시녀. 린코는 무서워.

“레이에스 양은 내게 뭔가 시킬 게 있어?”

“눈치챘습니까?”

“신사거든.”

─논리는 잘 모르겠지만, 신사는 원래 그런가, 하고 성녀는 생각했다.

“오늘 아침에 모험가 길드에서 요청을 해왔습니다. 실력 좋은 수마술사를 알고 있다면 데려와줬으면 좋겠다고. 쿠논과 만나지 않았다면 무시할 작정이었습니다만 도움이 좀 필요한 모양이에요. 부탁할 수 있을까요?”

“아, 모험가 길드랑 관련된 일이야?”

시 시루라와 관련된 일인 줄 알았는데, 다른 건인 듯했다.

“예. 그런데 아까 했던 얘기를 들어보니 쿠논도 아주 관계가 없지는 않을 거예요.”

“관계가 없지는 않다? 내가?”

“예. 물론 보수도 줄 거라고 해요.”

그런 말을 들었지만 쿠논은 짐작 가는 바가 전혀 없었다.

시 시루라와 「약상자」를 제외하고는 모험가 길드와는 아무 관계도 없다. 그 용건이라면 쿠논을 직접 호출했을 테고.

“실은—.”

“아아, 됐어. 가고 나서 듣는 게 더 재밌을 것 같아. 지금은 일 얘기보다 즐거운 점심 얘기를 나누고 싶네.”

설명을 도중에 끊고서 점심 이야기로 화제를 전환했다.

한숨 돌린 덕분에 마음이 조금 차분해졌다.

―고급 레스토랑은 안 돼. 되도록 서민적인 가게로 유도하는 거야.

지금이라면 가능할 거다.

아직 아무것도 정하지 않은, 지금이라면!

“오랜만입니다. 쿠논 님.”

모험가 길드에 도착한 뒤 일단 성녀 일행과 헤어졌다.

성녀는 사전에 예정된 논의를 하러 갔다.

그리고 쿠논은 아까 들었던 대로 다른 일을 맡았다.

면식이 있는 경리부 책임자 아산드 스미시를 따라서 길드 옆에 있는 창고 같은 건물에 들어갔다.

넓은 장소인데 사람은 없었다. 물건도 거의 없었다.

그보다도 여러 냄새가 풍겼다.

"여긴 일단 사냥물이나 상품을 놔두는 장소입니다. 주로 마물이나 동물 유해죠. 여기서 해체까지는 하지 않지만, 역시나 피비린내가 배어 있군요."

"그렇군요. ……응?"

다양한 냄새들 속에서 친숙한 비린내가 코를 살짝 찔렀다.

"생선?"

지난번에 바다에서 활동했을 때 맡았던 냄새와 똑같았다.

"예. 며칠 전에 고급어가 디라싯크에 대량으로 들어왔거든요. 매수자가 나타날 때까지 저희 길드에서 보관하고 있었습니다."

대량의 물고기.

그렇구나. 그래서 성녀가 「관계가 없지는 않다」고 말했나?

"그런데 말이죠. 구입자가 두 마리를 도시 외곽으로 운반해 달라고 부탁했어요. 아, 저깁니다."

아산드가 가리킨 수레에는 거대어 두 마리가 실려 있었다.

시기와 크기로 보아 「합리 파벌」 대표인 루뤄메트가 처치한 물고기겠지.

즉, 앞으로 저 물고기들은 여행을 떠나게 된다는 의미다.

일정은 모르겠지만, 왠지 무슨 요청인지 알 것 같았다. 물고기는 보이지 않지만.

“얼릴 건가요?”

“어? 아, 예, 그렇습니다! 지금도 반쯤 얼어있는 상태인데, 운반을 시작하기 전에 다시 한번 꽁꽁 올려두고 싶어서.”

난파선을 수색한 지 며칠이 지났다.

지금은 겨울철. 물고기를 꽁꽁 얼린 채로 보관해 둔다면 며칠은 보존할 수 있겠지.

지금부터 이 물고기들은 도시 밖으로 나가게 된다.

그렇다면 출발하기 전에 다시금 얼려두는 편이 낫겠지.

“근데…… 실례지만 괜찮을까요?”

“예?”

“아뇨, 빙마술은 어렵다고 들어서…… 그래서 수속성 모험가 중에는 부탁할 수 있는 사람이 거의 없어요.”

“그런가요? ……어라? 산드라 선배는?”

산드라는 대단한 출력을 자랑하는 마술사다.

모험가 업계에서는 조금 유명하고, 실력도 인정을 받았을 텐데.

“그 사람은 **물고기만**을 얼리지 못합니다. **물고기와 함께 창고도** 절반쯤 얼려버리는지라…….”

―그 말은 산드라가 마력을 섬세하게 조작하는 데 서투르다는 뜻이기도 하지만.

원체 빙마술은 조작하기가 어렵다.

정확히 말하자면 「원하는 부분, 원하는 장소」만 한정적으로 얼리는 건 어렵다.

어느 정도 대략적인 범위라면 가능한 사람은 많다. 그러나 범위가 좁으면 좁을수록 어려워진다.

"아아, 알겠습니다. 조금 어려운 일이네요."

쿠논은 정겨움을 느끼면서 수레에 실려있는, 조금 녹은 거대어에 다가갔다.

부분적, 한정적으로 얼린다. 이게 상당히 어렵다.

쿠논도 고생하면서 거쳐온 길이었다.

"그럼 얼리면 될까요?"

"예. 부탁합니다."

빠득빠득, 빠득.

물고기 표면에 성에가 끼더니 소리를 내며 딱딱하게 굳어갔다.

쿠논은 옛날에 얼음 날을 붙인「물 구슬」로 왕성을 활주한 적도 있었다.

"끝났습니다."

순식간이었다.

거대어 전체에서 하얀 김 같은 게 피어올랐다.

"……얼음이라."

보다시피「물 구슬」을 변질시켜 얼음을 만들 수 있다.

그러나 얼음 그 자체를 생성하는 마술은 아직 알지 못한다.

"……이걸로 할까?"

물이 아닌 물의 형태.

추구할 만한 가치가 없을 리 없다.

—쿠논은 본인이 배울 세 번째 마술을 정했다.

물고기를 얼리기만 하고서 쿠논의 할 일은 끝났다.

성녀가 「도움이 좀 필요하다」고 말했는데, 정말로 사소한 일이었다.

그러나 현재 성녀는 의논 중이라서 조금 기다려야 할 듯했다.

"레이에스 씨를 기다리는 겁니까? 그럼 길드에서 차라도 하는 게 어때요?"

"그러, 네요……. 실례해도 될까요?"

아산드가 배려를 해줘서 쿠논은 길드 응접실로 안내받았다.

"―그나저나 쿠논 군! 그 신약은 어떻게 되고 있습니까?!"

"아, 예? 신약?"

응접실에 들어가자마자 아산드가 갑자기 목소리를 높이자 쿠논은 조금 놀랐다.

"그거 말이에요, 그거! 얇은 종이처럼 생긴 시 시루라 신약!"

"아, 그거 말인가요?"

무슨 이야기를 하는가 싶었더니만 그거였나?

예전에 왔을 때 계약을 체결했던 약을 말하는 거였나?

"……어라? 저, 길드에 편지를 썼는데요."

그렇다. 쿠논은 현재 그 건은 대기 상태인 것으로 알고 있었다.

목소리를 높이면서 캐물을 만한 상황은 아닐 텐데.

"실은 현재 영초와 관련한 사안은 모두 길드 마스터가 맡고 계십니다. 지난번에 얘기를 들었을 때는 길드 마스터가 마침 자리를 비우셨기에 제가 대신 대응했던 거라서……."

그렇다면 쿠논이 썼던 편지는 그 길드 마스터에게 전달됐겠지.

"그럼 현재 레이에스 양은 길드 마스터와 논의를 하고 있나요?"

“맞습니다. 레이에스 씨와 쿠논 군이 제안한 사안을 길드 마스터도 중요한 안건으로 여기고 있습니다. 그래서 본인이 직접 교섭하겠다고.”

그렇구나. 쿠논은 수긍했다.

“제가 썼던 편지 내용을 요약하자면 지금은『약상자』개발을 기다리는 중입니다. 종이형 상처약을 보존할 수 있는 전용『약상자』가 없으면 휴대하기가 어려울 것 같아서. 땀에도 녹을 테니까요.”

아산드는 시 시루라와 관련한 정보를 알고 있었다.

가장 먼저 교섭했던 상대이니까.

그래서 이렇게만 설명해도 충분히 이해할 수 있겠지.

“……아, 그렇겠군요. 혈액 온도에도 녹을 테니 손에 난 땀으로도…….”

유용성에만 주목하긴 했지만…….

세심하게 주의하며 취급해야 할 필요가 있을 만큼 대단히 섬세하게 구성되어 있다.

“예, 그건 휴대할 수 있는 용기가 필요한 약이에요. 지금 약을 만들어봤자 낭비만 되겠죠.”

그리고 현재「약상자」의 성능을 테스트하는 중이다.

아무리 짧아도 앞으로 한두 달은 경과를 지켜봐야 한다.

되도록 여러 조건에서 거듭 시험해보고 싶기에 반년에서 1년쯤 시간을 들이고 싶었다.

결함이 없는「약상자」를 만들지 않으면 약이 낭비될 테니까.

―그런 내용을 편지에 적어서 보냈지만, 길드 마스터가 이번 건을

맡게 돼서 아산드에게는 정보가 내려오지 않았겠지.

"서둘러야 하는 이유가 있나요?"

"아, 아뇨…… 유효한 약이라면 빨리 갖고 싶어서요. 모험가들은 매일 목숨을 걸고 있으니 그 약이 있으면 반드시 구해낼 수 있는 생명이 있을 겁니다. 근데 제가 조금 조급했나 봅니다. 아이디어만 들었을 때는 정말로 꿈같은 약이었으니까."

그렇게 말하니 쿠논도 마음이 싱숭생숭해졌다.

하지만 참았다.

약을 제조하는 건 당장에라도 가능하지만, 그래봤자 의미가 별로 없다.

시 시루라 약은 보존할 수 있는 용기가 없다면 써먹기가 어렵다. 아무리 효과가 높더라도 오랫동안 보관할 수 없다면 별 소용이 없겠지. 정작 위급한 때에 쓸 수 없는 약은 아무도 거들떠보지 않겠지.

길드 마스터도 그 부분은 이해하고 있으니 이번 일을 비밀리에 진행하고 있는 거겠지.

지금은 개발을 다그쳐본들 어중간한 제품밖에 내놓을 수 없으니까.

그렇다면 괜히 사람들의 기대심을 부추기기보다는 완성된 후에 발표하는 게 낫겠지.

아산드도 그 사실을 알아줬기에 쿠논은 화제를 바꾸기로 했다.

"현재 그 약은 대기 중이에요. 그보다도 아산드 씨, 상담할 게 있습니다. 시간이 없으니 꼭 들어주세요."

"예?"

“그럼 쿠논, 또 보죠.”

“잘 먹었습니다.”

찻집에서 나온 뒤 해산했다.

“잘 가요. 어둠 속에서 떨고 있는 새끼 고양이들.”

“새끼 고양이……?

성녀와 지루니는 고개를 갸웃거리면서 돌아갔다.

멀어져가는 두 여성이 보이지 않을 때까지 지켜보다가 쿠논은 생긋, 웃었다.

“……훗, 이겼다!”

그렇다. 쿠논은 이겼다.

오늘은 지난번 점심의 굴욕을 설욕했다.

아산드에게 문의했다.

얼핏 비싸게 보이지만, 가격이 그럭저럭 적당하면서도 요리가 맛있고 근사하고 분위기가 좋은 레스토랑이 어디에 있느냐고. 그리고 값비싼 와인이 없는 가게는 없느냐고.

역시 동네 사람이었다.

조금 무리한 요구라고 생각했는데, 훌륭히 대답해줬다.

안심하고 파르페까지 사줄 수 있었다.

여유가 있었기에 쿠논도 매우 즐거운 시간을 보냈다.

양손에 꽃을 든 데이트였다.

뭐, 성녀와 줄곧 마술 이야기만 나눴기에 지루니는 조금 따분해하는 눈치였지만.

광속성도 재밌다.

성녀는 이대로 실험을 거듭하여 성녀의 힘을 쓰지 않고도 영초를 재배하는 데 성공시켜주기를 바란다.

―자, 그럼.

점심 식사를 마쳤지만, 아직 한창 오후 시간이었다.

어두워질 때까지 아직 시간이 있었다.

쿠논은 학교로 돌아가기로 했다.

다음에 배울 마술을 정했기에 가르침을 청할 작정이었다.

그렇다.

이번에야말로 동경하는 사토리 선생님을 만나러 가기로 결심했다.

◆

꽤나 긴장됐다.

동경하는 상대라서 그런지 마음이 위축되어 발을 내딛기가 주저됐다.

사토리 선생님이 어디에 있는지는 알고 있었다.

실은 입학하자마자 만나러 가고 싶었지만, 쿠논 나름대로 할 일이 있었기에 뒤로 미뤄졌다.

아니, 뒤로 미뤄왔다.

막상 만났는데 나에게 실망하면 어쩌지? 너무 미숙해서 그녀의 눈에 차지 않으면 어떡하지.

그런 사춘기다운 불안감 때문에 핑계를 대며 회피해왔다.

쿠논은 제4교사를 걷고 있었다.

여기에 사토리 선생님의 연구실이 있다.

"……."

어느 문 앞에 서서 침을 삼켰다.

여기다.

제4교사 4층 서쪽, 걸려있는 문패에 「사토리 그룩케」라고 새겨져 있었다.

드디어 여기까지 오고 말았다.

이 문 너머에는 쿠논이 존경하는 수마술사가 있다.

"—좋아."

왠지 갑자기 발걸음을 돌리고 싶어졌지만 꾹 참고서.

쿠논은 결심을 굳힌 뒤 문을 두드렸다.

노크를 두 번.

해버렸다.

이제 도망칠 수 없다.

묘하게 길게 느껴진 몇 초가 지나고 문이 열렸다.

드디어 동경하는 사토리 선생님과 만나—.

"—오랜만이네요. 쿠논 님."

그리운 목소리였다.

잊을 수 없는 그 목소리에 쿠논의 뇌가 한순간 정지했다.

너무나도 갑작스럽고, 너무나도 뜻밖이었기에

"……제니에 선생님?"

그 목소리를 잘못 들었을 리가 없다.

지금 눈앞에 있는 그 사람은 쿠논의 첫 번째 스승인 제니에 코스다.

"제니에 선생님? ……제니에 선생님?! 정말로?!"

"정말로 저예요."

"진짜?! 가짜가 아니라?!"

"진짜입니다."

애당초 가짜를 만들어둘 이유도 의미도 없겠지.

쿠논은 놀랐다.

동경하는 사람을 만나러 왔는데, 옛 은사를 만났기 때문이었다.

제니에 코스.

현재 쿠논도 그 당시에 제니에의 실력이 어땠는지 잘 알고 있다.

그녀가 그리온가를 떠나면서 했던 말은 전부 사실이었다고.

이제 가르칠 게 없다.

제니에는 그렇게 말하고서 쿠논의 가정교사를 관뒀다.

—그래도.

지금도 쿠논은 그녀를 최고의 스승으로 여기고 있었다.

쿠논이 이토록 기초를 탄탄하게 쌓을 수 있었던 건 틀림없이 그녀 덕분이었다.

실의에 빠져있던 쿠논을 구해냈던 은인이기도 했다.

설령 본의가 아니었다고 해도 그녀의 말을 듣고서 쿠논은 일어설 힘을 얻었다.

누가 뭐라고 하든 최고의 스승은 제니에다.

자신이 그녀의 실력을 추월하든 말든 그건 평생 달라지지 않겠지.

그 은사가 지금 눈앞에 있었다.

놀라지 않을 수가 없었다.

“많이 컸군요.”

제니에도 놀랐다.

그리고 감동도 했다.

―설마 그 쿠논이 마술학교에 입학하기로 결심하고서 여기까지
올 줄이야.

뭐, 그리온가를 관뒀을 때부터 아마도 마술학교까지 가리라 짐작
하긴 했지만.

제니에는 절망에 빠져있던, 무기력한 유소년 시절의 쿠논을 잘 알
고 있었다.

그렇기에 저 자그마한 아이가 용케도 여기까지…… 라는 생각이
자꾸만 들었다.

지금은 열두 살이다.

헤어졌을 때보다 크게 성장했다.

몸도, 마력도.

“선생님, 만나고 싶었어요! 당신의 아름다운 외모와 아름다운 목
소리와 아름다운 마술을 느낄 수 없게 돼서 매일 얼마나 한탄했던
가! 전 당신의 마술 없이는 살 수 없어요!”

“그건 착각입니다. 지금까지 괜찮았으니 잘 살아갈 수 있어요.”

쓸데없는 부분도 성장한 것 같긴 하지만…….

약간 걱정도 했는데 아무래도 적중한 듯했다.

학교에서 쿠논에 관한 소문도 자주 들었고, 실제로 이렇게 재회하
고서 확신했다.

분명 그 시녀의 소행이다.

쿠논이 명랑해진 건 좋은 일이지만, 여성에게 경박하게 구는 방향으로 키워서 뭘 어쩌자는 건지…….

"지금은 사토리 선생님의 조수로 일하고 있어요."

일단 재회의 감동이 사그라지자 제니에가 여기에 있는 이유를 밝혔다.

그리온가를 떠났던 제니에는 모교인 이 디라싯크 마술학교를 다시 방문했다.

마술을 다시 배우기 위해서.

사토리 그룩케는 학생 시절에 신세를 졌던 제니에의 은사다.

제니에는 2급 클래스를 평범한 성적으로 졸업했다. 그러나 아르바이트로 사토리의 실험을 도왔던 적이 있어서 그 연줄에 기댔다.

지금은 준교사 직책으로 사토리의 조수로 근무하고 있었다.

제니에는 쿠논과 언젠가 학교에서 만나리라 예상했다.

쿠논은 제니에에 관한 소문을 들은 적이 없었지만, 제니에는 쿠논에 관한 소문을 들었다.

제니에는 이름뿐인 스승이었지만 그래도 쿠논의 실력을 잘 알고 있었다.

만약에 쿠논이 마술학교에 입학한다면 분명 금세 두각을 드러내리라 생각했다.

아니나 다를까.

특급 클래스에 들어가자마자 「수면 사업」으로 명성을 떨쳤고, 영초 시 시루라 재배를 성공시켰고, 세 파벌이 쿠논을 끌어들이기 위해 다툼까지 벌였다.

　정말로 예상이 딱 맞아떨어졌다.

　상상했던 대로 쿠논은 유능했다. 이제는「저 아이는 어렸을 적에 내 제자였어」하고 농담으로도 말할 수 없는 아이로 성장했다.

　만약에 제니에를 아는 사람에게 그렇게 말했다면「네 실력으로 저렇게 우수한 아이로 키워낼 수 있을 리가 없잖아. 아하하―!」하고 웃어넘겼겠지.

　화낼 기력도 솟지 않겠지.

　그만큼 스스로도 인정하고 있으니 어쩔 도리가 없다.

　"사토리 선생님의 제자라…… 그럼 사토리 선생님은 제 스승님의 스승님이 되는 셈인가."

　"쿠논 님, 이제 전 스승이 아니라……."

　2년 전에 비해 제니에의 실력은 월등히 향상됐다.

　그럼에도 쿠논이 더 위였다.

　그는 그 제온리의 제자가 돼서 제니에보다 실력을 더욱 키웠다.

　우연히 초심자 시절에 쿠논을 잠깐 가르쳤을 뿐인데, 평생 스승 대우를 받는다면 오히려 민망하다.

　"선생님은 이제 그리온가에서 고용한 가정교사가 아니에요. 저도 여기서는 후작가의 아들이 아니라 일개 학생입니다. 경칭으로 부르지 마세요."

　"……그러네. 알겠어, 쿠논 군."

　"이래야 친근한 사이 같아서 친밀감이 더 느껴질 거예요. 선생님은 어떻게 생각하세요?"

“난 거리를 적절히 두고 싶은데.”

“친한 사이일수록 예의를 차려야 한다는 뜻이군요?”

2년 전에도 징조를 느꼈지만, 성격이 지나치게 밝아진 듯했다.

―뭐, 2년 만에 재회했으니 이렇게 선 채로 대화가 더 이어질 것 같은데, 그보다도…….

“그나저나 쿠논 군은 무슨 용무로 왔어?”

“당연히 제니에 선생님을 만나러 왔죠!”

입에 침도 안 바르고 잘도 말하네, 하고 제니에는 생각했다.

제니에가 있다는 것도 몰랐으면서.

어쩌다가 이렇게 추파나 던지는 아이가 됐을까?

그 시녀는 무슨 생각으로 이런 방향으로 키웠을까?

“사실은?”

“사토리 선생님께 가르침을 청하러 왔지만, 이렇게 재회했으니 제니에 선생님을 뵈러 온 거라고 용건을 바꿔도 괜찮을 것 같아요.”

“마술에 관해 용무가 있어서 왔지? 그럼 사토리 선생님께 부탁하면 돼.”

이대로는 정말로 대화가 끝없이 이어질 것 같아서, 제니에는 쿠논을 사토리의 연구실 안으로 들였다.

연구실 내부는 나름 정돈되어 있었다.

다만 물건 자체가 많아서인지 조금 난잡하고 비좁게 느껴지기도 했다.

뭐, 쿠논의 방보다는 백 배 낫다고 할 수 있지만.

"선생님, 선생님."

그러한 실내에.

창가에 놓인 안락의자에 편안히 앉아서 새어드는 햇볕을 느긋하게 쬐고 있는 여성이 있었다.

나이는 쉰에서 예순쯤 됐을까?

검은 머리에 새치가 섞여있는, 노년에 접어든 여성이었다.

저 사람이 쿠논이 동경하는 수마술사인 사토리 그룩케다.

"……깨우지 마. 사흘이나 밤을 샜어. 이 나이가 되면 하룻밤을 새우는 것도 버거워."

사토리가 쉰 목소리를 낮게 깔며 흐리멍덩하게 반응했지만, 제니에는 아랑곳하지 않고 계속했다.

"선생님께 가르침을 청하러 학생이 왔습니다."

"당신이 대응하도록 해. 난 졸려."

"저보다 마술을 더 잘하는 특급 클래스 학생이에요."

"특급? 중주 30단도 못하는 병아리가 내 애길 이해할 수 있을까?"

중주 30단은 이 마술학교에서 교사가 되기 위해 치러야 하는 시험 내용 중 하나다.

제니에는 몸 상태와 운이 좋다면 가끔 할 수 있는 수준이다.

제아무리 쿠논일지라도 입학한 지 얼마 안 됐으니 역시나 버거—.

울 것 같지는 않았다.

"아, 저 55단도 가능해요."

정말로 밉살스러울 만큼 예상했던 대로 성장했다.

"그리고 사토리 선생님의 책도 전부 다 읽었습니다! 특히 삼신수

압기구에 관한 학설은 굉장했어요! 그걸 마술에 접목하면 기존 수마술에 비해 8, 9배의 힘을 더 낼 수 있잖아요!"

"……어어, 그래."

"영침투압경감에 관한 학설도 좋았어요! 참 흥미로워요!"

"……어어, 그래."

"근데 허수에 관한 학설은 의문이 들긴 합니다."

"아아, 알겠어. 아이의 목소리는 최고의 각성제라니까, 나 참."

사토리가 서서히 일어섰다.

자기 입으로 「중주 30단」을 언급했으니 약속을 지킬 수밖에 없게 됐다며 체념했다.

사토리는 늘 은근히 쑤시는 허리에 기합을 넣고서 쿠논과 마주했다.

"애송이, 뭘 가르쳐주길 원하니?"

"아, 그게 말인데요. 사토리 선생님을 귀찮게 하고 싶지 않으니 제니에 선생님께 부탁할까 해요."

""뭐어?""

의욕이 생긴 사토리에게도.

이 상황에서 사토리를 제치고서 선택받은 제니에도.

예상하지 못한 말이었다.

"그게 뭔 말이야? 나보다 내 제자를 택하겠다는 말이니?"

"예! 제게 제니에 선생님은 최고의 스승님이라서요!"

제니에는 두 손으로 얼굴을 가렸다.

하필이면 지금 이 타이밍에 그런 말을 굳이 할 건 없잖니, 하고.

사토리는 순간 동작이 멎었다. 그러나 이내 히죽히죽 웃기 시작했다.

"그러고 보니 당신, 옛날에 가정교사로 잠깐 일했다고 했지? 이 아이니?"

"……예."

"제자한테 추월당한 자기 신세가 한심하다며 내게 울면서 매달렸던 그 얘기의 원흉이 이 아이니?"

"……예."

"그렇구나, 그랬어. 그럼 당신이 보살펴주도록 해. 날 차버리고서 당신을 지명했어. 제니에 선생님, 열심히 가르쳐 봐."

"그렇게 말씀하실 필요는 없잖아요?"

"됐어, 됐어. 도도하게 굴지 말고 가끔은 젊은 남자랑 놀고 오렴. 뭣하면 내일 아침에 돌아와도 좋아."

사토리는 방금 일어났던 안락의자에 다시 앉았다.

"선생님, 무슨 말씀을 하시는 건가요……."

열두 살짜리 아이와 뭘 하고 오라는 말인지.

"제니에 선생님한테는 새로운 마술을 배울 작정인데, 다음에는 사토리 선생님이 저랑 놀아주실 건가요?"

눈을 감은 사토리가 쿠논의 말을 듣고 대답했다.

"그래, 정말로 55단을 쓸 수 있다면 말이야. 실컷 부려먹어 줄 테니 각오가 서거든 놀러 오렴. 날 만족시킨다면 이름은 외워줄게."

"그렇군요. 근사한 여성한테 먼저 정성을 다해서 마음을 얻으라는 말씀이군요."

"그래, 그래. 젊은 게 잘 아는구나."

사토리는 어깨를 들썩이며 웃었다.

제5화 3급 클래스와 법칙 붕괴

"—여러분 정숙하세요. 자리에 앉아주세요."

정겹다.

정겨워서 눈물이 살짝 핑 돌았다.

제니에 코스의 수업이다.

불과 몇 년 만이지만, 쿠논은 몹시 정겹게 느껴졌다. 자신의 원점이라고도 할 수 있는 시간이다.

쿠논은 마술을 알고서 변했다.

쿠논은 마술의 가능성을 믿고서 다시 태어났다.

그 계기는 모두 제니에의 수업이었다.

그녀는 넋을 잃고 쳐다보고 있는 쿠논에게 속삭였다.

"—쿠논 군, 이쪽이 아니라 저쪽. 저쪽으로 고개를 돌려."

"—정겨워요. 선생님은 정겹지 않나요?"

"—지금은 그럴 때가 아니니 고개를 저쪽으로 돌려. 학생이 얕잡아보면 수업하기가 어려워."

제니에가 작은 목소리로 주의를 주자 쿠논은 고개를 정면으로 돌렸다.

정겹긴 하지만 그 시절과 똑같지는 않았다.

저쪽으로 고개를 돌린 쿠논 앞에는 동년배가 열 명쯤 있으니까.

"앞으로 며칠 동안 여기 있는 쿠눈 군이 함께 수업을 듣게 됐으니 여러분, 친하게 지내주세요."

여기는 3급 클래스. 아직 병아리라고도 할 수 없는 수마술사의 알들이 배우는 교실이다.

"잘 부탁해."

호기심 어린 서신들이 노골적으로 쏟아지는 와중에 쿠논은 태평하게 말했다.

"쿠논 군은 뒷자리에…… 그럼 오늘 수업을 시작하겠어요."

—사토리 그룩케의 연구실을 방문한 지 며칠 뒤였다.

"빙마술?"

사토리가 다시 잠든 후.

쿠논과 제니에는 그대로 연구실 테이블을 빌려서 차를 마시면서 쌓였던 대화를 나눴다.

어느 정도 일단락이 됐을 즈음에 쿠논은 본론으로 들어갔다.

빙마술을 배우기 위해서 여기에 왔다고.

"아직 익히지 않았니? 하나도?"

"예. 전 아직도 제니에 선생님한테서 배운 두 가지밖에 쓸 줄 몰라요."

고작 두 개.

제니에는 이제는 놀라지 않았다.

—고작 그 수준으로 특급 클래스에 들어가 잘 헤쳐 나가고 있는 쿠논이 이상했지만, 새삼스러운 일이었다. 쿠논이라면 그럴 수도 있겠지 싶었다.

"선생님의 애정이 담겨있는 딱 두 가지뿐이에요."

그렇게 굳이 강조할 필요는 없지만.

"얼음은, 저기, 의외로 직접적인 흉기가 되잖아요? 그래서 조금 꺼렸던지라."

때려도 좋다.

미끄러뜨려도 좋다.

얼려도 좋다.

딱딱해서 부딪치기만 해도 아프다.

쿠논은 얼음은 물보다 더 위험하다고 생각했다.

옛날에 휴그리아 왕국의 왕성에서 「복도 대미끄럼 사건」을 저질렀다가 처음으로 설교를 들었다.

「물 구슬」을 신발 바닥에 장착하여 미끄러지는 기술이 원인이었는데…….

쿠논은 자택에서 그 훈련을 하다가 세차게 넘어졌을 때 배웠다.

아, 얼음은 위험하구나, 하고.

얼음을 이용하여 이동하면 다칠 수 있구나, 하고.

오랜만에 넘어져 다쳤을 때 그렇게 생각했다.

아직 쿠논은 자신이 어리다고 자각하고 있었다.

그래서 아이에게 공격 마술을…… 흉기를 쥐어줘서는 안 된다는 그리온가의 방침에도 순순히 따라왔다.

얼음은 위험하다.

자기만 다친다면 모를까, 다른 사람도 끌어들일 수 있다.

그렇게 생각하고 나서는 얼음을 다룰 때 주의를 세심하게 기울이게 됐다.

"그래서 선생님도 알려주지 않았던 거죠?"

"뭐, 그렇긴 하지만……."

그렇다. 당시 제니에는 그 부분을 고려하여 쿠논에게 가르쳐주지 않았다. 그리온가의 의향 때문에 가르칠 수 없었다고 말하는 편이 더 정확하겠지만.

쿠논의 재능이라면 빙마술 한두 개는 여유롭게 구사할 수 있겠지.

제니에가 가정교사를 관뒀던 수년 전에도 말이다.

―아니, 애당초.

제니에가 가르쳐주지 않더라도 쿠논은 빙마술을 쓸 수 있다.

정확히 말하자면 초보 중의 초보인 「물 구슬」을 발전시킨 형태이지만, 얼음을 재현할 수 있었다.

쿠논이 빙마술을 멀리해왔을 줄은 제니에는 미처 몰랐다.

왜냐면 쓸 수 있었으니까. 자연스럽게.

"초급 빙마술도 있는데 그것도 아직이야?"

"예. 학교에 들어가기 전에 수마술사와 만날 기회가 없었고, 입학한 후에는 사업을 궁리하고 단위를 취득하는 등 할 일이 많았거든요."

"그래…… 뭐, 가르치는 건 좋지만, 정말로 내가 가르쳐도 되겠어? 사토리 선생님한테 배우러 왔잖아?"

"선생님이 가르칠 수 없다면 사토리 선생님께 부탁하겠지만요. 하지만 제니에 선생님의 가르침은 초보자한테 아주 잘 맞는다고 생각해요. 정말로요. 자신감을 가져도 좋아요. 당신은 훌륭하고 매혹적인 성인 선생님이에요."

제니에가 싫어할 테니 더는 말하지 않겠지만.

쿠논은 여전히 제니에가 보여줬던 잔재주는 존경할 만하다고 생각하고 있었다.

그녀의 잔재주가 없었다면 지금 이 자리에 쿠논은 없었을지도 모른다.

그만큼 기초와 기초를 기반으로 하여 응용을 갈고닦았기에 여러 상황에 대응할 수 있었다.

—게다가 「경안」도.

쿠논이 갈망했던 눈은 제니에의 가르침이 없었다면 달성할 수 없었다.

제온리와의 약속이라서 시각을 얻었다는 이야기는 할 수 없다.

그러나 이렇게 쿠논이 가르침을 청할 만큼 기반을 잘 닦아줬던 사람은 역시나 제니에였다.

"잘 맞는다?"

제니에는 쓴웃음을 지었다.

본인은 전혀 자각하지 못했지만, 사토리에게서도 그런 소리를 들었다.

마술학교를 다시 찾은 이유…… 연줄을 이용하여 재회한 은사 사토리가 왜 학교에 돌아왔느냐고 물었다.

제니에는 솔직히 쿠논의 가정교사로서 무엇을 가르쳤는지 말했다.

물론 제자에게 추월을 당했다는 이야기도 했다.

수많은 실패를 거듭하면서도 노력을 멈추지 않고 성장해나가는 쿠논을 보고서 자신 역시 노력을 제대로 해보고 싶다고 느꼈으니까.

학생 시절에는 왠지 반쯤 체념한 채로 전력으로 노력하지 않았으니까.

그래서 다시 배우고 싶다고 말했다.

그 이야기를 듣고서 은사는 말했다.

―「나쁘지 않아. 당신은 초보자를 가르치는 데 잘 맞아」라고.

기초를 끈질기게 가르쳤던 점을 높이 평가받았다.

그것 말고는 할 수 있는 게 없었을 뿐이지만, 그런데도 온갖 핑계를 대면서 과제를 꾸준히 내줬던 걸 칭찬받았다.

그래서 지금 제니에는―.

"쿠논 군. 지금 난 3급 클래스에서 가르치고 있어."

준교사의 직무로서 교편을 잡고 있었다.

"때마침 빙마술을 가르치려는 참이니 괜찮다면 수업을 받아보지 않겠어?"

특급 클래스는 마술학교 안에서 많은 자유를 인정받고 있다.

즉, 2급 클래스나 3급 클래스 수업에 참여하는 것도 허가받았다.

의외로 그런 요청도 적지는 않았다.

뭐, 장래에 교사가 되고 싶어서 수업을 견학하고 싶어하는 학생들이 대부분이지만.

"어, 그래도 되나요?! 받아볼래요, 받아볼래요!"

쿠논처럼 본격적으로 수업에 참가하는 특급 학생은 조금 드문 케이스였다.

3급 클래스.

그곳은 마술사로서 아직 기초가 부족한 초보자들을 위한 클래스다.

사람들에게는 사람 숫자만큼 사정이 있다.

가정 사정.

시기 사정.

환경 사정.

성격 사정.

금전 사정.

일일이 다 열거할 수 없는 사정들.

사정이 있어서 배울 시간이 없었던 아이들이 여기에 있었다.

그러나 그런 사연은 제쳐두고.

"잘 부탁해. 마술은 좋아하니? 난 베이컨도 좋아해."

"아, 하아……."

맨 뒤에 있는 빈자리에 앉은 쿠논이 옆에 있는 여자에게 인사했다.

반면에 상대는 당황했다.

두 눈에 안대를 착용했고, 지팡이까지 갖고 있었다.

여러모로 걱정이 된다고 해야 할까, 경솔하게 접촉하기 힘들다고 해야 할까. 겉모습을 보니 마음에 걸리는 데가 너무 많았다.

그리고 무엇보다—.

"지난번에 『포어_{아 오루뷔}』 마술을 배웠습니다. 여러분, 제대로 습득했나요? 이 마술은—."

쿠논.

안대를 쓴 소년.

선생님이 데려온 아이.

혹시 그 소문난 특급 클래스 학생 아닌가?

그게 몹시도 궁금했다.

제니에가 수업을 시작했지만, 대부분의 학생들은 귀에 들어오지 않았다.

특급 클래스는 그만큼 엘리트다.

교사만큼이나 마술을 잘 구사하는 학생도 종종 있다고 하니 3급과는 정반대라고 해도 과언은 아니다.

반면에 3급은 자타가 공인하는 초보자 마술사 클래스다.

그런데 특급 클래스 학생이 왜 여기에 왔지?

"선생님!"

게다가 손까지 들고 있고.

"포어 마술도 배우고 싶어요!"

게다가 가르쳐달라는 요청까지.

"아, 예. 오늘은 다른 마술을 가르칠 차례이니 수업이 끝난 후에 알려줄게요."

"개인적으로?"

"예예, 개인적, 개인적으로. 나중에 다시 말해요."

게다가 선생님도 가볍게 흘려넘겼고.

"―오호, 오호. 재밌었다? 그거 다행이네."

수업이 끝났다.

쿠논은 제니에와 함께 식당에서 점심을 받고서 사토리 그룩케의 연구실에 모였다.

그리고 사토리가 물었다.

제니에의 수업이 어땠느냐고.

쿠논은「재밌었고, 흥미로웠어요」하고 대답했다.

"선생님의 수업도 정겨웠지만, 3급 학생들도 굉장히 재밌었어. 아주 흥미로운 체험이었어요."

특급 클래스에는 존재하지 않지만, 2급과 3급에는 수업이 있다.

그러나 둘 다 오전 안에 끝나고, 오후부터는 자유시간이다.

자습을 해도 좋고, 일을 해도 좋고, 실험을 해도 좋다.

적당히 노는 것도 좋다.

"뭐가 가장 흥미로웠니?"

"역시 마술의 차이죠. 마술의 개체 차이라고 해야 할까요? 정형 마술인데도 사람마다 그토록 차이가 날 줄은 몰랐어요."

마술은 키워드로 발동한다.

키워드를 읊으며 마력으로 문장을 그려서 마술을 발동한다.

이게 정형 마술.

기본이라 할 수 있는 마술이다.

"전 처음부터『물 구슬』로『물 구슬』을 발생시켰습니다. **눈알**만 한 구체였죠."

이런 이야기를 하는 것도 정겨웠지만.

쿠논은 감상에 깊이 젖지 않고 말을 계속했다.

"근데 3급 클래스 학생 중에는『물 구슬』이 구체가 아닌 아이들이 있었어요. 그중에는 형태가 계속 바뀌는 불안정한 마술도 있었고요. 정형 마술인데 차이가 이토록 날 줄은 상상도 못했어요."

　―이건 오히려 문외한이나 마찬가지인 초보자라서 벌어지는 현상이 아닐까?

　간단히 말하자면 활시위를 당겨서 표적을 맞출 수 있는 사람이 전문가. 표적을 벗어나 예상치 못한 방향으로 날리는 게 초보자라고 할 수 있을까?

　원래 올바르게 되어야만 하는 것이 그렇게 되지 않는다.

　솔직히 말하자면 실패한 것이지만― 쿠논은 그 실패에 강한 관심을 가졌다.

　독창성이 넘치는 방식으로 구사했다면 모를까, 정형 마술인데도 정형과는 다른 마술이 나온 건 논리에 맞지 않는다. 그래서 흥미로웠다.

　"흠. 원인이 뭐라고 생각하지?"

　"뭘까요? ……마력 조작? 아니, 마력 불순? 문장을 그려내는 마력 공급이 마력 불순 때문에 제멋대로 들쑥날쑥해져서? 그래서 정형 마술인데도 저마다 차이가 생겨나는 걸까요?"

　문장을 그려내는 마력에 기복이 있다는 게 원인이 아닐까?

　쿠논은 그렇게 예상했다.

　그리고 사토리는 히죽 웃었다.

　"―당신, 정말로 우수하네. 웬만한 준교사보다 확실히 뛰어나."

　아무래도 합격점을 받을 만한 대답이었나 보다.

　"솔개가 매를 낳았나? 제니에, 어떻게 생각하니?"

　"쿠논 군은 제 제자이긴 하지만, **그 제온리 선배**의 제자이기도 하니까요. 그쪽이랑 닮았어요."

제니에는 망연한 표정으로 티포트를 가져와 컵에 향초차를 따랐다.

지금부터 점심을 먹을 예정이다.

"전 제니에 선생님이랑 닮았는데요?! 그 사람은 맨날 제게 서류 작업만 시켰거든요!"

말은 그렇게 했지만, 스승마다 가르치는 법이 달라서 뭐라 말하기 어렵지만.

사토리 그룩케.

몇 년 전까지는 실험과 연구와 단련에 푹 빠져서 **일류 마술사다운** 마술사로서 활약했다.

교사라는 직책은 이름뿐이고 자신의 연구에만 몰두했다. 뭐, 이 학교에는 그런 교사도 드물지는 않지만.

그런 그녀는 조금 무거운 병을 앓은 적이 있었다.

약 1년에 걸쳐 병을 완치하고 나서 사토리의 가치관은 크게 바뀌었다.

—자신의 지식이나 추측, 발견을 후세에 남기지 않아도 되겠는가, 하고.

병 때문에 죽음을 확연히 의식했기에 생긴 의식의 변화였다.

그후로는 책을 쓰기 시작했다.

후진을 육성하는 데 힘을 기울이기 시작한 것도, 자신의 연구실을 방문한 학생의 질문을 받아주게 된 것도 그 이후였다.

설령 자신이 죽더라도 자신의 발자취를 남긴다.

지금껏 정신없이 실험이나 연구를 벌이면서 알아낸 여러 가지를 이 세상에 남긴다.

실컷 마음대로 살다가 마지막에 「아아, 재밌었다」라는 심정만 품고서 끝나지 않도록.

그 역시 아주 행복한 인생일지도 모른다.

그러나 연구자로서 그래서는 안 된다.

자신이 앞으로 나아갈 수 있는 계기와 지식을 남기고 떠났던 선인들에게 미안하니까.

자신이 받은 지식은 미래로 이어져야만 한다.

그렇게 생각을 굳힌 사토리는 교육에 몰두하게 됐다.

또한— 그러한 사토리의 사상은 제자인 제니에에게도 아마도 영향을 끼치고 있겠지.

"이제부터가 문제야, 쿠논."

식당에서 받아온 샌드위치를 먹으면서 사토리가 말했다.

"당신이 말했던 『흥미로운 마술』은 어떻게 해야 할까? 반듯한 구체가 되도록 가르쳐야 할까, 아니면 그대로 성장시켜야 할까? 당신은 어느 쪽이 낫다고 생각해?"

"……모르겠습니다."

쿠논은 오래 생각했지만 답을 내놓지 못했다.

요컨대 지금 갖고 있는 개성을 죽이느냐 살리느냐는 이야기였다.

교정은 할 수 있겠지.

모두가 알고 있는, 기존의 구체형 「물 구슬」을 생성할 수 있게 되겠지.

하지만 꼭 그래야만 하는 걸까?

마술에 정답이 존재할까— 그 물음이라면 존재하지 않는다고 단언할 수 있다.

그럼 이 문제는?

기존과 다른 정형 마술을 정형이 아니라는 이유만으로 부정해도 될까?

쿠논은 판단할 수가 없었다.

"그보다도 답이 있는 질문이 아니잖아요."

"그렇지?"

"예."

"나도 그렇게 생각해. 마술은 참 재밌구나. 이 나이를 먹고도 아직도 모르는 게 산더미 같다니."

"좋죠. 발견할 게 아주 많다는 건요. 두근거려요."

두 사람은 서로를 보며 웃었다.

—사이가 좋구나, 하고 생각하면서 제니에는 두 사람을 바라봤다.

점심을 마친 뒤에는 약속했던 대로 개인 수업을 하기로 했다.

제니에와 쿠논은 밖으로 나왔다.

그리고 사토리가 견학하겠다면서 따라 나왔다.

"그럼 선생님, 제게『포어』를 가르쳐주세요."

"예. ……뭐, 가르쳐주긴 하겠지만."

쿠논이라면 금세 습득할 수 있겠지.

"이미 알고 있겠지만, 다시금 말할게.『포어』는 이른바 물을 쏘는 것입니다. 지정한 방향으로 물을 날리는 마술이에요."

제니에는 거기까지 말하고서 「포어」를 사용했다.

물이 수평으로 상당한 기세로 날아가 꽤 먼 거리에 있는 땅을 적셨다.

"특징은 물이 일직선으로 날아가는 것. 물이 계속 나가는 것. 임의로 비거리를 늘릴 수도 있습니다. 쿠논 군, 이건 공격성이 높은 마술이니까요. 내가 구사해도 사람을 날릴 수 있는 위력이지만, 쿠논 군이 사용하면…… 뭐, 굉장한 사태가 벌어질 가능성이 높으니까 주의하도록 해요."

이 마술 자체의 위험성은 낮다.

그럭저럭 강하게 분출된 물에 맞는 것뿐이라서 살상력은 꽤 낮다.

하지만 쿠논은 이걸 어떻게 변화시킬까?

제니에는 상상도 되지 않았다.

마술 자체의 움직임이 단순하므로 분명 쿠논이라면 무시무시한 독창성을 부여하겠지.

그런 미래밖에 떠오르지 않았다.

"그럼 해봐요."

"예―『포어』."

좌악, 하고 나왔다.

정형 마술이라서 여기까지는 제니에와 유사했다.

"우와, 오호. 그렇군요. 마력이 이런 느낌으로 움직이는구나."

쿠논은 두어 번 쏘고 나서 「알겠다」며 고개를 끄덕였다.

스스로 납득할 수 있을 만큼 습득한 듯했다. 애당초 기본이 탄탄했기에 예상했던 대로 빠르게 습득했다.

“참고로 어떻게 변화시키고 싶니?”

“글쎄요…….”

제니에가 가벼운 마음으로 물어보자 쿠논은 팔짱을 꼈다.

“모처럼 이런 마술을 배웠으니 직각으로 여러 번 꺾어보고 싶네요. 물을 압축하여 가늘게 쏘면 뭔가를 잘라낼 수 있겠죠? 아, 물속에 얼음을 섞으면 가능할 것 같아. 추진력으로도 쓸 수 있을 것 같은데, 지금은 별로 의미가 없으려나? 아, 원격 조작은 분명 재밌을 것 같아요. 제가 아니라 전혀 다른 방향에서 물이 발사되면 재밌을 것 같아. 으—음, 조금만 더 궁리해보면 뭔가 될 것 같은데. 평범하게 날리기만 하는 건 재미가 없는데.”

나왔다.

그 시절과 변함이 없는, 전혀 영문을 알 수 없는 녀석이 나왔다.

방금 막 습득했는데도 벌써부터 응용 방법을 그토록 많이 떠올려냈다. 무서운 아이다.

이게 바로 쿠논이다.

정말로 변하지 않았다……기보다 예전보다 더 성장했다.

“—후훗. 핫핫핫.”

괜히 끼어들지 않고 가만히 지켜보고 있던 사토리가 걸어왔다.

“쿠논. 당신은 이런 걸 하고 싶은 거니?”

사토리가 구사한 「포어」가 날아갔다.

직선으로 날아가던 물이 직각으로 꾸불꾸불 꺾였다.

그 물줄기는 직선으로 점을 더듬어나가듯 소용돌이 모양으로 나아가다가— 마지막에는 바로 위로 꺾이면서 비가 되어 내렸다.

역시 대단하다.

이토록 대담하면서도 섬세하게 마력을 조작하는 건 아무나 하지 못한다.

역시 스승님은 대단하다고 제니에는 생각했다.

"아, 굉장해. 한 번 더, 한 번 더."

"자."

"오, 그렇구나. 응, 이렇게? —아, 의외로 간단."

그리고 쿠논은 딱 두 번 봤을 뿐인데 재현해냈다.

"—자, 이걸 봐. 마치 수룡 같지?! 당신도 따라할 수 있을까?!"

"—보이지는 않지만! 전 거대 물지렁이로 대항하겠어요!"

"—거대 물지렁이?!"

"……."

제니에의 눈빛이 멍해졌다.

차라리 처음부터 사토리가 가르치는 편이 더 낫지 않았나?

자신이 가르치는 의미가 있었나?

순식간에 스승을 추월한 제자와 마치 손자와 놀고 있는 것 같은 스승을 그저 멍한 눈빛으로 바라볼 뿐이었다.

"재밌네."

물을 생성한다.

얼린다.

물을 생성한다.

얼린다.

그런 행위를 반복하다 보니 자택 마당에 동물 얼음상이 쭉 늘어서고 말았다.

오늘 쿠논은 새로운 마술을 두 가지 익혔다.

개인 수업 때 습득한 「포어」.

그리고 정규 수업 때 습득한 「빙면」.

「포어」는 사토리가 실컷 단련시켜줬다.

새로운 기법과 방식을 보여줌으로써 쿠논을 이끄는 교육법―. 지금 돌이켜보니 알겠다.

마치 노는 듯 즐기면서 숙련되도록 이끌어줬다.

그것이야말로 교육자 사토리의 일면이었겠지.

―그래서 귀가한 후에 마술을 다시 한번 훈련하고 있었다.

「빙면」.

물을 얼리는, 얼음과 관련한 초보 마술이다.

물을 생성하는 것도 아니고, 얼음 그 자체를 발생시키는 것도 아니다.

이 마법 하나만으로는 의미가 없다나?

그래서 쿠논은 여러 형태의 「물 구슬」를 생성한 뒤 곧바로 얼리는 훈련을 반복하고 있었다.

빙마술.

역시 재밌다.

「물 구슬」을 조작하여 얼음을 만들 수는 있지만, 그것과는 근본적으로 달랐다.

―솔직히 말해서 「물 구슬」로 얼음을 재현하는 것보다 간단했다.

당연한가?

쿠논의「물 구슬」은 고도의…… 아니, 굉장히 복잡한 변화를 가미하여 원형을 거의 찾아볼 수 없는 마술로 승화되어 있으니까.

「물 구슬」로 스무 가지에 가까운 변화를 가하여「얼음」을 재현해낼 수 있다.

그러나 빙마술은 그런 수고를 들일 필요가 전혀 없다.

그렇다면 덜어낸 수고만큼 여유가 생긴다.

빙마술에 스무 가지 이상의 변화를 가할 여유가 생겼다.

물을 다루는 거라면「물 구슬」을 자유자재로 써봤던 경험을 활용할 수 있겠지만, 얼음을 다루는 건 거의 처음이었다.

이걸 어떻게 활용할까?

어떤 사용법이 있고, 어떤 걸 할 수 있을까?

앞으로 가능성을 꾸준히 모색하기로 했다.

미치도록 즐거웠다.

"—쿠논 님, 슬슬 저녁을 드셔야죠."

"아, 응."

재미에 홀려서 혼자서 히죽거리며 생각에 빠져있던 쿠논은 시녀의 부름을 받고서 정신을 차렸다.

보아하니 이미 해가 진 듯했다.

주변에 동물 얼음상이 있어서 기온이 떨어진 걸 미처 알아채지 못했다.

아니, 마술에 푹 빠져 있는 동안에는 기온은커녕 대부분의 변화를 알아채지 못하지만.

“얼음이군요.”

정원에 늘어서 있는 얼음상을 바라보며 시녀가 말했다.

“얼음이야. 드디어 빙마술을 익혔어.”

“그러셨어요? 얼음은 겨울에만 조달할 수 있는 귀한 물건인데, 이렇게 보니 꼭 그렇지도 않은 것 같네요.”

자연에 힘에 의지하지 않고서는 얼음을 만들 수 없다.

그게 일반인의 인식이다.

아직 한겨울이라서 지금이라면 만들 수 있을 테지만.

그러나 가뜩이나 추운 이 계절에는 얼음이 필요하지 않다. 써먹을 데가 거의 없다. 귀하다는 표현을 부정하고 싶을 정도다.

여름이었다면 크게 환영을 받았겠지만.

“얼음이라는 단어를 들으면 린코는 뭐가 떠올라?”

“어? 글쎄요……. 아아, 어렸을 적에 언니랑 자주 호수에 갔어요.”

“호수?”

“예. 겨울이 되면 호수가 어니까 미끄럼을 타며 놀았어요. 참 그립네요.”

“오호.”

신발을 신은 채 미끄러지는 발상도 괜찮은가?

미끄러질 수 있는 장소를 만드는, 대대적인 시행은 해본 적이 없었다.

쿠논은 내일 해보자고 생각했다.

“근데 어느 날, 얼음이 두껍게 얼지 않았던 날이 있었어요. 그래서 불운하게도 얼음이 깨지면서 소꿉친구 유크가 호수에 빠졌던 적이 있어요.”

“큰일 날 뻔했네.”

얼음이 얼 만큼 물이 차가운 상태다.

그 속에 빠지면 목숨을 잃을 수도 있다.

“맞아요. 저랑 언니, 다른 아이들이 함께 필사적으로 유크를 구하려고 했지만—.”

시녀가 혀를 살짝 찼다.

“크게 동요한 그 녀석이 몸부림을 치면서 필사적으로 우리한테 매달린 바람에 결국 모두가 호수 안으로 끌려들어갔어요. 너무하죠?”

쿠논은 고개를 끄덕였다.

“훗날 린코의 약혼자구나.”

유크.

이 시녀의 약혼자의 이름으로 알고 있다.

“아, 죄송해요, 쿠논 님. 옛 추억을 자랑해서.”

“아, 괜찮아. 전혀 자랑처럼 들리지 않았거든.”

게다가 대놓고 자랑을 늘어놨더라도 흘려들으면 그만이니 딱히 문제는 없다.

“……어째서 쿠논 님의 약혼자는 편지를 보내주는데, 제 약혼자는 편지를 보내지 않는 거죠?”

“—식사나 하자.”

왠지 거북하다.

쿠논은 갑자기 분위기가 불온해진 걸 민감하게 감지하고서 이 화제를 접기로 했다.

허튼소리를 늘어놨다가는 시녀가 시비를 걸 것 같았다.

"저기, 어떻게 생각하세요? 바람일까요? 이거, 바람을 피우느라 바빠서 편지를 보내지 않는 걸까요?"

그러나 도망칠 수 없었다.

푸념 같기도 하고, 자랑담 같기도 한 시녀의 말을 들으면서 저녁을 먹게 됐다.

—편지 정도는 꼬박꼬박 보내라. 이 바보 유크.

쿠논은 속으로 얼굴도 모르는 남자에게 불만을 토로했다.

◆

이튿날.

"재밌네."

쿠논은 아침부터 3급 클래스에 있었다.

며칠 동안은 여기서 수업을 들을 예정이다.

어제는 대화를 거의 나누지 못했던 3급 학생들이 하나둘씩 다가왔다.

쿠논은 그중에서 두 사람에게 깊은 흥미를 느꼈다.

그리프스 키바라는 남자와 리무 레에스라는 여자였다.

"왜 그래?"

게다가 리무 레에스는 쿠논의 옆자리에 있는 여자다.

어제 가끔 말을 걸기만 했는데도 벌써 스스럼없이 대화를 나눌 수 있을 만큼 서로 익숙해졌다.

"네 불안정한 『물 구슬』이 재밌다는 얘기야."

"또 그 소리야? 재미없다니까."

리무 본인은 뜻하는 바가 아닌 듯했지만, 쿠논에게는 재밌는 현상일 뿐이었다.

정형 마술인데도 정형이 아닌 마술이 나오니까.

꼭 자세히 알아보고 싶었다.

그러나 쿠논도 배우고 있었다.

―성녀 때는 갑작스럽게 성큼성큼 다가갔던 바람에 한동안 외면을 받았다.

게다가 추파를 던지고 있다고 착각까지 받았다.

뜻밖에도.

쿠논은 신사라서 일편단심 약혼자뿐인데.

뭐, 여하튼 갑작스럽게 성큼성큼 접근해서는 안 된다는 걸 배웠다.

그래서 쿠논은 참았다.

"오늘 한가해? 수업이 끝나거든 파르페를 먹으러 가지 않을래?"

그래서 지금은 가볍게 권유만 하는 선에서 그쳤다.

"어―? 으―음, 어떻게 할까."

리무의 반응을 보니 조금 기뻐하는 듯했다. 쿠논이 권유한 것 자체는 싫어하지 않는 눈치였다.

성녀에게는 무시당했다.

역시나 성큼성큼 접근하기보다 가볍게 권유해야 더 좋은 인상을 심어줄 수 있는 듯했다.

쿠논은 느긋하게 나가자고 생각했다.

―정말로 흥미롭다.

아마도 리무와 그리프스 모두 1성 마술사겠지.

가장 아래 랭크로 당연히 마력이 낮은 문장을 갖고 있겠지.

본인에게 확인해본 건 아니었다.

그러나 쿠논에게는 **보인다**.

리무 레에스는 왼손에 메마른 나무 같은 게 얽혀 있었다.

처음에는 뭘까 싶었는데― 아마도 산호겠지.

쿠논에게는 게가 빙의되어 있듯 그녀에게는 산호가 빙의되어 있었다.

그건 좋다.

문제는 다른 곳에 있었다.

그렇다. 이때, 중요한 법칙 붕괴가 발생했다.

지금까지는 「무언가가 완전히 나와 있으면 마술사」라고 여겼다. 그런데 그녀의 산호는 밖에 완전히 나와 있지 않았다.

왼손에서 자라나고 있는 느낌이었다.

자라나고 있다.

그렇다면 이 사례는 이쿠시오 형의 검은 날개와 동일하지 않나?

그녀는 마술사인데 어째서 형은 아니지?

그 차이는 뭘까?

의문이 끊이지 않았다.

여러 의미로 흥미로운 관찰 대상이다.

참고로 다른 사람인 1성 그리프스 키바의 몸에는 뭐가 빙의되어 있는지 모르겠다.

주변을 빙글빙글 돌면서 살펴봤지만, 아무것도 노출되어 있지 않았다.

옷 속에 있나? 아니면 이 역시 법칙이 붕괴된 대상일까?

그 역시 참으로 흥미로웠다.

오늘 수업도 무사히 끝났다.

현재 수업은 「빙면」이 중심이다. 훈련을 겸하여 실험이 이어졌다.

얼리기 쉬운 액체, 얼리기 어려운 액체.

얼리기 어려운 촉매, 얼지 않는 촉매.

제니에는 하나하나 자세히 가르쳤고, 쿠논도 3급 클래스 사이에 섞여 실험을 함께 했다.

얼음의 움직임은 매우 흥미로웠다.

쿠논은 충실한 시간을 보냈다.

그러던 때였다.

"—어?! 학교를 관둔다고?!"

옆자리에서 얼른 돌아가려고 채비하는 리무 레에스를 붙잡아 잡담을 던져봤는데…….

대화를 나누다가 쿠논은 경악했다.

"정말로?! 농담이 아니라?!"

리무는 올해 여름…… 입학한 지 1년 만에 디라싯크 마술학교를 그만둘 예정이라고 한다.

사람마다 사정이 있다.

그녀에게도 이 마술학교에 계속 다닐 수 없는 사정이 분명 있겠지.

그건 알지만, 그럼에도 쿠논은 놀라지 않을 수 없었다. 그리고 무척 애석했다.

3급 클래스는 학비와 생활비 모두 마술학교에서 지원해준다고 한다.

마술학교의 문은 활짝 열려있고, 학생들이 저마다 품고 있는 사정의 절반 정도는 대응해주고 있다.

설령 가정 사정 때문에 마술사로서 배울 기회가 없었더라도.

지금 여기에 배울 기회가 있다.

"딱히 드문 일은 아냐. 3급 클래스에서는."

리무와 함께 돌아가려고 근처에 있었던 리무의 동성 친구가 그렇게 말했다.

친구의 친구라서 쿠논은 이미 그녀와도 친구 사이였다.

"어, 그럼 너도 관두는 거야?!"

"난…… 모르겠어. 근데 1성은…….”

그녀가 말하기 껄끄러워하며 망설이자 리무가 대신 대답했다.

"1성은 마술사로서 재능이 가장 없잖아? 그럼 몇 년씩이나 다니면서 별 의미 없는 마술을 익히려고 애쓰기보다는 초보 마술만 익히고서 남들처럼 일하는 게 나을까 싶어서."

무슨 말인지는 알겠다.

쿠논도 안건에 따라서는 일찍 체념한 적도 있었다.

"실제로 난 초급 마술인 『물 구슬』조차도 제대로 구사하질 못해. 그럼 오랫동안 마술에 정진하기보다는 일찍 단념하는 편이 낫잖아."

그러나 마술만은 다르다.

마술이 걸려있는 일이라면 쿠논은 좀처럼 포기하지 않는다.

그리고 포기를 선택하는 마술사의 알이 있다는 사실이 믿기지 않았다.

"랭크와 재능의 유무는 별개잖아? 난 마술사 랭크는 총 마력량의 차이밖에 없다고 배웠는데."

그리고 자신이 경험한 바에 따르면 마력량은 큰 문제는 아닌 듯했다. 마력을 대량으로 소비하는 대마술을 쓸 기회는 일상생활에 거의 없으니까.

그보다는 여러 가지를 재주 좋게 해낼 수 있는 게 더 유용하겠지.

개개인이 자신밖에 쓸 수 없는 독창적인 마술을 개발하고 습득하는 것이야말로 마술사로서 성공하는 길이라고 생각한다.

마술사의 재능은 결코 마력량으로 정해지지 않는다.

—지금이 전란 시대였다면 이야기는 또 다를지도 모르겠지만.

"그럼 난 그냥 마술 재능이 없는 거 아닐까? 내일 또 봐."

리무는 그렇게 말하고서 친구와 함께 교실을 나갔다.

그 말속에는 부정적인 감정이나 신경을 쓰는 기색이 느껴지지 않았다.

그저 사실만을 말했을 뿐이라 감정이 담겨있지 않았다.

"……아, 그런가?"

쿠논은 조금 어이없어하다가 이해했다.

리무는 마술을 각별히 여기지 않는구나, 하고.

그래서 벌써 포기하고 말았다.

마술에 매달려 의지하는 수밖에 없었던 쿠논과는 근본적으로 다르다.

그걸 알았다. 알고 말았다.

특급 클래스에서는 느낀 적이 없었던 온도차가 있었다.

쿠논은 당황해하다가 조금 쓸쓸해졌다.

역시나 특급 클래스는 좋은 의미로든 나쁜 의미로든 마술에 푹 빠진 집단이다. 평소에 그런 집단 속에 있었기에 온도 차가 더더욱 강하게 느껴졌다.

리무처럼 마술에 별 감정이 없는 사람이 있다니 상상도 못했다.

세상에는 여러 사람들이 있다.

마술을 쓸 줄 아는데도 마술사의 길을 버리는 사람이 있는 것도 분명 이상하지는 않겠지.

그저 안타까울 따름이지만.

“—쿠논, 잠깐 괜찮을까?”

쿠논이 왠지 안타까운 감정에 젖어 있으니 아직 교실에 남아있던 3급 학생이 말을 걸었다.

“응? 아, 그리프스구나.”

누군가 했더니 리무와 마찬가지로 신경이 쓰이던 마술사의 알 그리프스 키바였다.

“아, 응. ……내 이름을 외우고 있구나.”

쿠논은 특급 클래스 학생이다.

딱히 감출 일이 아니므로 본인이 인정해서 그 사실은 이미 알려져 있었다.

처음에는 다른 학생들이 「저 녀석은 뭘 하러 온 거야?」 하고 쳐다봤지만.

쿠논이 진지하게 수업과 실습에 임하고, 3급 학생들에게 즐겁게 말을 거는 모습을 보고서 금세 친해졌다.

3급 클래스 학생들은 결코 바보 취급을 하지 않았고, 깔보려고 온 것도 아니었다.

쿠논의 태도를 보고서 금세 알았다.

"네가 신경이 쓰였거든. 네『물 구슬』도 구체가 아니더라. 흥미로워."

그렇다. 이 3급 클래스에서 리무와 마찬가지로 신경이 쓰이는 인물 중 하나가 그였다.

그러나 쿠논은 남성보다는 여성에게 말을 걸고 싶었다. 게다가 바로 옆에 있다. 그래서 신사로서 리무를 더 주시하고 있었다.

그러나 그리프스도 신경은 쓰고 있었다.

언젠가 대화를 나누고 싶었다.

"맞아. 이유는 모르겠지만, 내『물 구슬』은 구체가 되질 않아."

리무의「물 구슬」은 계속 물컹물컹 변화한다.

신기한 현상이라서 몹시 흥미를 끌었다.

그리프스의「물 구슬」은 형태가 계속 바뀌지는 않지만, 구체는 아니었다.

타원형을 띠기도 하고, 찌부러지기도 하고, 각이 지는 등 다양한 형태로 발생한다. 마치 아이가 만든 쿠키처럼.

그런 마술을 주목하지 않을 수 없겠지.

"잠깐 시간 있어? 내게『물 구슬』을 가르쳐주지 않겠어?"

"물론— 아니, 잠깐만."

예상하지 못한 용건이었다.

설마 관찰 대상이 먼저 선물을 들고 올 줄은 몰랐다. 이건 찬스!

……라고 생각했지만, 쿠논은 단념했다.

"제니에 선생님한테는 요청해봤어? 나보다는 선생님한테 부탁하는 게 나을 거야."

마술과 여성에는 늘 진지한 신사로서 대하고 싶다.

자신이 독단적으로 가르치기보다는 제대로 가르칠 수 있는 사람에게 맡기는 편이 낫겠지.

함부로 가르쳤다가 이상한 버릇이라도 생긴다면 큰일이다.

"물어봤어. 상담도 해봤어. 근데 선생님이 스스로의 힘으로 노력해보라고 했어."

그렇구나—. 쿠논은 제니에의 의도를 알아챘다.

어제, 자신이 사토리에게 물었던 문제의 답이었다.

개성을 죽이고서 정형 마술로서 습득할지, 아니면 개성을 더 늘려나갈지.

어제는 답할 수 없었지만, 쿠논도 자기 나름대로 답을 발견했다.

―제니에는 아니, 제니에를 이끌어 주고 있는 사토리는 분명「양쪽」을 택하겠지.

자신의 결론도 그렇다.

개성적인 마술을 습득한 뒤에 일반적인 정형 마술도 습득한다. 둘 다 수양하라는 의미다.

둘 중 하나를 잘라버릴 필요가 있을까?

둘 중 하나를 택할 필요는 없다.

“있잖아, 그리프스.”

“어?”

“넌 우선은 지금 자신이 구사할 수 있는 『물 구슬』을 완전히 습득하는 게 좋겠어.”

“……그러니까 그게 안 되니까 의논을 하러 온 거야. 선생님도 가르쳐주질 않고…….”

불만과 초조함.

그리프스는 입학한 지 몇 개월이 지났는데도 아직도 초보 과정에서 비틀대고 있으니 초조해할 만도 하겠지.

리무처럼 1년 만에 관둘 마음은 없다는 뜻이다.

분명 내년에는 2급 클래스로 올라갈 작정이겠지.

한쪽은 관두기로 정했고, 다른 한쪽은 이렇게 몸부림을 치고 있었다.

어느 쪽이 올바르다고는 할 수 없다.

그러나 쿠논은 마술에 매진하는 그 감정이 기뻤다.

“확실히 말하겠는데―.”

쿠논은 『물 구슬』을 생성했다.

“『물 구슬』은 정해진 형태가 없어. 그래서 네가 지금 쓰는 마술도 딱히 틀린 건 아냐. 다만 확실히 말할 수 있는 건 넌 아직 『물 구슬』을 제대로 습득하지 않았다는 거야.”

『물 구슬』의 형태가 흐물흐물 바뀌었다.

쥐로 변한다.

다음은 새.

나비.

치즈.

사과.

개.

금화.

여자들 사이에서 인기를 끄는 루 프림의 향수병.

소 머리.

"봤지? 제대로 습득하면 형태 따윈 얼마든지 바꿀 수 있어. 색도 입힐 수 있고, 냄새도 풍기게 할 수 있어."

"……."

그리프스는 넋을 잃고서 눈앞에서 형태가 바뀌는 「물 구슬」을 보고 있었다.

아니, 이미 이걸 「물 구슬」이라고 할 수 있을는지.

색이 들어간 동물은 심장이 뛰는 생물 그 자체처럼 보였다. 물질의 광택도 진짜 같았다.

그리고 책상 위에 떡하니 놓여있는 소 머리를 보니 징그러웠다.

이 사실적인 질감과 크기.

영문을 모르겠다.

소 머리를 택한 이유도 잘 모르겠다.

"그래서 선생님은 우선 자신의 힘으로 노력해보라고 한 거야. 네 『물 구슬』은 형태가 문제라기보다 아직 제대로 습득하지 못했어. 그 다음은 습득하고 나서 따져볼 일이야."

"그, 그런가……."

그리프스는 스스로를 부끄러워했다.

마술을 추구한다는 건 이런 것인가?

초보 마술 하나조차도 사용자에 따라 이토록 차이가 나나?

「물 구슬」은 일개 초보 마술이라고 속으로 얕잡아보고 있었다.

다른 마술을 쓸 수 있게 되면 언젠가 자연스럽게 구사할 수 있으리라 여기고서 연습에 매진하지 않았다.

쿠논의 「물 구슬」은 격이 달랐다.

쿠논이 말했던 대로 자신은 아직 「물 구슬」을 습득했다고 입이 찢어져도 말할 수 없다는 걸 깨달았다.

의식이 바뀌었다.

이 작은 계기를 통해 그리프스는 마술에 대한 마음이 바뀌었다.

요컨대 타이밍이 아주 안 좋았다.

지금 그리프스는 어떤 말이든 마음에 강하게 울릴 수 있는 상태였다.

그래서였다.

"제대로 습득한다면 이 정도는 간단히 해낼 수 있을 거야. 힘내."

—쿠논의 이 말은 거짓말이다.

아니, 정확히 말하자면 틀린 말이자 착각이다.

쿠논은 자신과 타인의 실력이 얼마나 차이 나는지 잘 알지 못했다.

구사할 줄 아는 마술만 따져보면 어느 정도 실력이 있는 마술사가 아닐까? 하고 자각하고 있지만—.

자신의 「물 구슬」이 얼마나 이상한지 알지 못했다.

그렇기에 저지른 잘못이었다.

이 정도는 노력만 하면 아무나 할 수 있다고 진심으로 여겼다.

실제로 자신은 가능하니까.

특급 클래스에도 자신보다 뛰어난 사람이 많다는 걸 알고 있다.

자신의 실력을 「흔한 수준」으로만 인식하고 있었다. 비교 대상인 특급 클래스 자체가 평범하지 않은데도.

"……알겠어! 고마워! 나, 힘내볼게!"

그리고 잘못된 말을 있는 그대로 받아들이고서 그리프스는 분기했다.

소 머리에 달려있는 동그란 눈을 응시하면서 분기했다.

그는 쿠논의 말을 믿었다.

「물 구슬」를 제대로 습득한다면 저 정도는 간단히 할 수 있으리라 착각했다.

그리프스 키바.

이때부터 길고긴 초보 마술과의 싸움이 시작됐다.

쿠논은 그리프스의 마술 훈련에 잠시 어울려준 뒤 3급 클래스 교실을 떠났다.

우선 식당으로 가서 점심으로 샌드위치를 받은 뒤 사토리의 연구실로 향했다.

어제와 똑같은 코스였다.

오늘 제니에는 도서관에서 조사할 게 있다면서 따로 움직였다.

신사답게 「조사를 도와줄까요?」 하고 말했지만, 「수업과 관련된 조사이니 학생은 도와줄 수 없어」 하고 거절했다.

―실은 3급 클래스용 시험을 내기 위한 목적이었기에 학생이 아

니더라도 외부인인 쿠논에게는 누설할 수 없었다.

쿠논은 그러한 배경을 알지도 못한 채로 목적지에 도착했다.

"안녕하세요. 레이디."

"그래. 안녕."

노크하고서 입실하자 사토리가 무언가를 적고 있었다.

대답은 했지만 시선은 돌리지 않았고, 손도 멈추지 않았다.

"뭐 도와드릴까요?"

"거기 있는 자료를 정리해줄래? 식사를 하면서 해도 괜찮아."

곧바로 지시가 날아들었다.

사정을 봐주지 않는 레이디다.

거기, 하고 지정한 테이블에 가서 쿠논은 서류 다발을 집었다.

"이건……『포어』와 『빙면』 리포트?"

"옛날에 적은 필기야. 말끔하게 정리해줘."

"알겠습니다."

제온리의 밑에서도 메모나 기록을 말끔하게 정리하는 작업을 실 컷 해봤다.

다만 제온리가 맡겼던 서류는 전부 마도구에 관한 내용이었지만.

반면에 이건 수마술에 관한 내용이었다.

둘 중 어느 쪽이 더 흥미롭냐고 묻는다면…….

뭐, 현재 쿠논은 마도구를 깊이 이해하고 있기에 양쪽 모두 흥미 롭다고 할 수 있었다.

"……흐응. 재밌네."

샌드위치를 한손에 들고서 우선은 서류를 훑어봤다.

수업 때 들었던 내용도 있고, 수업에서는 배울 수 없는 내용도 있었다.

새로운 마술.

아직 개조할 여지가 있는 마술.

솔직히 「물 구슬」과 「물 거품」으로 할 수 있는 건 다 해봤다는 느낌이 있었다.

그러나 새로운 마술을 실험하고 연구하는 건 이제부터 시작이다.

아직 초급, 초보 마술만 접해봤을 뿐이다.

마술사로서 성장이 늦다고 할 수 있을지도 모르겠지만— 쿠논은 그래도 상관없다고 생각하고 있었다.

아직 마술학교 1학년이다.

초조해할 필요는 없다고 생각했다.

"사토리 선생님."

"뭐니? 머리를 써야 하는 어려운 얘기라면 안 들을 거야. 이거 오늘 중에 정리해야 하는 리포트야."

목소리에 언짢아하는 기색이 번져 있었지만, 응답할 마음은 있는 듯했다.

퉁명스럽긴 하지만, 사토리는 전반적으로 제온리보다 상냥하구나, 하고 쿠논은 생각했다.

"3급 클래스 학생이 1년 만에 마술학교를 관둔대요. 이유를 물었더니 재능이 없으니까 이제 그만하겠대요. 하지만 전 아직 포기하는 건 이르다고 생각해요."

간략하게 말하자 사토리의 손이 멈췄다.

그녀가 힐끗 째려봤지만, 쿠논은 눈이 보이지 않아서 세세한 동작은 감지하지 못한다.

"……머리를 쓰게 하는 얘기는 꺼내지 말라고 했을 텐데."

사토리는 쉬자는 듯 펜을 내팽개치고서 쿠논이 있는 테이블로 다가왔다.

"그 마음은 알아."

사토리는 우선 그렇게 말했다.

"마술을 구사할 수 있다는 건 재능이야. 사람들 모두가 마법사라면 마법을 버리는 녀석이 있어도 좋다고 봐. 하지만 그렇지는 않으니까. 그래서 그 마음은 알아. 모처럼 타고난 재능을 버려서는 안 된다고 말이지."

재능.

쿠논은 빙의되어 있는 게가 재능 그 자체라고 생각한다.

사토리에게는 해파리가 붙어 있었다.

그녀 주변에는 성인 크기만 한 커다란 해파리 두 마리가 떠돌고 있었다.

천천히 심호흡을 하듯 흐릿하게 깜빡거리고 있는, 반투명한 아름다운 생물.

—참고로 제니에에게는 물로 된 새가 빙의되어 있다.

"그럼 여기서 문제야. 마술을 버리는 녀석은 왜 그랬을까?"

"……글쎄요? 전 한 번도 버리고 싶다고 생각한 적이 없어서요. 모르겠습니다."

"그러니? 그 답은 실망이야. 기껏 재능을 타고났는데도 이것밖에 못한다, 이 정도밖에 못 한다, 위에는 위가 있다, 계속 노력해봤자 실력이 얼마 상승할까 생각하지. 마술은 자기 수련이야. 자신과의 싸움이지. 자신과의 싸움은 꽤 힘겨워. 힘겨워서 그만둘 이유를 찾지. 가장 손쉬운 이유는 주변과 비교하는 거야. 주변과 비교해보면 저절로 싫어져. 자신이 아무리 노력해도 주변 사람들은 쉽사리 자신을 앞선다. 자신의 재능으로 2류나 3류이니 위로 가는 건 체념하자. 자기 수련을 관두자. 목표가 없는 녀석은 흔히 그렇게 생각하거든."

사토리는 말하지 않았지만.

쿠논처럼 주변을 거들떠도 보지 않고, 오로지 자신과 계속 마주해나가는 게 어쩌면 구도자로서 편한지도 모르겠다고 생각했다.

너무 무신경한지라 눈이 보이지 않아서 좋겠구나, 하고 말할 수는 없지만.

"목표라…… 그렇게 말씀하시니 알 것 같습니다."

마술을 배우기 시작했던 초창기에는 쿠논도 마술에 딱히 애착이 없었으니까.

목표가 생기면서 바뀌었다.

모든 건 거기서 시작됐다.

목표.

그래, 목표라.

"선생님."

"응?"

"여자의 마음을 돌려놓는 테크닉이 뭐 없을까요?"

"……오, 그걸 내게 묻는 거니? 다 늙어가는 이 할머니한테?"

"어? 하지만 사토리 선생님한테도 여성이었던 시절이 있었잖아요?"

"뭐, 갑자기 늙지는 않았지만."

"그쵸? 그보다도 지금도 아직 여성이잖아요?"

"여자? 내가?"

"예, 여성입니다."

"여자?"

"여자. 어딜 내놓아도 부끄럽지 않은 여성이에요, 당신은. 나이가 조금 많을 뿐인 여성입니다."

"……하아, 그래. 언젠가 부모님과 인사를 시켜주겠니? 당신 부모님의 얼굴은 꼭 보고 싶구나."

"알겠습니다. 아버님과 어머님께 전해두겠습니다."

"비아냥거린 거야."

"어라, 왜 비아냥을? 제가 말실수라도 했나요?"

—이 녀석은 무적이구나, 하고 사토리는 생각했다.

처음에는 딱히 신경 쓰이지 않았는데, 진득하게 대화를 나눠보니 유달리 두드러지는 저 성격은 뭘까?

정말로 제니에는 무시무시한 학생을 키워냈다.

마술사로서도, 한 아이로서도.

그러나 성격을 키워낸 건 다른 사람이므로 이건 완전한 오해다.

사토리와 그런 대화를 나누고서 이튿날이 밝았다.

"좋은 아침, 리무."

쿠논은 오늘도 3급 클래스에 있었다.

"좋은 아침, 쿠논. 오늘도 3급에 있네."

리무 레에스가 그렇게 대답하면서 옆에 앉았다.

원래 쿠논은 특급 클래스라서 여기에 있는 게 엉뚱하다고 할 수 있다.

"며칠 동안 수업을 들을 예정이니 내일이나 모레까지는 있을 것 같아. 그때까지 잘 부탁해."

예정했던 대로 새로운 마술도 익혔기에 이제 다닐 필요는 없을 것 같지만.

다만 마술 훈련을 하는 초보 마술사가 신기해서 조금 더 보고 싶었다. 다행히도 특별히 관심이 가는 학생도 둘이나 있고.

그러나 단위를 다 취득하지 못했기에 너무 오래 머물 수는 없었다.

"있잖아, 리무."

"응? ―우왓."

쿠논은 그녀를 돌아보게 만든 뒤 눈앞에서 순식간에 영초 시 시루라를 꺼내 보였다.

은은하게 빛나는 투명한 꽃.

덧없이 아름답고, 그리고 얼핏 봐도 섬세하고 신비롭다.

달빛 아래에서 봤다면 필시 환상적으로 비칠 꽃이다.

"……아름다워……. 어, 이게 뭐야? 꽃?"

영초는 진귀하기에 이 3급 클래스에서 그걸 아는 사람은 없었다.

그러나 쿠논이 여자에게 수작을 걸고 있다는 것.

그리고 본 적이 없는, 척 봐도 비싸 보이는 꽃을 꺼냈다는 건 눈앞에 있는 사실이었다.

별 생각 없이 보고 있었던 사람도.

옆에 있는 누군가에게 알려주는 사람도.

은밀히 리무 레에스에게 관심을 품고 있던 사람도.

저마다 생각은 다르지만, 지금 교실에 있는 모두가 쿠논과 리무를 보고 있었다.

"꽃이야. 이 세상에서 너와 가장 잘 어울리는 꽃. 자, 받아."

쿠논이 본 적이 없는 꽃을 내밀었다.

그 모습이 어찌나 당당한지 좋은 태생이 여실히 드러났다.

반면에 리무는 뺨을 붉혔다.

그 옆얼굴은 이제 아이가 아니라 어엿한 여성 같았다.

"어, 어, 아, 어? 고, 고마…… 앗?! 오, 오옷?!"

그러나 그것도 잠시.

리무가 당황하며 받았던 그 환상적인 꽃이 흩어져버렸다.

손에는 축축한 습기만 남아 있었다.

"—방금 그건 내『물 구슬』이었습니다. 어때?! 마술에 흥미가 생겼어?! 흥미진진했지?!"

쿠논이 까불어댔다.

어제 사토리가 말했다.

아직 마술의 매력을 깨닫지 못했기에 간단히 버릴 수 있는 거라고.

마술의 매력을 전한다.

마술로 무엇을 할 수 있는지 전한다.

그래서 쿠논은 마술로 영초를 만들어 보였다.

여성은 꽃을 좋아한다. 그렇다면 마술로 꽃을 보여주면 어떨까?
이러면 틀림없이 흥미를 갖겠지.

―그러나 리무는 혀를 찼다.

"오늘은 더 이상 말 걸지 마!"

"앗?! 왜?!"

아무래도 리무를 화나게 만든 듯했다.

쿠논은 그녀가 왜 화가 났는지 이해할 수 없었다.

이 클래스에서 그 이유를 모르는 사람은 오직 쿠논뿐이었다.

◆

"아, 이제 쿠논 군은 오지 않아요. 산만하게 느꼈던 사람이 있었
을지도 모르겠지만, 안심하도록 해요."

제니에 선생님이 그렇게 말하자 3급 클래스 학생들은 순순히 받
아들였다.

딱히 술렁거리지 않았다.

이유도 모른 채 시작됐고 정신을 차려 보니 끝나 있었다. 학생들
대부분은 그런 심정이었으니까.

특급 클래스 학생이 수업에 참여했다가…….

그리고 없어졌다.

본인이 말했던 대로 불과 며칠 동안 3급 클래스에서 지냈다.

누군가와 친해지기에는 짧은 시간이었기에 솔직히 각별한 감정을
품고 있는 학생은 거의 없었다.

일부 학생을 제외하고서.

"—역시 굉장히 아이였나 봐."

휴식 시간이 되고 제니에가 교실에서 나갔다.

그동안에 발이 넓은 학생이 말을 꺼냈다.

그는 쿠논에 관한 정보를 모으고 있었다.

정말로 며칠만 지내다가 떠나버린 마당에 새삼스럽다……는 느낌은 있긴 했지만.

그러나 궁금하지 않다고 한다면 거짓말이다.

3급 클래스는 특급 클래스와 상당한 실력 차를 느끼고 있다.

그런 아이가 왜 여기에 있었을까?

본인은 단순히 「마술을 습득하기 위해서」라고 했다.

그러나 특급 클래스 학생이 3급 클래스 수업에서 배울 게 뭐가 있다는 건지.

쿠논이 거짓말을 했는지.

정말로 무슨 생각으로 여기에 있었는지.

그 사정을 알고 싶어하는 사람은 적지 않았다.

—수집한 정보에 따르면 역시 쿠논은 3급 클래스에 있는 게 이상하다는 결론에 도달했다.

「수면을 제공한다」는 새로운 사업은 학교 안에서 유명하다.

맹인의 마술사— 쿠논의 이름이 알려지기 시작한 건 그 사업을 벌인 후였다.

성녀가 실시했던, 영초를 재배하는 실험에도 한몫을 거들었다는 것도 사실이라고 한다.

아직 상세한 내용은 숨겨져 있지만, 이건 역사에 길이 남을 위업이다. 쿠논이 그 일에 관여했다나 뭐라나.

그리고 세 파벌에 모두 소속되어 있다느니, 여자친구가 50명이나 있다느니, 여성과 식사하면서 수십 만 넷카나 지불했다느니.

진위를 알 수 없는 자질구레한 소문까지 포함하여 여러 의미에서 3급 클래스에 올 이유가 떠오르지 않는 남자다.

그러나 그보다도…….

"─그 꽃이 영초였어?"

"내게 물어봤자 몰라."

쿠논이 내민 꽃을 받았던 리무 레에스는 질문을 받았지만, 여전히 뭐가 뭔지 영문을 몰랐다.

어제 아침에 리무 레에스에게 내밀었던 그 아름다운 꽃은 뭐였을까?

마술로 만들었다는 그 이상한 이야기는 뭐였을까?

어제는 분명 화가 났다.

두근거렸던 감정을 돌려내라고.

가슴이 옥죄이는 것 같은 기분을 맛봤던 책임을 지라고.

그러나.

"……확실히 궁금하네."

그 꽃도 마음에 걸렸지만, 그 꽃을 어떻게 만들었는지도 궁금했다.

마술로 만든 꽃을 내밀면서 쿠논은 이렇게 말했다.

「마술에 흥미가 생겼어?」라고.

결국 쿠논이 기대했던 대로 흘러갔다.

리무를 비롯한 여러 학생이 그 꽃을 만들어낸 마술에 흥미를 품고 있었다.

리무만은 심정적으로 대단히 화가 치밀긴 했지만. 그렇게 희롱을 당했으니 마음이 평온할 리가 없겠지.

"―좋아, 좋아…… 좋아……!"

그리고 클래스 학생들 모두가 쿠논에 관한 소문으로 이야기꽃을 피우는 동안에.

그리프스 키바만은 자신의 일에 푹 빠져 있었다.

그저께와 어제 쿠논에게서「물 구슬」을 조금 배웠다.

연습에 연습을 거듭하여 전력을 쏟아부은 결과.

어젯밤에 드디어 구체 형태의「물 구슬」을 딱 하나 꺼낼 수 있게 됐다.

지속시간과 숫자, 수량이 전혀 부족한 빗방울 같은「물 구슬」이지만 그래도 완전한 구체였다.

늘 보던 형태가 이상한「물 구슬」이 아니라 구체였다.

이 성과를 쿠논에게 꼭 보여주고 싶었다.

그러나 없어졌으니 어쩔 수 없었다.

그래서 그리프스에게는 목표가 생겼다.

1년, 2년, 아니면 3년. 더 먼 미래에.

언젠가 특급 클래스까지 올라가 쿠논에게 자신의 마술을 보여주겠다고.

고작 며칠밖에 지내지 않았던 특급 클래스 학생 쿠논.

그는 사소하지만 흥미의 씨앗을 뿌리고서 떠나갔다.

그리고 바로 그 무렵.

"—얘는 쿠논이야. 2, 3일 동안 이 교실에서 수업을 함께 받을 테니 친하게 지내줘."

"—쿠논입니다. 잘 부탁해요."

불과 어제까지 3급 클래스에 있던 쿠논이 오늘은 2급 클래스 교실에 있었다.

물의 문장을 지닌 2급 클래스 1학년을 담당하는 사프 크리켓의 바람으로 불려왔다.

제6화 2급 클래스와 마술 대결

사토리의 연구실에 들어오자마자 알아챘다.

"어라? 사프 선생님?"

이 방의 주인인 사토리와…….

그리고 다른 한 사람이 있었다.

쿠논은 기억 속에 있는 마력을 느꼈다.

"안녕, 쿠논. 오랜만이네."

그렇다. 이 안에는 입학시험 때 시험관을 담당했던 풍속성 교사가 있었다.

사프 크리켓.

비행 마술 건 이후로 만난 적은 없었다. 속성이 다르다는 이유도 크겠지.

쿠논은 마술학교의 실태를 알고 나고서 깨달은 게 있었다.

이 학교의 교사는 다들 매우 우수하다는 사실을.

사토리도 그렇고, 사프도 그랬다.

"오랜만입니다. 세이피 선생님은 잘 지내세요?"

그리고 사프라는 이름을 들으니 세이피가 떠올랐다.

그와 함께 입학시험에 입회했던 준교사 세이피도 한동안 만나지 못했다.

정겹긴 하지만— 뭐, 세이피와는 굳이 만날 필요는 없지 않나? 하는 마음도 없지는 않았다.

그녀는 제온리에게 나쁜 감정이 있는지 쿠논을 탐탁지 않게 여기는 듯하니까.

물론 쿠논은 여성이라면 누구든 만나고 싶어하는 성격이지만.

"그래, 잘 지내. 어제 함께 마시러 갔어."

"오호, 좋네요. 아, 혹시 사프 선생님이랑 세이피 선생님은 교제를…… 아, 제가 혹시 방해를?"

대화가 열기를 띠기 시작했을 즈음에 쿠논은 말을 멈췄다.

일단 입실해도 좋다고 허락을 받긴 했지만, 자신이 방해가 되지 않았나 생각했다.

사토리와 사프는 모두 교사다. 속성은 다르지만 고차원의 마술사다. 이야기가 통하는 부분이 많겠지.

어쩌면 교사 동료로서.

혹은 숙련된 마술사로서 의논이나 상담을 하고 있었던 게 아닐까?

쿠논은 그렇게 배려했다.

두 사람이 허락해준다면 어떤 이야기든 듣고 싶었지만, 만약에 방해가 된다면 비켜줄 필요가 있었다.

만약에 사프가 여성이었다면 인사를 대신하여 이렇게 불쑥 말했을지도 모른다.

─「이런 데서 만나다니 운명의 만남이 아닐까요? 이 만남을 축하하기 위해 제게 개인 수업을 부드럽게 해주시는 건 어떨까요?」라고.

그러나 사프는 남성 교사라서 쿠논은 말하지 않았다.

참고로 제니에는 오늘도 시험 문제를 내기 위해 자리를 비웠다.

“아니, 문제없어. 네게 용건이 **생긴 참**이야.”

“용건이 생겼다?”

조금 가시가 있는 말이었다.

“혹시 이 운명의 만남을 축하하기 위해 제게 개인 수업을 부드럽게 해줄 마음이 들었다던가?”

“……원한다면 해줄 수도 있겠지만, 특급 클래스 학생은 부드럽게 가르칠 수 없어.”

기대는 하지 않았다.

그러나 사프의 대답은 예상 밖이었다.

“야호! 잘 부탁합니다!”

뜻밖에도 바빠 보이는 마술학교 교사가 일부러 쿠논을 위해 시간을 할애해줬다.

기쁘지 않을 리가 없었다. 남자든 여자든 상관없이.

속성은 다르지만, 분명 얻을 게 많겠지.

“잠깐만. 그전에 내 부탁을 들어줄 수 있을까? 내 부탁을 들어준다면 그 보수로 개인 수업을 해주도록 하지.”

부탁.

여성의 부탁이라면 흔쾌히 대답했을 테지만, 쿠논은 망설였다.

“단위를 취득해야 해서 오랫동안 묶여있을 수는 없는데요…….”

새로운 마술은 익혔다.

오늘로 3급 클래스 수업에 들어가는 건 일단 끝마치기로 했다.

그리고 지금부터 새롭게 익힌 마술로 연구나 실험을 벌일 작정이었다.

사토리와 대화를 나누고, 서류를 정리하면서 궁금한 가설도 많이 생겼다. 한동안은 자신의 마술에만 몰두하려던 차였는데.

"오래는 안 걸릴 거야. 다만 조금 성가신 문제가 있어서 말이야. 실력 좋은 신입생을 도와줬으면 좋겠는데."

"그런가요?"

"─쿠논, 일단 앉거라."

잠자코 듣고 있던 사토리가 지시하자 쿠논은 두 사람이 앉아있는 테이블로 향했다.

분명 사토리는 사프의 용건을 알고 있다. 어쩌면 지금껏 그 대화를 나누고 있었는지도 모르겠다.

그런 상황에서 이야기를 진행시키려고 했다.

사토리에게 만류할 마음이 없다면 받아들이는 수밖에 없었다. 스승의 스승이 권하는 일이라면 기꺼이 받아들여야 한다.

쿠논은 그렇게 생각하면서 의자에 앉았다.

그리고 이튿날.

"─애는 쿠논이야. 2, 3일 동안 이 교실에서 수업을 함께 받을 테니 친하게 지내줘."

쿠논은 2급 클래스에 있었다.

사프가 임시로 맡은, 수속성 1학년 교실이었다.

"─쿠논입니다. 잘 부탁해요."

쿠논이 생글거리며 인사했지만, 클래스에 소속된 학생들 열두 명의 시선은 조금 싸늘했다.

저 녀석은 뭐야?

보지 않아도 알 수 있을 만큼 의혹이나 의심이 담긴 시선이 피부를 찔렀다.

3급 클래스와는 전혀 달랐다.

교실이 달라지니 분위기도 전혀 딴판이었다.

마술을 향한 마음도 분명 다르겠지.

─이건 이것대로 재밌겠네, 하고 쿠논은 생각했다.

"그럼 쿠논, 뒤에 있는 빈자리에 앉아줘."

사프의 지시대로 쿠논은 주목을 받으면서 뒤에 있는 빈자리에 앉았다.

그리고 자연스럽게 옆자리에 앉아있는, 머리가 화려하게 말린 여자에게 말을 걸었다.

"잘 부탁해. 마술은 좋아하니? 난 어제 꽃을 건넸던 여자한테 되레 불평을 들었어. 아직도 왜 화를 냈는지 모르겠단 말이지."

"……."

이 녀석은 뭐야? 하고 의아해하는 시선으로 쳐다봤다.

"연락 사항은 이상이야. 오늘은 2학기 종업 테스트를 앞두고 제6실험실에서 실전 훈련을 하겠어. 신속하게 이동하도록."

사프는 향후 일정을 가볍게 설명하고서 이동하라고 재촉했다.

연락 사항은 특급 클래스와는 관계없는 이야기였다. 특급 클래스에는 수업도, 휴일도 존재하지 않는다. 오히려 시간을 자유롭게 쓸 수 있다.

학교 사정에 스케줄이 좌우되지 않는다.

3급 클래스 수업은 즐거웠기에 가끔 들어도 나쁘지 않을 듯했다.

하지만 지금은 역시나 단위를 우선하고 싶지만.

그나저나.

"—넌 누구야?"

사프가 교실을 나가자 열두 명의 시선이 쿠논에게 쏠렸다.

그중 하나가 앉아있는 쿠논 앞에 섰다.

"네가 아젤? 이 교실의 리더 같은 아이 맞지?"

술렁.

목소리는 들리지 않았지만, 클래스 안에서 술렁이듯 동요가 일었다.

"……내 질문, 못 들었어?"

위압을 가했다.

그러나 딱히 아무 느낌도 없었다.

쿠논은 제멋대로에다가 오만하고 압도적인 마력을 갖고 있는 제온리를 스승으로 삼고서 실컷 어울려왔다.

때로는 위압을 당하거나 협박을 당하는 등 부조리한 경험도 겪었다.

그래서 동년배 남학생이 위압을 가해봤자 전혀 무섭지 않았다.

"2급 클래스에서는 시답잖게 신분 같은 걸 내세운다는데 진짜야?"

설령 그가 어느 나라의 왕족일지라도.

전혀 무섭지 않았다.

"—여기 마술학교거든? 마술이 아닌 걸로 우열을 따질 수 있어? 그보다도 마술사로서 우열을 따져도 돼?"

마술을 배우려면 돈이 든다.

적어도 마술학교에 입학하기 전에는.

쿠논도 그랬다.

귀족의 자식일지라도, 혹은 귀족의 자식이기에 체면에 걸맞게 큰 돈을 쏟아 부었다.

친가가 그리온 후작가였기에 많은 걸 배울 수 있었다.

가장교사를 고용하고, 마술에 관한 책이나 자료를 모으는 데도 돈이 들었다.

이 마술학교는 열두 살부터 입학을 허락해준다.

입학한 시점에 특급이나 2급에 들어갈 수 있는 건 쿠논처럼 미리 배우고 온 사람뿐이라는 뜻이다.

즉, 2급 클래스에는 유복한 집안의 아이들이 많다.

그 말은 필연적으로 왕후귀족의 자식, 혹은 부호의 자식이 많이 모여있다는 말이기도 하다. 돈을 지불하여 사전에 마술을 배울 수 있는 환경을 갖출 수 있는.

귀족이 모여있다는 건 파벌이 있다는 뜻이다.

배움터에 있어서는 안 되는 권위나 권력이 활개를 치고 있다는 소리다.

마술학교에서 국가 사정이나 신분 등을 끌어들이지 않는 게 암묵적인 규칙일 텐데.

"난 여성의 질문에는 성심껏 대답하지만, 남성한테는 대답하고 싶지 않으면 대답하지 않아. 신사라서."

그게 과연 신사가 맞을까?

그런 의문도 들긴 했지만.

눈앞에 있는 소년— 아젤 오 비그 아세르비가는 여러 의미로 쿠논의 태도가 마음에 들지 않았던 모양이다.

"넌 나보다 마술을 잘 다루겠지?"

"으음. 글쎄? 좋은 승부가 될 것 같긴 하지만."

느껴지는 마력으로 판단해보니 아젤은 2급 클래스 중에서도 뛰어난 것 같기는 했다.

사프가 말했던 대로 이 소년은 이 클래스의 리더임이 틀림없겠지.

정말로 느꼈던 인상만 놓고 보면 좋은 승부가 될 것 같았다.

"……내 이름을 알면서도 그렇게 굴다니 배짱 한번 좋네. 실험실로 와라."

아젤이 그렇게 말하고서 발걸음을 돌리자 쿠논이 말했다.

"아, 미안. 난 기본적으로 남성의 권유에는 즉답하지 않는 주의야. 신사로서 말이야."

"……."

아젤이 어깨 너머로 쿠논을 노려보다가 아무 말도 없이 가버렸다.

그리고 아젤이 두 추종자를 데리고서 교실에서 나가자 속삭이는 것 같은 목소리가 귀에 들어왔다.

—쿠논이 대체 누구냐는 물음이었다.

그들이 직접 물어보지는 않았기에 쿠논은 신경쓰지 않기로 했다.

"아, 제6실험실은 어디야?"

"어?"

"나, 네가 에스코트를 해줬으면 좋겠네."

"……."

옆자리에 앉아있는, 머리가 화려하게 말린 여학생이 싫어하는 표정을 지었지만 거절하지 않았다.

—사프 크리켓이 쿠논에게 했던 주문은 지극히 단순 명쾌했다.

「신분 차이 게임에 푹 빠져있는 꼬맹이들한테 눈이 확 뜨일 만한 마술을 보여줘」라고.

솔직히 쿠논은 뭘 해야 좋을지 몰랐지만.

있는 그대로의 모습을 보여줘도 좋다고 해서 지금 여기에 있었다.

"어, 진짜? 처음 듣는데."

머리가 화려하게 말려 있는 그녀— 라디아 후 루 로디아라는 여학생의 안내를 받아 쿠논은 제6실험실로 향하고 있었다.

라디아는 천성은 다정한지 쿠논의 질문에 대답해줬다.

딱히 좋은 표정은 아니었지만.

뭐, 쿠논은 눈이 보이지 않아서 상관없다.

"그럼 특급이나 2급, 3급 나뉠 때, 추천으로 정해지는 경우가 있어?"

"그래요. 마술 스승이나 각국의 요인이 마술학교에 추천장을 쓰는 거예요. 그걸 받고서 입학시험을 치르기 전에 클래스를 대강 나눠둔다고 해요. 추천장이 없으면 대부분 3급이죠."

올해 쿠논이 치렀던 입학시험에는 네 사람밖에 없었다.

함께 시험을 받았던 입학 희망자가 네 명밖에 없었기에 쿠논은 그렇게 생각했다.

실제로 그 설명을 듣고서— 조금 의문이 들었다.

어제까지 신세를 졌던 3급 클래스도 1학년이다.

그리고 오늘 신세를 지고 있는 2급 클래스도 1학년이다.

어떻게 된 거지?

특급 클래스 이외의 신입생이 있었다는 뜻일까?

그 부분이 궁금해서 「난 특급 클래스인데」 하고 미리 밝혀두고서 물어봤더니 라디아를 비롯하여 2급 클래스 1학년들도 쿠논과 같은 시기에 입학했다나?

거듭 물어보니 입학시험을 치르기 전부터 추천장을 통해 클래스를 나누는 작업이 이뤄졌다고 한다.

"그럼 너희들은 2급 클래스용 시험을 치렀어?"

"그런 셈이죠. 물론 실력이 부족하다면 희망하는 클래스에는 들어갈 수 없다고 하지만."

그렇다면 나도 누군가가 특급 클래스 추천장을 보내줬나? 쿠논은 이때 알았다.

―그렇다. 쿠논은 추천을 받았다.

스승인 제온리와 휴그리아 왕국의 왕궁마술사 총감인 론디몬드 두 사람에게서.

특급 클래스에 넣어주길 바란다고.

쿠논에게 의향도 물어보지 않고서.

뭐, 물어봤자 결과가 바뀌지는 않았을 테니 불만을 늘어놓을 생각은 없지만.

"쿠논, 미리 말해두겠는데."

"응?"

"우린 특급 클래스에 들어가지 못했던 게 아닙니다. 원해서 2급 클래스에 소속된 거예요. 고작 소속 클래스로 마술사로서 우열이 정해진다고 생각하고 있다면 큰 오산이에요.”

라디아가 위협했다.

뒤이어 일정한 거리를 둔 채로 이동하고 있던 2급 클래스 학생들도 심상치 않은 시선을 보냈다.

“좋네. 기대할게.”

쿠논은 싱글벙글 웃었다.

요컨대 2급 클래스에도 특급 클래스에 버금가는 실력자가 있다는 뜻이다.

“나, 초보자가 아닌 같은 또래의 수마술사를 만나는 건 거의 처음이야. 아아, 두근거려. 분명 내가 모르는 마술을 선보일 거 아냐? 너희들의 모든 걸 알고 싶네.”

―훗날 라디아는 말했다.

쿠논의 그 웃음을 본 순간, 엄청나게 불길한 예감을 느꼈다고.

안대를 착용한 소년.

이름은 쿠논.

“특징이 저렇게 일치한다면 동일 인물이겠지.”

한발 먼저 제6실험실에 와있던 아젤은 두 추종자와 신입생에 관해 대화를 나누고 있었다.

그 소년은 분명 특급 클래스 학생이다.

정보는 무기다. 눈에 띄는 학생에 관한 소문쯤은 수집하고 있다.

귀족은 정보로 싸운다. 소홀히 여기는 사람은 없다.

마음에 들지 않는다.

참으로 마음에 들지 않는다.

2급 클래스라는 명칭도 마음에 들지 않을 뿐더러 특급 클래스라는 「2급 클래스보다 더 위에 있는 것 같은 인상이 풍기는 이름」도 마음에 들지 않았다.

이 도시는 왕후귀족이 존재하지 않는 세계 최고의 마녀가 다스리는 땅.

이 땅의 규칙은 그녀가 정했다. 그 어떤 권력에도, 그 어떤 나라에도 굴복하지 않았다.

―그런 전제가 있긴 했지만, 현실은 그렇지 않았다.

전 세계에서 권력자의 혈족이나 관계자들이 모여들기에 자그마한 권력 사회가 탄생할 수밖에 없다.

특히 지금 마술학교에는 제국의 광염왕자가 있다.

그 왕자가 있는 덕분에 제국 귀족들은 기세를 한껏 떨치고 있었다.

균형이 무너졌다고 해야 할까, 제국 1강 체제가 구축됐다고 해야 할까.

당연히 제국 출신자가 아닌 나머지 학생들은 달가울 리가 없었다.

그래서 2급 클래스 전체가 꽤나 흉흉했다.

―뭐, 그건 그렇다 치고.

"근데 괜찮을까요? 아젤 님."

아젤 일당만 먼저 와서 아직 주변에 사람은 없었다. 그래서 두 추종자는 매우 불안해했다.

자기 편만 있어서 약한 면을 내보일 수 있었다.

그 이외의 상황에서는 허세든 뭐든 총동원하여 약점을 드러내지 않는다. 드러낼 수 없다.

"옛날부터 특급 클래스는 괴물투성이라는 말이 있는데요……."

아젤의 마술 실력이 뛰어난 건 분명하다.

3성이고, 입학하기 전부터 중급 마술도 여러 개 습득했다.

틀림없는 천재다.

동년배에게 마술로 져본 적이 없고, 웬만한 어른에게도 지지 않는다.

그러나.

그럼에도 소문이 자자한 쿠논과 비교한다면?

입학한 지 1년도 안 됐는데 벌써 실적과 공훈을 쌓았고, 순조롭게 명성을 늘려나가고 있는 그 소문난 쿠논과 비교한다면?

특급 클래스는 괴물투성이다.

이 말은 2급 클래스에 소속된, 실력이 뛰어난 사람이라면 어디선가 한 번쯤은 듣는 문구다.

우쭐거릴 것 같은 사람에게 「위에는 위가 있다」는 걸 알려주기 위해서.

혹은 도발하기 위해서.

"흥. 희소 속성이라면 모를까, 같은 물속성인데 질 리가 없어. 소문에 따르면 2성이라고 하잖아? 설령 특급 클래스일지라도 그냥 나보다 격이 떨어지는 동년배에 불과해."

콧방귀를 끼며 당당하게 말했을 때, 다른 사람들에 섞여서 쿠논이 왔다.

싱글벙글 웃으면서.

"……."

이후에 아젤은 말했다.

—쿠논의 그 웃음을 본 순간, 엄청나게 불길한 예감을 느꼈다고.

제6실험실은 아무것도 없는 방이었다.

벽과 바닥, 천장은 모두 하얗고, 책상이나 의자도 없었다. 그럭저럭 넓기만 한 공간이었다.

"아아, 그렇구나……."

쿠논은 왠지 이해가 됐다.

입학시험 막바지에 「밤의 방」으로 안내를 받아 면접을 치렀던 기억이 떠올랐다.

아마도 그것과 비슷한 방이겠지.

마술적인 보호와 보강, 혹은 공간적인 안전 조치가 되어 있겠지.

여기서 무슨 마술을 쓰더라도 외부에 새어나가지 않도록.

이 제6실험실에서는 실전적인 마술을 써도 된다.

그런 장소겠지.

지금 쿠논은 이 방에 적용된 이치를 짐작조차 할 수 없었다.

실로 흥미롭다고 생각했다.

"라디아 양도 곧 열리는, 재밌을 것 같은 행사에 참가해?"

쿠논은 안내를 받으면서 라디아에게 말을 걸었다.

모두가 실험실에 도착했지만 정작 교사인 사프가 아직 오지 않아서 다들 어느 정도 편안하게 기다리고 있었다.

아젤은 째려보고 있고, 다른 학생들은 무시하고 있지만.

그래도 쿠논은 신경 쓰지 않았다.

"저도 나가요. 2급 클래스 이벤트이니까."

라디아는 천성이 다정해서 꼬박꼬박 대답해줬다.

여전히 표정은 좋지 못했지만.

—오늘 아침에 사프가 설명을 해줬다.

이제 곧 2학기가 끝나니 그 직전에 마술 시험을 치른다고 했다.

필기시험과 함께, 다른 속성 학생과 대항전을 벌인다나?

그래서 앞으로 한동안은 수업을 대신하여 마술 실습을 하게 된다. 교사가 감독하는 앞에서 실전에 가까운 수업을 실시한다.

그렇기에 속성이 다른 사프도 이 시기에는 **임시 교사**를 맡을 수 있다.

다른 속성 학생과의 대항전.

속성이 다른, 같은 또래 학생과 싸운다.

대단히 재밌을 것 같은 이벤트이지만, 특급 클래스와는 관계가 없는 이야기였다.

특급 클래스 학생은 나갈 수 없고, **표면적**으로는 견학도 금지되어 있다.

뭐, 특급 클래스끼리 승부해서는 안 된다고 금지되어 있는 건 아니라서 꼭 하고 싶다면 마음대로 하면 되지만.

특급 클래스는 그 점 역시 자유였다.

"너도 중급 마술을 쓸 수 있어?"

"예. 물론. 올해 이 클래스는 모두가 아무리 못해도 하나는 습득한 상태예요."

중급 마술은 초급과는 다르다.

제어와 조작 모두 현저히 어렵다.

열두 살짜리가 능숙하게 구사할 수 있다면 충분히 칭찬받을 일이다.

"우와, 우수하구나. 난 초급 마술 네 가지밖에 쓸 줄 몰라."

"……어?"

―잘못 들었나? 하고 라디아는 생각했다.

방금 초급 마술 네 가지밖에 쓸 줄 모른다고 했나?

특급 클래스는 괴물투성이―. 라디아도 들었던 문구다.

실제로 특급 클래스에 소속된 엄청난 사람들을 몇 명 알고 있었다.

터무니없는 소문도 들었다.

쿠논도 소문으로 알고 있었다. 물론 터무니없는 소문 말이다.

그런데 초급 마술 네 가지라니?

중급을 잘못 들었나?

"쿠논, 방금 당신……."

되물으려던 차에 사프 크리켓이 나타났다.

"좋아. 그럼 오늘도 힘차게 시작해볼까?"

결국 묻지 못했다.

"―방금 뭐라고 했어? 아, 머리 모양? 예쁘게 잘 말려있냐고? 물론 잘 말려있어. 아주 아름답게 말려있네. 그 말려있는 구멍에 컵 같은 걸 놔둘 수 있을 만큼 단단히 말려있어."

뭘 오해했는지 쿠논은 사프의 귀에 들리지 않을 작은 목소리로 속삭였다.

라디아는 그런 엉뚱한 걸 물어볼 생각이 없었다.

그리고 컵은 놔둘 수 없다……. 설치할 수 있는 강도일지는 모르겠지만, 애당초 그런 짓은 절대로 안 한다.

학생들이 모여들었다.

"그래서, 벌써 의논을 마쳤니?"

사프가 사전 설명도 없이 뜬금없이 그렇게 말했다.

"나나 너희들 모두 한가하지 않으니 어서 시작하자. 누가 쿠논이랑 승부를 할 거지?"

그의 말은 넌지시 「어차피 쿠논한테 시비를 걸었지? 승부를 벌여야 할 것 같은 흐름이지?」 하고 말하는 듯했다.

"제가 하겠습니다."

실제로 시비를 걸었던 아젤이 앞으로 나섰다.

그의 태도는 이야기가 빨리 진행돼서 고맙다고 말하는 듯했다.

"그래? 그럼 아젤로 정해졌다고 받아들여도 되겠지?"

사프가 온화하게 웃었다.

"참고로 말해두겠지만, 쿠논은 초급 클래스 마술을 네 개밖에 쓸 줄 몰라."

태연하게 말했다.

그 경악할 만한 내용을 듣고서 모두가 귀를 의심했다.

"초급 네 개. 입학 당시에는 고작 두 개였어. 그걸 가지고서 그는 특급 클래스에 들어갔지. 그 의미를 곰곰이 생각하도록."

타이밍과 이곳의 분위기.

그 두 가지가 어긋났다면 비웃는 소리가 터져 나왔을지도 모르겠다.

아니면 사프가 「그걸 가지고서 특급 클래스에 들어갔다」는 이해할 수 없는 말을 하지 않았다면.

쿠논이 습득한 마술 개수가 너무나도 적었다. 게다가 중급은 쓸 수 없다니.

그러나 아무도 웃지 않았다.

실제로 그걸 가지고서 특급 클래스에 들어갔으니까.

아젤은 바짝 굳은 얼굴로 긴장감을 뿜어냈다.

반면에 쿠논은 즐거워서 어쩔 줄 모르겠다는 듯 웃고 있었다.

—특급 클래스는 괴물투성이.

서로 대치하고 있는 아젤과 쿠논을 지켜보고 있는 모두가 그 말을 떠올렸다.

마주하고 있는 아젤조차도.

"그럼, 시작."

사프가 개시 신호를 내렸다.

선수필승이라고 생각했는지 아젤이 오른손을 쿠논 쪽으로 내밀었다.

중급 마술을 쓰려는 자세였다.

초급 마술과 달리 중급은 제어하고 조작하는 게 어렵다.

초급이라면 동작이나 말을 생략할 수 있지만, 중급부터는 꼭 필요하다.

물론 익숙해지면 그만이긴 하지만.

"—『대파기』."

아젤의 바로 뒤에서 거대한 마법진이 그려졌다.

고오오오오!

그리고 마법진에서 대량의 물이 용솟음쳤다.

단숨에.

벽처럼.

그 광경은 그야말로 해일이었다.

아젤의 머리 위를 넘어 바닥에 떨어지더니 질주하기 시작했다.

압도적인 물이 크게 넘실대며 저 앞에 있는 쿠논을 향해 밀려들었다.

이 엄청난 물 앞에는 딱 한 사람만 있었다.

그 대비가 무시무시했다.

만약에 해변이었다면 작은 마을쯤은 집어삼킬 수 있을 듯했다.

그게 단 한 사람을 향해서 가해진 공격이었다.

아젤은 전력을 다했다.

아니, 전력을 다하지 않을 수 없었다.

쿠논은 초급 마술을 네 개밖에 쓸 수 없다.

그런 사실을 들었는데도 이길 수 있겠다는 생각이 전혀 들지 않았
으니까. 자신이 이기는 미래가 티끌만큼도 떠오르지 않았으니까.

―저걸 보라고 아젤은 생각했다.

물이 대량으로 밀려드는 앞에서.

쿠논은 여전히 별 반응을 보이지 않고 웃고 있었다.

자신의 직감이 맞았다는 걸 그 누구보다도 일찍 깨달았다.

아젤이 영창했던 「대파기」를 보고서 2급 클래스 학생들이 웅성거

렸다.

"말도 안 돼?!"

라디아도 놀랐다.

설마.

설마 아젤이 자신이 가진 패 중에서 가장 강력한 패를 처음부터 뽑아들 줄은 몰랐다.

아니, 그 이전의 문제였다.

저런 마술이 직격하면 사람은 죽는다.

저 무거운 물에 압사될지, 익사할지는 모르겠지만 틀림없이 죽는다.

이번 대항전에서는 결투용 방어 마법진을 쓰지 않기로 되어있다.

그래서 실습 단계인 지금도 방어 마법진을 쓰지 않았다.

당연히 다른 속성 학생과의 대항전은 사투가 아니다. 마술 살상력을 이해하고, 조절하는 법을 익히기 위한 과제이기도 하다.

과제이므로 연습할 때에도 방어 마법진을 쓰지 않는다.

그 말인즉.

아젤과 쿠논 모두 마술에 따라서는 즉사할 가능성이 있다는 뜻이었다.

그런 상황에서— 아젤은 치사성이 높은 강력한 마술을 사용했다.

너무나도 위험했다.

"선생님—."

"이거 멈추지 않으면—."

라디아를 비롯한 여러 학생들이 중단을 요구하듯 목소리를 높였는데.

"똑똑히 보도록 해!"

그러나 사프는 온화하게…… 아니, 왠지 이상함이 느껴지는 웃음을 지으며 목소리를 높였다.

그는 승부를 벌이고 있는 두 사람에서 시선을 떼지 않았다.

"좀처럼 볼 수 없는 귀중한 장면을 볼 수 있을 거야! 마술사라면 기억에 새겨둬!"

—그건 교사가 아니라 한 사람의 마술사로서 한 말이었다.

퐁.

퐁, 퐁, 퐁.

쿠논의 발치에 「물 구슬」이 굴러다녔다.

"……."

모두가 아연실색했다.

술자인 아젤도 벌린 입을 다물지 못했다.

뭐가 어떻게 된 건지 모르겠다.

순전히 사실만을 말하자면…….

해일은 쿠논을 덮쳤다. 사프가 도와주지 않았기에 아무도 보호하거나 끼어들지 않았다.

그러나 결론을 말하자면 해일은 쿠논을 때리지 못했다.

그에게 닿을 뻔했던 해일은.

순식간에 하나의 「물 구슬」이 되어 바닥에 퐁퐁 튀면서 굴러갔다.

모든 물이.

벽이 엄습해오는 것 같았던 해일이.

대량의 「물 구슬」로 변하여 벽까지 굴러가더니 멈췄다.

"안 돼."

쿠논이 말했다.

조금 떨떠름해하는 표정이었다.

"마술은 방출한 뒤에도 제어해야 해. 가만히 내버려두면 상대가 제어권을 뺏을 수도 있거든?"

그 말은 반격도 가능했지만, 일부러 하지 않았다…….

그런 뜻으로도 들렸다.

특급 클래스는 괴물투성이.

지금 그 말이 눈앞에 체현되어 있었다.

"―『<ruby>수랑창<rt>아 파루조</rt></ruby>』."

서른 개가 넘는 물로 이루어진 창이 출현했다.

두둥실 떠있는 창들이 맹렬한 속도로 쿠논에게 날아갔다.

쿠논은 한 걸음 앞으로 나아갔을 뿐인데 모조리 회피했다.

마치 창이 쿠논을 피해간 것 같은…….

그런 신기한 현상이었다.

"마술을 날린 순간에 궤도가 읽혀. 궤도를 꺾거나 시간 차를 두는 등 변화를 줘야 해."

―아마도 처음 보자마자 알아챘겠지.

아젤의 그 「대파기」를 보고서 쿠논은 상대와의 실력 차이를 알아버렸겠지.

"―『<ruby>수압탄<rt>아 보우젠</rt></ruby>』!"

아젤의 머리 위로 커다란「물 구슬」이 떠오르더니 중력에 이끌리는 대로 떨어지듯 쿠논에게로 날아갔다.

압축한「물 구슬」이 말이다.

물질에 닿으면 압축됐던 물이 해방되면서 물폭탄이 된다.

숙련자가 구사한다면 화마술사가 구사하는 폭발만큼이나 위력을 발휘할 수 있다.

반면에 쿠논은 그 공격을 **무난하게 받아냈다.**

"조금 더 압출할 수 있어. 이렇게."

꾹, 꾹.

쿠논은 거대한「수압탄」을 두 손으로 짓누르듯 압축하여 작게 만들었다.

결국에는 손바닥만 한 크기가 됐다.

물의 밀도가 이상했다.

깊은 청색으로 변한 물 구슬은 이상하리만치 고요했다.

마치 인간이 닿을 수 없는 심해를 재현해놓은 듯했다.

"이만큼 작게 만들면 더 빠른 속도로 날릴 수 있지 않을까?"

쿠논은 그렇게 말하고서 들고 있던 심해를 없앴다.

기화시킨 것이다.

심해처럼 밀도가 높았던 물을 순식간에.

"다음은?"

―첫 번째 공격만 보고서 상대와의 실력 차이를 깨달은 쿠논은 이미 공격할 생각이 없었다.

"슬슬 끝내도 될까?"

마력이 다 떨어져서 아젤이 무릎을 털썩 꿇자 쿠논이 말했다.

—아젤 오 비그 아세르비가.

꽤 괜찮네, 하고 쿠논은 생각했다.

마력량도, 마술 자체도 대단히 좋았다. 구사할 줄 아는 마술 숫자도 많았다. 쿠논보다 배는 더 많았다.

역시 3성 마술사답다고 해야 할까.

1학년, 수속성 2급 클래스에서 왜 리더라고 불렸는지 이유를 잘 알겠다.

마법을 구사하는 방식이 거칠고 미성숙했지만, 진지하게 배우면 고쳐지겠지.

실로 흥미로운 인재다.

"……왜 공격을 하지 않지?"

두 추종자가 달려와서 아젤을 일으켜 세웠다.

당사자인 아젤은 창백해진 얼굴로 식은땀을 흘리면서 쿠논을 노려봤다.

"난 신사니까. 그리고 너도 신사니까. 그래서 더는 뭘 할 필요는 없다고 생각했어."

시비를 걸긴 했지만 매도한 건 아니었다. 그리고 비겁한 행위도 하지 않았다.

정정당당한 승부였고, 결례도 범하지 않았다.

무엇보다 처음부터 전력을 다했으니까.

그리고 한계까지 쥐어짜냈으니까.

아젤의 의도가 뭐였는지는 별개로 치더라도.

마음이 착해서 공격을 주저했다면 오히려 쿠논은 싫어했을 거다. 그래서 처음부터 전력을 다했기에 매우 바람직스러웠다.

—처음부터 끝까지 안대를 쓴 쿠논을 얕잡아보지 않고 한 사람의 마술사로서 대했으니까.

솔직히 사프의 이야기를 듣고서 느꼈던 인상보다 상당히 어엿한 신사구나 싶었다.

"……마음에 안 들어. 하지만 오늘은 용서해주지."

아젤은 밉살스럽게 말하고서 추종자들의 부축을 받으며 갔다.

—패배를 인정한 것도 굉장하네, 하고 쿠논은 생각했다.

말투는 그랬지만, 방금 틀림없이 자신의 패배를 인정했다. 그의 입장에서는 좀처럼 내뱉을 수 없는 말이었다.

역시 사프의 이야기를 듣고서 느꼈던 인상보다 착실하게 느껴졌다.

"선생님, 다음은 제가."

아젤이 떠나자 다음 대전을 원하는 학생이 손을 들었다.

말린 머리 라디아였다.

"상관없다만, 역량 차이를 모를 만큼 미숙하지는 않을 텐데?"

라디아는 상관없다는 말을 듣고서 방금 전까지 아젤이 있었던 곳에 섰다.

"물론 자원했으니 이길 생각으로 임하겠지만— 한 수 위인 상대와 맞붙기만 해도 얻을 수 있는 게 많을 것 같아서."

정작 쿠논은 상대를 해주겠다고 말하지는 않았지만.

"좋아. 여성의 요청에는 바로 즉답하는 성격이야. 난 신사니까."

여성이 요청한데다가 마술 승부다.

쿠논에게는 거절할 이유가 하나도 없었다. 정말로 전혀.

"갑니다— 『수박_{아 히우루}』!"

천장 근처에 커다란 마법진이 펼쳐지더니— 장대비처럼 우박이 떨어졌다.

"……아쉽네."

쿠논은 아무도 듣지 못하는 목소리로 중얼거렸다.

—우박의 비에 가려진 쿠논의 얼굴을 대전 상대인 라디아만 한순간 볼 수 있었다.

변함없이 웃음을 짓고 있는데도 왠지 쓸쓸해 보였다.

◆

—발단은 불과 어제였다.

쿠논은 3급 클래스의 마지막 수업을 마치고서 사토리의 연구실을 찾았다.

그리고 먼저 와있던 사프와 만나 부탁을 받았다.

"실은 지금 난 임시 교사로서 2급 수속성 교실을 맡고 있어."

사토리가 권하자 쿠논은 그녀와 사프가 앉아 있는 테이블에 착석했다.

그리고 사프는 떠안고 있는 골치 아픈 문제를 토로했다.

"수속성 2급? 사프 선생님은 풍속성이잖아요?"

"맞아. 그래서 임시야. 갑자기 생긴 구멍을 메우는 긴급 조치지."

갑자기 생긴 구멍.

즉, 구멍이 생길 만한 무슨 일이 있었다는 뜻일까?

"혹시 전 수속성 선생님이 관뒀다거나?"

"비슷해. —담임은 여행을 떠났어."

여행.

담임이 여행?

"저기, 무슨 말씀인지 잘 모르겠는데…… 왜 여행을 떠난 거죠? 여행을 떠나야만 하는 이유가 생겼다?"

"간단히 말하자면 화가 폭발했어."

화.

그 대답도 와닿지 않았다.

"간단히 말하자면."

쿠논이 이해하지 못했음을 짐작하고서 사토리가 입을 열었다.

"마술을 진지하게 배울 생각이 없는 꼬맹이들을 상대하느라 지쳤어. 자신의 연구 시간을 깎으면서까지 수업을 해주고 있는데도 학생들은 진지하게 들으려고 하질 않아. 그래서 결국 인내심에 한계가 찾아왔지."

여기까지 듣고서 쿠논은 사정을 조금 알 것 같았다.

불과 어제, 3급 클래스 학생인 리무 레에스와 자신의 온도 차 때문에 실망했다.

아마도 그것과 비슷한지도 모르겠지.

"마술학교에 입학했으면서 어째서 마술을 진지하게 배우지 않는 겁니까? 그게 말이 되나요?"

"옛날부터 2급 클래스는 다루기가 어려웠어."

"사토리 선생님일지라도?"

"그래. 내게는 남은 시간이 짧아서 낭비할 여유가 없어. 만약에 내 수업을 제대로 듣지 않는 꼬맹이가 있다면…… 뭐, 반쯤 익사시켜야지."

그건 이미 죽은 게 아닐까?

반쯤이라는 단어가 붙었더라도 이미 늦은 게 아닐까?

"정말로 릭펠은 괜찮은 여자야. 혼을 내지 않고 그냥 사라지다니 참 착해."

그 릭펠이라는 사람이 바로 여행을 떠났다는 담임교사겠지.

사토리는 「혼을 내지 않고 스스로 사라진 착한 선생」이라고 표현했다.

뭐, 표현이 강렬했기에 쿠논도 비아냥거렸다는 걸 알아챘지만.

"그렇군요."

사프도 수긍했다.

"마술은 힘, 힘은 흉기. 진지하게 배우지 않으면 위험하다는 걸 자각해주길 바랍니다."

쿠논은 두 교사의 의견을 듣고서 아버지도 비슷한 발언을 한 적이 있지, 하고 생각했다.

왕성에서 꾸지람을 들었을 때였다.

되도록 평생 떠올리고 싶지 않은 기억이었다.

—기억.

"그래서 쿠논, 네가 차설 차례야."

요점만 말하자면 학생들이 더 진지하게 마술을 배우도록 도와줬으면 좋겠다.

그게 사프의 부탁이었다.

"그렇게 말씀하셔도…… 뭘 해야 좋을지 몰라서 도움이 될 것 같지 않아요."

사정을 알겠다.

그러나 그 문제의 해결법이 무엇인지 짐작도 되지 않았다.

"괜찮아. 넌 그대로 행동하도록 해. 그러면 주변이 알아서 움직일 테니까."

"그렇습니까? 하지만 전 초급 마술밖에 쓰지 못하는데요? 다른 건 전혀 자신이 없어요."

"그거면 충분해. 오히려 그게 더 좋아."

그렇다면 힘이 되어줄 수 있을 것도 같은데.

"그래서 구체적으로 뭐가 어떻게 돌아가고 있는 건가요?"

"2급 클래스에는 왕후귀족의 자식이나 관계자들이 많거든. 나라들의 관계나 신분 차이가 현저해서 마술보다는 정치에 몰두하는 학생이 많아. 뭐, 요컨대 작은 사교장처럼 변질되어 있지. 전 세계에서 견습 마술사들이 모여든 마술학교라서 계층이 다양해. 왕족도 있고, 상위귀족도 있고, 나라끼리 적대 관계라서 서로 미워하는 학생들도 있거든. 그래도 비교적 분위기가 온건했는데, 최근에 삐걱거리기 시작했지."

그렇구나.

정리하자면.

"귀족들의 알력 다툼 때문에 마술에만 집중할 수가 없다는 뜻인가
요?"

"뭐, 간단히 말하자면 그렇군."

"참 안타까운 얘기군요."

모처럼 이런 시설에 들어왔다. 다 읽을 수 없을 만큼 수많은 책들
과 자료가 있고, 동지가 있고, 우수한 교사들도 있다.

지금 배움에 집중하지 않으면 어쩌자는 건지.

왕후귀족의 관계자라면 더더욱 그렇다. 서민이라면 모르겠지만,
지체 높은 가문의 자식이라면 줄곧 여기서 지낼 수는 없을 텐데.

시간이 한정되어 있는데 어째서 집중하지 않는 걸까?

"알겠습니다. 제가 힘이 될 수 있다면."

그리하여 쿠논은 2급 클래스에 가게 됐다.

◆

"—좋아, 대충 끝났군."

아젤, 라디아부터 시작하여 네 명쯤 자원했다.

적의나, 혹은 순수한 호기심이나 대항심을 가슴에 품고서.

그들은 쿠논 앞에 섰다.

그리고 2급 클래스에 소속된 학생들 중 딱 절반을 상대했을 즈음
에 사프가 입을 열었다.

아무래도 여기서 끝내려는 모양이었다.

나머지 사람들은 열심히 보고는 있었지만, 나설 생각은 없는 듯했다.

마력이 다 할 때까지 상대했던 아젤과 라디아 역시 물러선 뒤에도 쭉 지켜봤다고 한다.

"쿠논, 고맙다. 일부러 이해하기 쉽게 싸워줘서 고마워."

이제 부여된 역할이 끝났다고 봐도 될까? 하고 쿠논은 생각했다.

─솔직히, 꽤 재밌었다.

살짝 지적했을 뿐인데 그들은 곧바로 배우고 수정하려고 했다.

그게 바로 가능할 만큼 기초도 탄탄한 듯했다.

단련시킬 만한 보람이 있다고 해야 할까…… 어떤 계기만 주어진다면 크게 바뀔 것 같은 인상을 품었다.

특히 아젤과 라디아는 자신에게 열흘만 맡기면 상당히 바뀌겠지.

……그렇게 생각하다가 살짝 이해했다.

그런 인상을 품었지만, 그럼에도 그들의 실력이 진전되지 않았다면.

그 담임교사처럼 마음에 화가 쌓일 만도 하겠구나.

하면 할 수 있으면서도 하지 않는 사람을 상대했으니 짜증이 났겠지.

훌쩍 여행을 떠날 만큼 응어리가 쌓이고 쌓였겠지.

달아난 교사의 심정을 지금이라면 쿠논도 알 것 같았다.

"쿠논은 모두한테 할 말이 있을까?"

사프가 총평을 내려달라고 부탁했다.

역시나 쿠논의 역할은 이로써 끝났다고 봐도 될 듯했다.

"글쎄요……. 마술을 구사할 수만 있을 뿐, 습득했다고는 할 수 없는 상태죠. 마술이란 자기 자신이 온전히 제어할 수 있어야 비로소 습득했다고 할 수 있습니다. 그런 의미에서 너희들은 초급 마술이든 중급 마술이든 정말로 습득했다고 할 수 있을까? 제어할 수 없는 힘을 어디에 쓸 생각이야? 너무 위험해서 쓸 수나 있겠어? 자칫 잘못하면 주변 사람을 다치게 할 거야. 이번에 예정된 대항전에는 그러한 과제도 함께 부여되어 있다고 생각하는데. ……아, 너무 떠들었나요?”

이런 교훈은 스스로 깨달아야만 비로소 가치가 있다.

남이 말해본들 머리로는 이해하더라도 기억이나 인상에 남지않는 경우가 허다하다.

“아…… 뭐, 좋아.”

사프는 쿠논이 너무 많이 떠들었다고 생각했지만, 뭐, 그 정도는 문제없겠지.

마술에 집중하지 않는 현 상황에서는 누가 말해주지 않는다면 도달할 수 없는 결론일 테니까.

“―그나저나 쿠논.”

사프가 앞으로 나섰다.

“보수를 지금 이 자리에서 줘도 될까?”

보수.

보수라고 한다면 그래, 개인 수업이다.

“어, 정말로요?!”

“그래. 시간도 있으니까.”

쿠논의 의욕이 순식간에 급상승했다.

방금 전까지는 의욕이 없는 수재들을 생각하면서 뭐라 형언할 수 없는 감정에 젖어 있었는데.

사프의 그 제안은 가라앉았던 감정을 싹 날려버릴 만큼 강렬했다.

이건 예상하지 못했다.

이론이나 토론도 즐겁지만, 실제로 마술을 쓰는 **실습**도 매우 즐겁다.

그것도 자신보다 실력이 뛰어난 마술사가 상대를 해준다.

전력을 다해도 이길 수 없는 상대다.

―실력이 좋은 마술사일수록 좀처럼 좋은 마술을 보여주지 않는다.

감춰두는 마술이 많아서였다. 자신만이 쓸 수 있는 오리지널 마술은 쉽사리 보여줄 수는 없는 법이다.

이 개인 수업은 꽤 귀중한 기회다.

권력자가 거금을 지불하더라도 실현시키기 어려울 만큼 귀중한 기회다.

"다만 네가 마력이 다 떨어지거나 항복할 때까지야. 난 힘은 조절하겠지만 봐주지는 않아. 순식간에 끝날지, 아니면 내게서 많은 걸 뽑아갈지는 다 너 하기에 달렸어."

좋다.

참으로 좋다.

사프의 개인 수업으로 얼마나 배울지는 쿠논에게 달렸다.

즉―.

"그렇게 해주세요!"

쿠논이 끈질기면 끈질길수록 사프는 그 실력을 아낌없이 보여주겠다는 소리였다.

"아, 그리고 마술에 색을 입혀줘. 일단은 이 승부에는 시범의 의미도 있으니까."

"알겠습니다."

사프가 겸사겸사 부탁하자 쿠논은 수긍했다.

마술에 색을 입힌다면 마술의 움직임을 쉽게 파악할 수 있다.

—뭐, 쿠논은 눈이 보이지 않아서 사프의 바람에 색이 들어가더라도 알 수 없지만.

대체 무슨 일이지?

2급 클래스 학생들은 이 흐름이 이해되지 않았다.

그러나 지금부터 쿠논과 사프가 승부를 벌일 예정이라는 건 알겠다.

2급 클래스의 실력자를 갓난아기처럼 갖고 놀았던 특급 클래스 쿠논과.

마술학교 교사라는 것만으로도 실력자임이 보증되어 있는 사프 크리켓이.

"아, 잠깐만. 라디아 양, 내 지팡이를 맡아주지 않을래?"

사프가 자세를 취하자 쿠논은 잠깐 제지한 뒤 라디아를 불렀다.

마술에만 집중하기 위해서였다.

이 장소에는 장애물이 없기에 쿠논에게는 지팡이가 필요하지 않다.

희소 금속이나 마적 요소를 함유하고 있는 지팡이라면 마술을 쓸 때 도움이 되긴 하겠지만.

쿠논의 지팡이는 단순한 지팡이라서 지금은 손에서 놓기로 했다.

"어? ……아아, 예."

두 실력자가 승부를 벌인다는 말을 듣고서 그녀는 내심 당혹해하면서도 흥미진진해했다.

숙녀 교육을 잘 받았기에 옆에서 봤을 때는 태연한 듯 보이지만.

“라디아 군, 겸사겸사 개시 신호를 부탁해.”

사프는 지팡이를 받은 라디아에게 개시 신호를 부탁했다.

사프와 쿠논 모두.

이제는 상대 말고는 아무것도 보이지 않았다.

“그, 그럼…… 시작!”

개전하자마자 사프가 바람의 화살을 날렸다.

풍속성 초급 마술 「풍신」.

그저 바람을 일으키는 마술이지만, 실력자가 구사하면 음속으로 날아가는 공기 덩어리가 된다. 그건 때로는 칼날처럼 변하기도 하고, 때로는 돌처럼 단단해지기도 한다.

붉게 칠해진 공기탄 다섯 개가 꼬리를 끌며 쿠논에게 날아가— 꿰뚫었다.

“아—.”

쿠논에게 직격했다.

게다가 관통했다.

그 광경을 보고서 모두들 신음을 흘렸지만 — 쿠논의 모습이 출렁이더니 홀연히 사라졌다.

그 순간, 사프의 발치에서 파란 물이 튀어나왔다.

끝이 뾰족한 물이 여러 개 튀어나와 전 방위에서 덮쳤다.

그 광경은 마치 바닥에서 창이 튀어나오는 함정 같았다.

“어이쿠.”

사프는 자신에게 날아드는 물을 보이지 않는 벽에 부딪치게 하여 정지시키고서 주변에 튕겨냈다.

바람으로 방어해냈다.

“—그러고 보니 입학시험 이후로 처음이군. 그때와는 상황이 다르지만.”

엉뚱한 방향을 보고서 말하는 사프의 목소리에 반응했는지 그 시선이 향하는 지점에서 사라졌던 쿠논의 모습이 나타났다.

“그러네요. 근데 전 수다를 떨 만한 여유는 좀 없을 것 같아요.”

“안심해. 나도 여유는 거의 없을 것 같아.”

—한 번이라도 삐끗하면 패배할 수 있겠다고 사프는 진심으로 생각했다.

쿠논은 생각보다 쉬운 상대가 아니었다.

방금 그 공격만 봐도 알 수 있었다.

설마 모습을 현혹하는 기술까지 갖고 있을 줄은 몰랐다.

아마도 색을 입힌 물로 보호색을 만들거나, 자기 자신처럼 보이도록 꾸미고 있겠지.

자세히 보면 알 수 있지만, 자세히 볼 수 있을 만한 여유를 주지 않겠지.

그리고.

지금 쿠논은 물을 계속 생성하고 있었다.

보이지 않을 만큼 자그마한 물로 제6실험실을 채우려고 했다.

이 방 안에서 자신의 지배 영역을 넓히려고 했다.

—그 **제온리**의 제자라는 걸 싫어도 깨닫게 해주는 빈틈없는 솜씨였다.

“……정말, 물은 성가시네. 얍!”

이번에는 큰 덩어리다.

사람을 집어삼킬 만큼 거대한 붉은 「풍신」이 쿠논을 향해 날아가고— 또 날아갔다.

“연발이야!”

누군가가 외쳤다.

그렇다, 연발이었다. 술자에게 부담이 되지 않는 초급이기에 연달아 날릴 수 있었다.

일부러 정밀하게 노리지 않았다.

쿠논이 어중간하게 도망치더라도 적중되도록, 도주로를 틀어막기 위해서.

그리고 자그마한 물들을 날려버리기 위한 목적도 있었다.

“—음.”

쿠논은 움직이지 않았다.

공기 덩어리가 쿠논을 덮쳤다.

<u>보보보보보보보보보</u>.

몸에 닿자마자 공기가 우는 소리가 났다.

「물 구슬」에 갇힌 공기가 내는 소리였다.

쿠논은 거대한 바람 덩어리를 조금씩 나눠서 「물 구슬」에 가둬 나갔다.

그 소리였다.

「물 구슬」을 발생시키는 속도도 이상했고, 그 대처법도 꽤 이상했다.

그 답은—.

“돌려드릴게요.”

「물 구슬」에 갇혀있는 바람은 아직도 살아 있었다.

계속 연발되고 있는 「풍신」의 틈을 메우듯 붉은 공기가 갇힌 「물 구슬」이 사프에게로 날아갔다.

속도는 빠르지 않지만 숫자가 많았다.

“─하핫, 제법인걸! 힘을 조금 더 내야겠어! 죽지 마!”

평소에는 차분한 어른인 교사 사프 크리켓도.

한 꺼풀을 벗겨낸다면 마술에 매료된 사람일 뿐이었다.

마술 대결을 즐겁게 벌이면서 그 본성을 드러내는 건 자명한 이치다.

◆

결론을 말하자면 쿠논은 이 시합에서 사프의 수를 완전히 읽어냈다.

보통 그렇게 되면 사프의 패배는 확정된 것이나 마찬가지였다.

그러나─.

실은 더 오래 싸우고 싶었지만, 그건 어려웠다.

공방전을 거듭하고 있는 두 사람 모두 똑같은 마음이었다.

─사프는 쿠논이 생각 이상으로 전투에 익숙해서 당혹스러웠다.

─쿠논은 사프가 생각 이상으로 가차 없이 공격해서 철저히 방어만 할 수밖에 없었다.

생각은 다소 달랐지만 결론은 똑같았다.

시범이기도 한 이 싸움을 오래 지속하고 싶지만, 그럴 수는 없다.

왜냐면 시간을 벌려고 한다면 패배할 테니까.

그것이 두 사람 모두가 도달한 결론이었다.

“—쳇!”

한 번 스쳤다.

이후의 흐름을 상상하고서 사프는 혀를 찼다.

이제 교사로서의 체면을 유지할 여유는 없었다.

연달아 날아가는「풍신」의 틈을 메우듯 자신이 쐈던 마술이「물 구슬」에 갇힌 채 되돌아왔다.

속도는 빠르지 않다.

크기로 보아 저 물 구슬 하나하나의 위력은 약하겠지.

그러나 여하튼 숫자가 많았다.

숫자가 많을 뿐더러— 없어지지 않았다.

한 번 피했던「물 구슬」이 배후에서 되돌아와 사프의 주변을 맴돌았다. 그리고 가끔 공격해야 한다는 걸 깨달은 것처럼 날아들었다.

승부가 시작된 지 얼마 되지 않았다.

그런데도 벌써 수백 개나 되는「물 구슬」에 쫓기고 있었다.

가끔「풍신」을 잠시 멈추고서 방어 마술로 주변에 있는「물 구슬」을 바람으로 튕겨냈지만.

그럼에도 없어지지 않았다.

멀어지기만 할 뿐 없어지지 않았다. 이곳에 계속 머물다가 또다시 사프를 향해서 날아들었다.

그래도 사프는 달리면서 모조리 회피하고 마술까지 연발하고 있었다.

그 대처법과 동작은 민첩했다.

그러나 역시나 물량이 상당해서 한 번 스치고 말았다.

왼쪽 팔에. 직격된 건 아니고 옷을 스쳤을 뿐.

그 자체는 위력이 별로 없었다.

그러나 그게 얼마나 위험한지는 적중되기 전부터 상상은 하고 있었다.

"—답답해!"

한 발 스치고서 아주 잠깐 동작이 멎었다.

그때를 노리듯 수백 개의「물 구슬」이 단숨에 덮쳤다.

연속으로 열 발쯤 맞고서 사프는 체념했다.

여기서 승부를 내지 않으면 확실히 패배한다.

하나하나의 위력은 작지만, 수백 개나 맞으면 알 수 없다.

—이 싸움을 오래 끈다면 끝장이다.

실제 시간만 보면 시작한 지 얼마 안 됐다.

그러나 벌써 마술을 백 발 가까이 구사했던 사프는 꽤 시간이 흐른 것처럼 느껴졌다.

쿠논은 필사적으로 대응해내고 있었다.

"……."

속도와 숫자 모두 손색이 없는「풍신」이 날아들었다.

쿠논의 몸에 이미 여러 발이나 스쳤다.

치명상을 입을 수 있는 부분만은「물 구슬」에 가둬서 상쇄했지만, 나머지 부분은 대응할 수 없었다.

위력이 대단하다.

단 한 발이라도 제대로 적중된다면 아마도 더는 일어설 수 없겠지.

어깨와 팔, 다리에 여러 번이나 스쳤다. 옷이 찢어져 너덜너덜해졌다.

얼굴 옆을 스쳐간 폭풍이 쿠논의 안대를 날려버렸다. 관자놀이에서 피가 흐르고 있지만 본인은 알아채지 못했다.

그딴 건 아무렇든 상관없을 만큼 몹시 재밌었다.

보이지 않는 은색 눈동자로 오로지 앞을 응시했다.

쿠논은 웃으면서 계속 대처해 나갔다.

방어와 공격.

이 즐거운 시간을 오래 이어나가기 위해서 쿠논은 공격도 병행하고 있었다.

방어만 하다가는 반드시 무너진다.

쿠논은 눈이 보이지 않아서 날아드는 마술의 궤도를 짐작할 수 있다.

그래서 사프처럼 뛰어다니며 피하는 건 불가능했다.

그리고 저 바람 공격은 속도가 빨랐다.

이런 상황에서는 공세로 전환한 뒤 그것에만 전념할 수는 없었다.

「풍신」이 날아온 방향과 실내에 최대한 채워넣은 보이지 않을 만큼 작은 물의 감각에 의지하여 사프의 위치는 파악할 수 있었다.

그래, 파악하고 있었다.

쿠논은 기다리고 있었다.

이 상황을 더는 버틸 수 없게 된 사프가 공격해 오기를.

아니면 데미지가 지나치게 축적되어 자신이 먼저 쓰러질까?

마술을 서로 응수하는 장면이 화려하게 보일 테지. 워낙 격렬해서 상황이 요동치고 있는 듯 보일지도 모르겠다.

그러나 실제로는 인내심 대결이었다.

쿠논이 먼저 쓰러지느냐, 사프가 먼저 움직이느냐.

짧은 시간이었지만, 그 두 가지 결말 중 하나로 교착되고 있었다.

─그 사실을 알고 있느냐에 따라서 승패가 나뉜다.

쿠논은 알아채고 있었다.

사프는 알아채지 못했다.

그래서 쿠논은 수읽기에서는 승리했다고 할 수 있다.

사프가 앞으로 나섰다.

끈질기게 따라다니는「물 구슬」을 한 번 크게 튕겨낸 뒤 무서운 속도로 쿠논에게로 육박했다.

그 속도는 자신이 쏘는「풍신」을 웃돌았다.

실제로 추월했다.

─풍속성의 이점은 속도다.

사프 정도의 마술사는 자신의 이동속도를 쉽게 높일 수 있다.

얼마나 빨라질지는 술자의 역량에 달려 있긴 하지만.

옆에서 보고 있던 2급 클래스 학생들조차 눈으로 쫓을 수 없는 속도였다.

정신을 차려 보니 사프는 날아오는「풍신」에 대처하고 있는 **쿠논의 배후**에 있었다.

마술에는 마술로 대응한다.

쿠논 같은 마술사를 상대할 때는 어떻게 해야 하는가?

―상대의 몸에 직접 마술을 때려 넣는다.

그러면 방어든 뭐든 소용이 없어진다.

「물 구슬」로 위력을 줄여서 가둬두는 재주도 부릴 수 없겠지.

제아무리 쿠논일지라도 **몸에 직접 적중된 마술**은 어쩌지 못할 것이다.

하물며 지금은 정면에서 오고 있는 「풍신」을 방어하고 있다.

사프가 어디에 있는지 놓쳤을 터.

―나쁘게 생각하지 마!

이미 쿠논을 학생이 아니라 쓰러뜨려야 하는 상대로 인식하고 있는 사프는 배후에서 바람을 두른 오른쪽 주먹을 가차 없이 휘둘렀다.

"올 줄 알았습니다."

쿠논이 피했다.

그리고 사프는 오른팔이 붙잡혔다.

―사프의 등줄기에서 싸늘한 한기가 스쳤다.

쿠논에게 행동이 읽혔다.

수읽기에서 패배했다.

순식간에 패배했음을 깨달았다.

싸늘해진 건 본능뿐만이 아니었다.

붙잡힌 팔이 얼어붙기 시작했다.

그전에 먼저 다리가 얼어붙었다는 사실은 도망치려고 시도했을 때 깨달았다.

다 읽히고 말았다.

쿠논의 물은 언제든지 얼릴 수 있도록 사프의 발치에 처음부터 준비되어 있었다.

그리고— 날아온다.

사프를 따라다니던「물 구슬」이 정면에서.

수백 개나 되는「물 구슬」이.

자신의 바람을 가둬둔「물 구슬」이.

피할 수 없는 사프를 향해서.

“……뭐라고 해야 할까. 글쎄, 나도 딱히 할 말이 떠오르질 않는군.”

쿠논은 너덜너덜해져 쓰러져 있었다.

기절해버렸다.

그리고 사프는 그런 쿠논을 내려다보고 있었다.

아까 얼어붙었던 오른팔을 매만지면서 씁쓸한 표정을 짓고 있었다.

—굳이 승리한 요인과 패배한 요인을 따지자면.

체중 차이 아닐까?

사프는 다가오는「물 구슬」이 적중되기 직전에 바로 근처에서 자신의 팔을 붙잡고 있는 쿠논을 끌어당겨 자신의 방패로 삼았다.

이것이 그 결과였다.

쿠논은 수백 개나 되는「물 구슬」을 맞고서 기절했다.

“……이거 참.”

팔이 붙잡힌 순간, 쿠논이 자신의 행동을 다 읽었음을 깨달았다.

사프는 그때「패배」를 인정했기에 이 결과가 다소 시원하진 않았다.

쿠논을 방패로 삼았던 건 순전히 반사적인 행동이었다. 전혀 의식하지 못했다. 엉겁결에 자신을 보호할 수 있는 물체를 끌어당겼을 뿐이었다.

설마 그게 통할 줄도 몰랐다.

아니, 그조차도 생각하지 못했다. 물에 빠져서 지푸라기라도 붙잡은 격이었다.

"……진짜, 어처구니가 없네."

후련하지 않았다.

승리했다는 기분이 전혀 들지 않았다.

기쁘지 않았다.

패배의 분함은 확실히 맛보고 있었다.

그러나 결과는 이겼다.

뭐라 형언할 수 없는 감정을 품고서 사프는 허탈해했다.

◆

"그래서 일을 저질렀다고?"

"면목 없습니다."

사프에게서 모든 전말을 들은 사토리가 생긋 웃었다.

"흥. 일 한번 잘했네."

노렸던 대로 쿠논은 2급 클래스에 새로운 바람을 확실히 일으켰다.

그리고 개인 수업에서는 제대로 패배했다.

아무래도 제자의 제자가 일을 만점으로 해낸 모양이다.

그러면 됐다.

그 결과가 딱 좋다.

"그 꼬맹이는 이기는 것보다는 패배하는 걸 더 좋아하니까. 그래야만 배울 게 더 많을 거야."

"그렇, 습니까……?"

사프는 2급 클래스 실습이 끝나자마자 사토리의 연구실을 찾았다.

그리고 지금 무슨 일이 있었는지 막 설명한 참이었다.

조금 어른스럽지 않게 싸웠기에 꾸중을 들을 각오를 했는데— 사토리는 딱히 나무라지 않았다.

오히려 기뻐하는 듯 보였다.

기절한 쿠논은 동기인 성녀에게 맡기고 왔다.

그녀는 치유 마술을 쓸 수 있다.

얼핏 보니 살짝 긁히거나 베인 상처밖에 없는 듯했지만, 실제로 어떤지는 본인밖에 모른다.

만약에 뼈에 이상이 생겼거나 내장에 부상을 입었다면 곧바로 치유해 달라고 부탁해뒀다.

그리고 제니에는 방금 전 3급 수업을 마치고 여기로 돌아왔다가 이야기를 듣고서 성녀의 연구실로 가버렸다.

쿠논이 걱정됐던 모양이다.

오전 중에 실시했던 개인 수업이 끝나고서 시간이 꽤 지났으니 슬슬 눈을 떴을지도 모르겠다.

"당신의 진의도 알고 있을 거야."

"……유능한 아이로군요. 제가 쿠논의 나이였던 시절에는 어떻게 힘을 과시할지 혈안이 되어 있었지요."

사프도 과거에 특급 클래스 학생이었다.

건방을 떨고 다녔던 과거를 별로 떠올리고 싶지 않았다.

"그래서, 2급 클래스는 어떻게 됐니?"

"아직 아무 일도 없습니다만 잔잔한 호수에 돌을 던졌고 파문은 일었습니다. 이제부터 어떻게 바뀔지 봐야겠죠."

쿠논의 존재가 자극이 되기는 했겠지.

그러나 커다란 변화가 일어날 것 같으냐고 묻는다면 뭐라 장담할 수가 없었다.

무슨 일이 벌어질 것 같긴 하지만, 과연…….

"역시 그 학생 때문이니?"

"그렇죠. 그 제국 황자가 움직이지 않는 한 2급 클래스는 앞으로도 쭉 흉흉할지도 모르겠습니다. 그가 졸업할 때까지 적어도 2년은 더 있어야 하니까요……. 침울합니다."

본인이 바라든 바라지 않든 2급은 그 광염왕자를 중심으로 돌아가고 있었다.

교사 입장에서 현 환경에서는 학생들을 제대로 지도하기 어려웠다.

그리고 무엇보다 2급 학생들을 위해 아무런 도움도 되지 않는다.

어떻게든 개선하고 싶지만 꽤 어려웠다.

그 해결책으로서 쿠논을 불렀던 것인데, 과연 어떻게 되는지.

눈을 뜨자마자 쿠논은 외쳤다.

"—앗! 승부!"

눕혀진 곳에서 벌떡 일어나 자세를 취했다.

어쩌다가 정신을 잃었더라?

괜찮아.

똑똑히 기억하고 있다.

그렇기에 만약에 가능하다면 개인 수업을 속행해야겠다고…… 가장 먼저 생각했지만.

"끝났어요."

쿠논은 귀에 익은 여성의 목소리를 듣고서 상황을 이해했다.

정신을 잃은 동안에 모든 게 끝나버렸음을.

"레이에스 양?"

「경안」으로 주변을 확인했다. 예상했던 곳이었다.

여기는 익숙한 성녀의 연구실이었다.

성녀는 평소처럼 정 위치인 테이블에 앉아서 책을 읽고 있었다.

쿠논은 그녀의 취침용 침대에 눕혀졌나 보다.

연구를 위해 여기서 묵을 수도 있다는 타당한 이유로 방주인이 들여놓은 침대였다.

식물 성장을 기록해야 하니 야간에도 관찰할 필요가 있다면서 신청했다.

"묻기 전에 대답해주도록 하죠. 사프 선생님과 개인 수업이라는 명목으로 승부를 벌였고, 당신은 패배했습니다. 정신을 잃고 여기로 옮겨졌습니다. 여기에 있는 이유는 부상을 입었기 때문이에요. 그나저나 지금 상태가 어떤가요? 눈에 띄는 상처는 치유하긴 했는데, 달리 이상한 데는?"

훌륭하다.

쿠논이 뭐부터 물어봐야 할지 고민했던 모든 걸 물어보기도 전에 알려줬다.

"레이에스 양의 치유 마술로 처치를 받기 위해 여기로 옮겨졌구나."

"예."

그럼 납득이 갔다.

"고마워. 몸 상태는 나쁘지 않아. 통증도 없어."

성녀는 대부분의 시간을 연구실에 틀어박혀 있기에 섭외하기 가장 쉬운 광속성 마술사였다.

말이 나온 김에 설명하자면 성녀는 쿠논과 사프 모두와 면식이 있었다.

그래서 사프의 입장에서는 분명 그 누구보다도 쿠논의 치유를 부탁하기 편한 상대였겠지.

"참고로 덧붙이자면 제니에 선생님도 오셨어요."

"어? 제니에 선생님이?"

예상지 못한 이름이 나왔다.

"왜?"

"병문안이겠죠. 쿠논이 공격당해서 기절했다는 소식을 듣고 걱정돼서 오셨습니다."

"아, 그렇구나."

쿠논은 마술 때문에 다치는 건 환영하지 않지만, 거부할 생각은 별로 없었다.

마술 때문에 입은 상처와 통증 역시 검증해야 하는 사안이니까.

그래서 필요 이상으로 걱정을 해주니 몸 둘 바를 모르겠다.

"그래서, 선생님은?"

"당신의 옷을 조달하러 가셨습니다."

"옷? ⋯⋯어라?"

쿠논은 자신의 몸을 매만지고서 비로소 깨달았다.

쿠논은 옷을 입고 있지 않았다.

상반신이 알몸이었다.

아래는 조금 너덜너덜하지만 바지를 입고 있었다.

쿠논은 두 손으로 서서히 가슴을 가렸다.

"⋯⋯섹시해서 미안해."

보이고 말았다.

알몸을.

여성에게.

하필이면 성녀에게.

섹시한 신사는 아직 이르다.

쿠논은 늘 그렇게 생각하고 있기에 자신의 알몸이 부끄러웠다. 그리고 최대한 숨기려고 노력했다.

"신경 쓰지 말아요. 아이의 알몸을 보는 건 익숙하니까. ⋯⋯오해하지 않도록 미리 말해두겠는데, 유소년 시절부터 고아원에 봉사를 하러 다녔거든요?"

목욕을 시키거나 옷을 갈아입히는 등 어린 아이를 자주 보살폈다고 한다.

"그보다도 쿠논. 전 당신이 어떻게 당했는지 궁금하군요."

―쿠논을 안고 왔던 사프는 자세히 설명해주지 않았다.

딱히 감추고 싶은 건 아닌 듯했다.

실습을 하다가 도중에 빠져나왔다고 했으니 그저 시간이 없었겠지.

그래서 쿠논에게 물어봐도 별 문제는 없겠지.

"어떻게 당했냐고……."

쿠논은 아까 전 개인수업을 떠올렸다.

사토리나 제니에, 혹은 사프 본인과.

한시라도 빨리 대화를 나누며 승부를 검증해보고 싶었지만…….

아니, 초조해할 일은 아닌가?

어차피 옷이 없어서 이 방에서 나갈 수는 없다.

신사로서.

"사프 선생님이 개인 수업을 해주겠다며 싸워줬어. 그리고 난 패배했어."

"그런 것 같더군요. 내용을 꼭 듣고 싶습니다만."

"내용을 들려주기 전에 전제를 알아둘 필요가 있어."

"전제?"

그 대결을 돌이켜보니 역시나 마술학교 교사는 대단하구나 싶었다.

현재 자신과 교사들이 얼마나 차이가 나는지.

조금은 깨달은 듯했다.

적어도 차이가 엄청나게 벌어져 있는지는 알겠다. 그게 어느 만큼인지는 모르겠지만.

"가엾을 만큼 사프 선생님한테 불리한 상황이었고, 더불어서 장소도 좋지 못했어. 풍마술사의 기본 정보는 알고 있어?"

"아뇨, 모릅니다."

"풍마술사는 말이야. 속도가 핵심이야. 고속으로 이동하며 상대를 농락하거나, 마술을 고속으로 날린다. 이 두 가지가 주축이라고 해. 사프 선생님 수준이면 원거리에서 싸우는 게 특기일 거야. 그것도 상대방의 마술이 닿지 않을 만큼 먼 거리에서 말이야. 그 사람이라면 간격을 단숨에 좁힐 수 있으니까. 그 전제를 알고 있어야 이번 승부를 이해할 수 있어. 장소는 실내. 제6실험실. 지면은 부서지지 않는 특별한 바닥. 벽과 천장도 부서지지 않아. 사프 선생님은 아마 본래의 힘을 절반도 쓰지 못했을 거야."

그런 환경에서 사프는 쿠논을 이겼다.

아무리 발악하더라도 결과는 변하지 않는다.

"바람은 무엇을 끌어들였느냐에 따라 위력이 현저히 달라지거든. 평범한 돌풍도 모래나 돌멩이가 섞이면 강해지듯."

"그렇군요. 그래서 부서지지 않는 장소가 불리한 거군요."

"더군다나 초급 마술만 한정해서 쓴 것 같고."

이번에는 어디까지나 개인 수업. 시범이라는 측면이 있었다.

그래서 제한을 뒀겠지.

분명 사프라면 쿠논이 도저히 대응해낼 수 없는 커다란 기술도 갖고 있겠지.

하지만 그걸 쓰지 않았다면.

분명 사프는 결정타를 쓸 수 없는 상황에 처해 있었다—고 짐작해 볼 수 있다.

그래서 쿠논이 수읽기에서 승리를 거둘 수 있었다.

사프는 장기전은 불리하다고 판단하고서 근접 공격을 가했겠지.

계속 늘어나는 「물 구슬」에 언젠가 붙잡히리라 내다보고서 「물 구
슬」로 대처할 수 없는 방법으로 공격한다.

쿠논은 그걸 읽었기에 사프가 가까이 다가오기를 기다렸다.

"─지금까지 말한 게 전제인데 말이야. 어때? 내용이 궁금하지?
사프 선생님이 얼마나 굉장했는지 궁금하지? 아주 재밌었어."

쿠논은 마술 이야기를 할 때면 늘 웃는다.

마치 자기 일처럼 싱글벙글 웃으면서 사프에 관한 이야기를 들려
주고 싶어서 어쩔 줄 몰라 했다.

"거기서 가슴을 숨기고 있지 말고 이리로 오는 게 어떤가요? 향초
차를 끓일 테니."

성녀가 앉아있는 테이블과 침대 옆에 있는 쿠논은 미묘하게 떨어
져 있었다.

─어떻게 당했는지는 궁금하지만, 승부 자체에는 딱히 흥미가 없
었다.

그러나 그가 이야기를 하고 싶어하니 들어볼까?

"지금 난 놀라울 만큼 섹시한데…… 그쪽으로 가도 될까?"

"예, 신경 쓰지 말고."

쿠논은 가슴을 가린 채 성녀의 맞은편에 앉았다.

◆

수업이 끝난 1학년 수속성, 2급 클래스 교실에는 학생들이 모두
모여있었다.

"―결론은 그런 느낌인가?"

이 교실의 리더로 대우받고 있는 아젤이 학생들을 둘러봤다.

큰소리가 나오지 않았다.

이제는 펜을 내려둘 수 있을 듯했다.

그는 복잡하게 뒤섞인 학생들의 기억과 의견을 한데 모아서 종이 여러 장에 기록했다.

여러 가설과 해석이 어지럽게 튀어나와서 첫 번째 종이가 낙서장처럼 돼버렸다.

이토록 메모를 난잡하게 했던 적은 없었는데.

수업이 끝나면 일찍 돌아가는 사람도 있지만.

다들 오늘만은 도저히 그럴 수가 없었다.

그만큼 아까 봤던, 교사와 학생이 벌였던 승부가 머릿속에 강하게 새겨졌다.

그들은 그 이야기를 몹시도 나누고 싶었다.

그리고 그 대결을 같이 봤던 이 클래스 학생들 말고는 대화를 나눌 수 있는 사람은 없었다.

그 승부는 재밌었다.

시간은 짧았지만, 흥미가 끊이지 않는 일전이었다.

가슴이 뜨거워졌다.

아직도 가슴에 남아있던 열기는 고찰이나 해석이라는 형태로 발산됐다.

"역시 납득할 수 없어. 쿠논이 했던 게 정말로 그런 거야?"

"그렇지 않으면 달리 어떻게 해석할 수 있겠어?"

“하지만 마술을 잘게 나눈다는 걸 들어본 적 있어? 게다가 가두기까지 했다고.”

“없지만, 그래도 실제로 눈앞에서 했잖아.”

결론이 나왔나 싶었지만, 아직도 납득하지 못한 사람도 있는 듯했다.

참으로 꺼지지 않는 열기였다.

아직도 연기가 나고 있었다.

―그것 역시 좋은 일이겠지, 하고 아젤은 생각했다.

마술을 향한 이 감정이 가장 강한 증거였다. 2급 클래스에서는 오랫동안 느껴본 적이 없었다.

아젤 본인도 언젠가 답을 맞춰보고 싶었지만.

그 기회가 있을지는 모르겠다.

“뭐, 일단 결론은 나왔다고 치고, 오늘은 해산하자.”

할 말을 다 하지 못한 사람도 있었지만, 언제까지 토론만 벌일 수는 없는 노릇이었다.

왕족인 아젤이 남아있어서 먼저 돌아갈 수 없는 사람도 있었다.

마술학교에는 권력이나 나라 사정을 끌어들이지 않는다는 암묵적인 규칙이 있다고 해도 모든 사람이 다 따르는 건 아니다.

“―아젤 군.”

아젤이 두 추종자와 함께 먼저 교실을 나섰을 즈음에 말린 머리 소녀가 뒤를 쫓아와 말을 걸었다.

라디아였다.

“……별일이네. 네가 먼저 말을 걸 줄이야.”

아젤은 아세르비가 왕국의 왕족이다.

그리고 라디아는 제국의 로디아 공작가의 딸이다.

이 교실 안에서는 이 두 사람의 가문이 가장 강력했다.

그러나 현재 2급 클래스 전체에서는 제국 출신자의 입김이 강하다.

만약에 라디아가 그럴 마음만 먹었다면 어쩌면 리더는 그녀가 됐을지도 모른다.

아니면 교실이 나뉘어 파벌 같은 게 생겼을지도 모르겠다.

그걸 잘 아는 두 사람은 자연스럽게 되도록 멀리하려고 노력해왔다. 두 사람이 다투면 같은 클래스의 다른 학생들에게 민폐가 된다는 걸 잘 알기 때문이었다.

참고로 이 마술학교에서는 아무도 왕족을 전하라고 부르지 않는다.

표면적으로는, 어디까지나 권력을 끌어들여서는 안 되는 곳이니까.

표면적이긴 하지만.

"전 아까 벌였던 토론이야말로 이 마술학교에 꼭 있어야 하는 요소라고 생각해요."

그녀가 느닷없이 직설적으로 말하자 아젤은 놀라워하면서도 동시에 조금 기뻤다.

"그러게. 나도 그리 생각해. 피차 더할 나위 없이 답답한 상황이잖아?"

─그녀도 같은 심정인가?

아까 그 토론은 즐거웠다.

집안 사정이나 나라 사정을 일절 생각하지 않고, 그저 흥미와 관심만 가지고서 마술에 관해 대화를 나눴다.

마술학교에 간다면 번잡한 가문 사정이나 나랏일은 생각하지 않고, 그저 마술만 생각하면서 보낼 수 있을지도 모른다.

그렇게 꿈꿨던 생활의 일부가 분명히 존재했다.

"……라디아 양, 어떻게 해야 좋을까?"

대답은 기대하지 않았다.

불현듯 흐리는 한숨과도 같은 약한 소리였다.

―현재 2급 클래스에 만연한 분위기는 권력을 두고서 다투는 사교계 그 자체였다.

입김이 강한 제국 출신자들이 활개를 치고 다니면서 나머지 학생들을 굴복시키려고 한다.

그런 상황에서는 분위기가 찌릿찌릿해서 도저히 마술에만 집중할 수가 없었다.

아젤은 원체 신분이 높기도 한지라 리더로서 대우를 받아왔다. 요컨대 대외적으로 날아드는 공격을 앞장서서 막아달라는 의미였다.

그게 가능한 사람은 자신밖에 없다는 걸 잘 알기에 아젤은 받아들였다.

그리고― 현재 여러모로 답답해하던 차였다.

같은 교실에 속한 학생들을 지키는 게 최우선인지라 마술만을 배우는 이상적인 생활과는 거리가 먼 나날을 보내고 있었다.

그러나.

제국 출신이자 공작가의 딸이기도 한 라디아가 철저히 무관심한 태도를 유지해줘서 고마웠다.

이 상황에서 말을 먼저 건 것을 보면 그녀도 이 상황에서 느낀 바가 있었겠지.

아젤이 방금 흘렸던 약한 소리는 역시나 경솔했을까?

아니면 역시나 내심 대답을 기대했을까?

어쨌든.

그 한마디가 계기였다고 생각한다.

"정세를 바꾸려면 **가장 강한 걸** 때리는 게 정석이죠."

가장 강한 것.

지금 이 상황에서 **가장 강한 것**이라면.

"……너, 연줄은 있어?"

"인사를 몇 번 했습니다. 안면을 튼 정도예요."

"충분하군."

그걸 한다면 더한 문제가 발생할지도 모른다.

혹은 단순히 당해내지 못할지도 모른다.

그러나 현재 상황은 결코 바람직하지 않다.

무슨 행동이든 벌이지 않는다면 아무것도 바뀌지 않는다.

"만약에 정말로 저지른다면— 작은 혁명이 될 것 같군."

그 어떤 것에도 구애받지 않고 진심으로 마술을 배우고 싶다면.

이건 분명 필요한 반항이겠지.

◆

"—아, 쿠논 군. 이제 괜찮아?"

갈아입을 옷을 조달한 제니에가 성녀의 교실에 들어왔다.

벌써 일어서서 활동하고 있는 쿠논을 보고서 일단 안심했다.

"······어라? 옷은 이제 필요 없어?"

그리고 지금 자신이 들고 있는 게 아무 소용이 없나? 하고 생각했다.

왜냐면 쿠논이 하얀 목욕타올 같은 걸 걸치고 있기 때문이었다. 목욕을 마치고 나온 것처럼.

"아뇨, 주세요. 이거『물 구슬』이거든요."

나왔다.

자유자재로 변환되는『물 구슬』이다.

동물의 솜털까지도 재현해낼 수 있는 쿠논이라면 목욕타올 정도는 아무렇지 않게 만들 수 있겠지.

—막 일어났을 때에는 머리가 잘 돌아가지 않았지만.

이렇게 무사히 섹시함을 봉인해냈다.

"그리고 선생님, 병문안을 와줘서 고맙습니다. 옷을 입거든 사토리 선생님의 연구실로 갈까요?"

"아, 그럴래?"

사프와의 일전을 성녀에게 대강 다 들려준 참이었다.

성녀도 쿠논을 계속 상대할 만큼 한가하지 않기에 오래 머물러서는 안 된다.

"레이에스 양도 고마워. 신세를 졌네. 다음에 뭐라도 보답할게."

"필요 없어요. 제가 빚을 더 많이 졌으니까."

"······어? 그래?"

"그래요. 주로 금전적으로."

—만약에 쿠논이 돕지 않았다면.

분명 경제적 이유로 지금쯤 2급 클래스에서 활동하고 있었겠지,

하고 성녀는 생각했다. 수입이 들어올 때마다 그렇게 생각했다.

이렇게 자유롭게 배우고, 연구할 수 있는 것도 쿠논 덕분이었다.

그리고 야채를 키우는 건 굉장히 재밌다. 사랑스럽다.

이게 감정의 발로일까? 하고 이따금 실감하고 있지만— 지금은 관계없다.

"가까운 시일에 또 올게."

"예."

옷을 입은 쿠논을 보내고서 성녀는 독서를 재개했다.

◆

아무래도 기다리고 있었나 보다.

"—다 들었어, 쿠논. 졌다면서?"

이튿날 아침.

쿠논이 학교에 들어서자 동기인 행크 비트와 만났다.

"—그 사프 선생님이랑 싸웠다면서?"

또 다른 동기인 리야 호스도 함께 있었다.

"둘 다 오랜만이야."

영초와 마도구 제작, 이른바 업무 때문에 성녀와는 자주 만났지만.

쿠논이 그들과 만난 건 오랜만이었다.

각각 무사히 파벌에 들어갔고, 생활비를 벌 수 있는 방법도 마련했다.

그 결과 바빠졌기에 요즘에는 통 만나지 못했다.

쿠논과 사프가 승부를 벌였다는 소리를 듣고서 그들은 아침부터 쿠논을 기다리고 있었나 보다. 만날 만한 구실로 딱 좋겠지.

"그게 말이야. 들어봐—."

쿠논은 애를 태우지 않고 바로 말했다.

어제 사프와 벌였던 대결을 누군가에게 설명하는 것도 벌써 네 번째다.

첫 번째는 성녀에게.

두 번째는 사토리의 연구실에서. 사프도 있었기에 무사히 검증도 마쳤다.

그리고 세 번째는 시녀 린코에게.

제니에가 옷을 조달해온 곳이 바로 쿠논이 살고 있는 임대 주택이었기 때문이다. 그래서 그녀는 어느 정도 사정을 들었다.

쿠논이 돌아오자마자 「싸우던 도중에 옷이 벗겨졌다고 들었어요!」하고 말했다.

그녀가 흥분하고 기뻐하며 묻자 들려줄 수밖에 없었다.

─「남자가 남자의 옷을 벗긴다……. 왠지 아주 파렴치한 느낌이 들어서 좋네요!」 하고 시녀가 강하게 말하자 쿠논은 오랜만에 당혹스러워했다.

시녀의 발언에 당혹해했다.

유소년 시기를 떠올렸다.

지금 돌이켜보니 이코 때문에 당혹스러웠던 적이 적지 않았다. 이제야 깨달았다.

그리고 여러 가지가 익숙해진 결과가 바로 지금이다.

지금은 알겠다.

아무것도 몰랐던 어린 시절과는 이제 다르다.

어쩌면 이코의 가르침은 세상의 일반적인 상식이나 양식에서 크게 벗어난 게 아닐까?

그런 의문이 어렴풋하게 떠오르는데…….

……아니, 지금 그건 아무렇든 상관없겠지.

벌써 세 번째라서 나름 설명하는 데 능숙해진 쿠논은 걸으면서도 충분히 말할 수 있었다.

"안녕, 쿠논! 재밌는 얘기를 들어서 확인하러 왔어!"

"우훗. 다쳤다고 하던데 괜찮아? ……하핫, 다쳤어?"

"오랜만."

그후에.

요즘에 3급이나 2급 교실을 드나드느라 발길이 뜸했던, 자신이 빌린 교실에 오랜만에 발걸음을 했더니.

「실력 파벌」 대표인 베일 카쿤튼을 비롯하여 주네뷔즈와 에리아 세 사람이 와 있었다.

"오랜만이군요, 에리아 선배! 저, 선배를 보고 싶었어요!"

"아하하. 넌 변함없네."

참고로 「약상자」를 비롯한 마도구 개발 때문에 베일과 주네뷔즈와는 자주 만난다.

그래서 그들에게 딱히 환영하는 인사를 하지 않았다.

"사프 선생님과의 얘기를 들으러 왔나요?"

"맞아. 교사와 승부를 벌이는 건 꽤 드문 일이야. 아마 네가 생각하는 것 이상으로."

그렇구나. 쿠논은 고개를 끄덕였다.

오늘 아침에 동기들이 기다렸던 것도, 이렇게 베일을 비롯하여 선배들이 왔던 것도.

교사와의 승부가 얼마나 귀중한 체험인지 알고 있기 때문이었나?

쿠논 자신도 흔한 일은 아니라고 생각하긴 했지만.

어쩌면 자신이 생각했던 것 이상으로 귀중한 기회였는지도 모르겠다.

그로부터.

예상은 했지만 「합리 파벌」 대표 루뤄메트와 「조화 파벌」 대표인 시로트 등 면식이 있는 선배들까지 자신을 만나러 왔다.

교사와 일전을 벌였던 이야기를 들으러 오기도 했지만.

한동안 쿠논과 만나지 않아서 안부를 물으려는 의미도 있었겠지.

그들은 대화를 나누고서 다음에 함께 연구를 하고 싶다고 막연하게 약속만 하고서 돌아갔다. 시로트만이 쿠논의 교실을 정리해줬다.

"─좋아."

손님이 조금 많았지만.

쿠논은 이야기를 하면서도 최근에 쌓였던 메모와 기록을 리포트로 다 정리했다.

새로운 마술.

사토리에게서 배운 것.

사프와 일전을 치르면서 느꼈던 것.

기타 등등.

집에서도 실컷 썼지만, 비로소 끝났다.

이로써 일단 해야 할 일은 마쳤다.

"……자, 그럼."

이제부터 뭘 할까?

사토리가 부려먹어 줄 테니 언제든 놀러오라고 했다.

하고 싶은 것과 해야 하는 일은 연쇄한다. 거기에 가면 동경하는 사토리의 가르침을 받을 수 있다.

제니에도 있으니 꿈같은 환경이다.

그렇기에 자칫 방심하면 푹 빠져버릴 것 같지만.

그것도 나쁘지 않을 것 같다고—.

"……아니, 잠깐만."

생각했을 차에 고개를 가로저으며 그 선택지를 털어냈다.

무언가를 할 작정이라면 속성이 같은 마술사와 하는 게 편하다.

쿠논의 경우에는 수속성이다.

그러나 다른 속성 마술사와 무언가를 하는 것도 큰 공부가 된다.

쿠논의 두 번째 스승은 토속성인 제온리다. 그의 가르침은 기초에만 머물러 있었던 쿠논의 기술과 발상을 크게 키워줬다.

가능한 게 서로 다르기에 새로운 발견도 할 수 있었다.

지금 희소 속성 마술사도 마술학교에 다니고 있다.

모처럼 얻은 기회이니 지금껏 접해보지 않았던 속성을 보고 싶었다.

그렇다면.

“……역시 화속성?”

토속성은 스승인 제온리와…….

2년이나 실컷 접해왔기에 현재는 충분하다.

풍속성은 불과 어제 사프와…….

다시 싸워보고 싶긴 했지만, 시간을 두고서 풍속성에 대한 대응책을 마련해보고도 싶었다.

그럼 희소 속성?

아니, 희소 속성 마술사는 다들 바빠서 일정을 맞추기가 어렵겠지.

광속성은, 성녀와 함께 영초를 키우면서 접했다.

덧붙이자면 현재도 영초를 이용한 약을 계속 시험 제작하고 있다.

더 말하자면 성녀는 관찰 기록을 맡고 있어서 교실을 오랫동안 비울 수 없다. 함께 실험하자고 권유하더라도 거절당하겠지.

암속성과 마속성 모두 한 사람씩만 떠올랐다.

그리고 그들은 늘 바쁜 듯했다.

“……화속성인가? 좋아, 화속성으로 하자.”

역시나 지금껏 얽히지 않았던 화속성 마술사와 무언가를 하고 싶다.

일단 행크를 만나러 가보자. 그가 바쁘다면 화속성 마술사 지인을 소개해달라고 부탁해도 된다.

어떤 실험에 끼워달라고 해도 되겠지.

뭘 할지 정하지도 않았지만, 일단 화속성과 무언가를 하고 싶었다.

물과 불.

얼핏 봐도 상반되는 속성이다. 어떤 게 가능할지 여러모로 시험해보고 싶었다.

“행크는『조화』파벌이었지?”

「조화 파벌」은 사다리꼴처럼 생긴, 높이가 낮은 탑을 거점으로 삼고 있다.

위치를 정확히 알지는 못하지만 뭐, 지나가다가 아무 여자나 붙잡아 물어보면 되겠지.

쿠논은 방침을 정하고서 교실을 떠났다.

“……아.”

쿠논은 교실을 나간 뒤 채 몇 걸음도 걷지 않고 멈췄다.

—여기서 발을 멈추지 않았다면 쿠논은 틀림없이 「조화 파벌」의 거점까지 갔겠지.

그러나 깨닫고 말았다.

“배가 고프네.”

쿠논은 시간 감각에 둔감하다.

리포트를 작성하는 동안에 점심시간이 지났다.

배가 고픈 게 당연한 시간이었다.

우선 식당부터 가자.

쿠논은 발을 다른 방향으로 틀었다.

그리고 만나게 된다.

거기서 맞닥뜨린 사람은.

공교롭게도 쿠논이 만나려고 했던 화속성 마술사였다.

제7화 물 구슬과 화접

중요한 건 시간대였겠지.

쿠논은 시간에 괘념치 않기에 아침이든 낮이든 밤이든 관계없다.

기본적으로 보이지 않아서 밝든 어둡든 작업하는 데 지장이 없다.

배가 고프면 먹는다.

졸리면 잔다.

시녀를 비롯하여 주변 사람들이 지적하지 않는 한 쿠논은 시간이 아니라 몸의 요구에 따른다.

그리고 그게 오늘.

우연히도 잘 맞물렸겠지.

"—실례합니다!"

"예?"

식당 요리사에게 샌드위치를 포장해달라고 주문하고 있는 쿠논에게 누군가가 뒤에서 말을 걸었다.

"귀공은 특급 클래스 수마술사인 쿠논 공이 맞습니까!"

"……아, 예."

누가 지명하면서 부르기에 무심코 대답하긴 했는데.

상대는 낯선 여성이었다.

혹시 기억에만 없을 뿐 어디선가 만난 적은 있을지도—.

"전 2급 클래스 화속성 교실에 소속된 2학년 이루히 보라일이라고 합니다!"

"……예."

모르는 사람이었다.

만났던 적도 없고, 이름도 모르는 상대였다.

게다가 목소리가 쩌렁쩌렁해서 조금 압도됐다.

평소처럼 익살을 떨지 못할 정도로.

"지금부터 점심을 드시려는 겁니까?! 저도 꼭 함께 하고 싶습니다! 초면에 무례하다는 걸 잘 알지만, 꼭 부탁합니다!"

"……예."

압도되긴 했지만.

여성이 요청했기에 쿠논이 할 수 있는 대답은 하나뿐이었다.

"―아가씨, 목소리가 너무 커. 깜짝 놀랐잖아."

"죄송합니다."

샌드위치를 내준 젊은 요리사가 보다 못해 주의하자 이루히는 헛기침을 하고서 사과했다.

"제 친가가 군인 집안이라서…… 인사는 큰소리로 명료하게 하자는 게 가훈입니다.

군인.

어쩐지 목소리와 자세가 늠름하더니만.

손을 뒤로 돌리고서 가슴을 활짝 편 채로 당당하게 서있는 모습은 그야말로 군인 같았다.

"군인 선배?"

"장래에 그렇게 되겠죠. 하지만 지금은 그저 견습 마술사입니다.

……그래서 대답은?”

“아, 물론. 여성의 요청을 거절하는 표현을 알지 못하는지라.”

아까는 무심코 대답을 했지만, 이번에는 정식으로 대답을 요구했다.

그래도 쿠논의 대답은 변하지 않았다.

“감사합니다! 그럼 절 따라와 주십시오! 아, 샌드위치는 제가 들겠습니다!”

요리사에게 받았던 샌드위치를 이루히에게 넘기고서 쿠논은 그녀의 뒤를 따라갔다.

여성과의 식사.

몹시 기대됐다.

일면식이 없는 나에게 일부러 말을 걸다니.

분명 무슨 용건이 있겠지.

마술사의 용건이라면 성가시더라도 재밌다.

여성과의 식사.

게다가 마술과 관련한 용건.

두 배로 기쁜 상황인지라 기대가 됐다.

그러나 쿠논의 그 기대는 배신당했다.

쿠논은 안내를 받았다.

—남자들 곁으로.

식당 안에는 개인실이 있다.

쿠논은 늘 샌드위치를 포장해달라고 주문하기에 식사용 공간을 이용해본 적이 없었다.

개인실이 있다는 이야기는 들었지만 와본 건 처음이었다.

"……이게 그 유명한 미인계 사기인가?"

점심시간이 상당히 지나서 식당 테이블은 텅텅 비어 있었다.

그 테이블을 무시하고서 안으로 향하기에 개인실로 안내하는구나, 하고 짐작하긴 했다.

이루히가 안내해준 개인실에는 먼저 온 손님이 있었다.

"이루히 보라일입니다! 손님을 모시고 왔습니다!"

—문 앞에서 이루히가 말하는 걸 보니 안에 누가 있는 듯했다.

"들이도록."

남자가 대답했다.

설마 안에 남자만 다섯 명이나 있을 줄은 몰랐다.

도시는 무서워.

언젠가 리야가 했던 말이 뇌리를 스쳤다.

속았다. 이게 허니 트랩인가?

도시는 무서워.

쿠논의 도시의 무서움을 깨닫고 말았다.

"아, 저는 용건이 떠올라서—."

"자, 어서 안으로 들어가십시오! 얼른 쭉쭉 들어가세요!"

도주 실패.

발걸음을 돌리기 전에 이루히가 쿠논의 팔을 붙잡고 어깨를 안고서는 안으로 쭉쭉 밀었다.

우악스러운 호객꾼이 억지로 가게 안으로 데리고 들어가는 것처럼.

남자들의 눈이 일제히 쿠논에게 쏠렸는데— 그중 한 사람이 칭찬을 했다.

"잘 데려왔어. 이루히."

"옙! 영광입니다!"

이 대화만 놓고 보면 이루히가 아니라 방금 말한 그가 쿠논을 초청한 듯했다.

미인계 사기 같다는 느낌이 더더욱 짙어졌다.

아니, 허니 트랩이라고 인식해도 틀리지 않은 듯했다.

계통은 조금 다를지도 모르겠지만, 벌인 짓은 그야말로 그것이었다.

"네가 특급 클래스 소속 1학년 쿠논이지? 수마술사인."

"아, 저기…… 미인계 사기?"

"……어? 미인계? 응?"

그는 익숙지 않은 단어를 이해하지 못한 눈치였지만, 이해한 다른 두 남자는 웃음을 터뜨렸다.

그렇다.

여자가 말을 걸자 남자가 들떠서 졸래졸래 따라갔다. 그리고 행선지에서는 남자들이 기다리고 있었다.

구도만 놓고 보면 이건 그야말로 미인계 사기였다. 웃음을 터뜨렸던 남자들이 해명했다.

"애송이. 미인계는 미인이 해야하는 거야."

"맞아, 맞아. 이루히는 아니군."

"음. 무례한 말씀이로군요."

이루히가 화를 났다.

쿠논도 일단은 말해뒀다.

"맞아요. 그녀는 제가 따라가고 싶다고 생각했을 만큼 매력적인 여성이에요."

"보세요. 쿠논 공도 그리 말씀하십니다! 여러분한테 눈이 있기는 한 겁니까?! 자랑은 아니지만, 전 여러 번 『멋진 엉덩이구만!』하고 칭찬을 들었던 적이―."

"―뭔지 잘 모르겠다만, 날 놔두고서 이야기를 진행시키지 마라."

한순간 방치됐던 남자가 분위기를 진정시켰다.

"쿠논."

"예…… 미인계 사기?"

"아냐. 예전부터 이루히나 다른 사람한테 부탁해뒀어. 너와 대화를 나누고 싶으니 눈에 띄거든 데려와 달라고 말이지."

"하아, 대화를…….”

역시나 이루히가 아니라 저 남자가 초청한 게 정답인 모양이다.

더러운 수법이었다.

여성에게 그런 일을 시키다니.

남자가 권유했다면 아마 오지 않았을 텐데.

"난 지오에리온이야."

―아니, 왔을지도 모르겠다.

지오에리온.

쿠논도 그 이름을 알고 있었다.

"……설마, 광염왕자……?"

지오에리온 후 루반 아시온.

아시온 제국 제2황자의 이름이다.

광염왕자 지오에리온에 관한 소문은 여러 번 들었다.

그러나 지금껏 딱히 인연이 없었던 상대였다.

「경안」을 써서 그를 봤다.

선명한 흑발에 푸른 눈동자를 지닌, 선이 약간 가느다란 소년이었다.

쿠논보다 나이가 한두 살쯤 더 많을까? 대단히 단정한 얼굴과 엄중하게 꾹 다문 입술이 잘 어울렸다.

황족다운 위엄이 느껴졌다.

그야말로 지배자 계급 같다는 인상을 받았다.

"……."

그러나 쿠논이 보고 싶었던 건 **그의 뒤**에 있는 존재였다.

솔직히 황자는 아무렇든 상관없었다.

―굉장했다.

지금껏 봐왔던 사례에 따른다면, 화속성이라면 불똥이나 화염으로 된 무언가, 혹은 붉은 생명이 통례였다.

광염왕자 지오에리온에게는 불로 이루어진 커다란 늑대가 빙의되어 있었다.

눈부실 만큼 작열하는 몸을 지닌 늑대.

계속 쳐다보면 빨려들 만큼 **화염이 깊었다**.

아름다운 화염이었다.

계속 보고 싶었고, 그 화염 속을 들여다보고 싶기도 했다.

실체는 없을 테지만, 얼핏 봤을 뿐인데 뜨겁게 느껴졌다. 물론 열을 진짜로 느낀 건 아니지만.

그만큼 존재감이 강한 생물이라고 할 수 있을까?

다른 화속성보다 격이 더 높게 느껴졌다.

아마도 3성.

어쩌면 4성일까?

"날 알고 있나? ……그래? 유명해진 모양이야. 그럴 생각은 없었지만 말이야."

보통 유명한 게 아니다.

굳이 정보를 모을 생각이 없었는데도 쿠논은 그를 자연스럽게 알게 됐으니까.

그러나 본인은 이름을 널리 알릴 생각은 없었다고 한다.

광염왕자라는 별칭을 언제 처음 들었더라?

분명 아직 마술학교에 도착하기 전이었겠지.

그 이후로 여기저기서 소문만 들어왔다.

쿠논은 적극적으로 그에 관한 정보를 모으려고 하지 않았으니까— 여성이 아니라면 딱히 만나고 싶지 않았기에 마음에 담아두지 않았지만.

그저 대단한 화속성 학생이 있다는 사실만 머릿속에 담아뒀다.

그것도 특급 클래스의 3대 파벌 대표가 주목하는 인물쯤으로 인식하고 있었다.

우수한 마술사라면 쿠논은 주목한다.

그러나 어차피 광염왕자는 왕자다.

여성이 아니다.

그래서 우연히 어디선가 만나면 좋겠네, 라는 생각만 갖고 있었다.

“앉도록. 쿠논. 점심은 신경 쓰지 말고 들도록 해.”

쿠논은 순간 어떻게 할지 망설이다가 앉기로 했다.

소문난 광염왕자가 무슨 용건으로 자신을 불렀는지도 궁금했지만.

그러나 무엇보다도 실체야 어쨌든 간에 자신을 초청했던 이루히도 동석한다면 여기에 있을 이유는 있었다.

여성이 권유했고, 쿠논은 합의했다.

실제로 미인계 사기 같은 느낌이 있을지라도 이루히가 함께 있다면 합의는 유효하다. 떠날 이유는 없었다.

“그럼 잠시만 실례할게요.”

“그래. 가스, 저 친구한테 홍차를 끓여줘.”

개인실에는 간단한 부엌도 있었다.

차는 물론, 간단한 음식도 만들 수 있도록 되어있었다.

지시를 받고서 지오에리온의 오른편에 앉아 있던 덩치가 큰 청년이 일어섰다.

“아, 그럼 끓여준다니 부탁할게요. 밀크를 뺀 밀크티로 부탁합니다.”

“알겠다. 밀크를 뺀 밀크티…… 홍차로군.”

순간 뭐라 형언할 수 없는 표정을 지었지만, 그는 홍차를 끓이기 시작했다.

그들이 있는 테이블에 앉은 뒤 쿠논은 사양하지 않고 샌드위치를 감싼 종이를 펼쳤다.

막 구운 베이컨이 아직 따뜻하고, 치즈가 녹아 있었다.

만든 지 얼마 안 돼서 아주 맛있을 듯했다.

“그래서, 제게 무슨 용건입니까?”

“그냥 흥미가 생겨서.”

흥미.

“네 소문은 재밌어. 꼭 대화를 나눠보고 싶었어. 그뿐이야.”

재밌다.

그렇구나, 하고 쿠논은 수긍했다.

“어제 있었던 사건과는 관련이 없습니까?”

“교사와 대결을 펼쳤다는 얘기 말이군. 그것도 궁금하지만, 그 이전부터 네가 어떤 사람인지 궁금했어. 네가 식당에 드나든다는 얘기를 들어서 언젠가 대화를 나눌 기회가 있을까 싶어서 줄곧 기다렸지.”

“그럼 지금 이렇게 만난 건 우연입니까?”

“그렇다고 할 수 있겠군.”

딱히 의도하여 기다렸던 건 아니고 언젠가 만나기를 기대했는데 이렇게 됐다.

그게 우연히 오늘이었다는 이야기다.

“지금껏 기회가 몇 번 있었지만, 나도 바쁠 수밖에 없는 사정이 있었거든. 오늘에야말로 서로 한가한 시간이 겹쳐졌어. 그 결과일 뿐이야.”

상당히 전부터 쿠논을 주목했는지도 모른다.

오늘은 아침부터 「어제 사건」 때문에 지인과 여성 친구들이 잔뜩 놀러와줬다.

그런 날에 우연히 지오에리온과 일정이 맞아떨어졌다.

평소와 조금 다른 날이었기에 만날 수 있었다는 뜻이다.

쿠논은 끓여준 밀크 없는 밀크티를 마시면서 샌드위치를 다 먹었다.

그동안에 지오에리온을 비롯하여 그들과 조금씩 대화를 나눴다.

그들은 아시온 제국 사람으로 2급 클래스에 소속되어 있다고 한다.

역시나 모두가 화속성은 아니었다. 화속성 마술사는 지오에리온과 이루히 두 사람뿐이라고 한다.

뭐, 그들은 이른바 친구 관계라고 받아들이면 되겠지.

―얼마 전에 사프에게서 들었던, 2급 클래스가 흉흉해진 원인.

그들의 존재 때문이라고 했다.

그러나 막상 대화를 나눠보니 나쁜 인상은 느끼지 못했다.

2급 클래스 1학년인 아젤도 그렇고, 광염왕자도 그렇고.

대체 뭐가 진실이지?

머릿속 한편으로 그런 생각을 하고 있으니 「광염왕자」라는 별칭에 관한 화제가 나왔다.

광염왕자, 즉, 지오에리온은 냉정한 얼굴에 살짝 불쾌감을 드러냈다.

"쿠논, 네가 나에 관해 어떤 소문을 들었는지는 몰라. 허나 난 한 번도 이 학교에서 스스로 가문을 밝힌 적은 없어. 제국 황족이라고 신분을 증명했던 적도 없어. 평범한 일개 학생으로 지내고 싶었고, 지금도 그래. ―모르는 사이에 『광염왕자』라 불리기 시작했고, 내가 신원을 밝혔다고 착각한 주변 학생들이 멋대로 퍼뜨려서 모든 게 드러나고 말았지만."

쿠논은 지금까지 들은 정보를 정리했다.

"원래는 제국의 높은 신분임을 감추고서 살아왔다?"

"그래. 내가 딱히 특별한 것도 아닐걸? 신분을 감추는 왕후귀족은 많고, 너도 기본적으로 가문명을 밝히지 않았겠지? 그럼 너도 신분을 감춘 귀족이야. 똑같지 않은가?"

분명 학교에서 가문명까지 밝히는 사람은 드물다.

쿠논도 남들이 신분 차이를 느끼지 않도록 그리온이라는 가문명을 거의 언급하지 않았다.

마술학교에 국가 사정이나 권력을 끌어들이지 않는다.

암묵적인 규칙이다.

"지오 님은 어렵겠지."

"그렇겠군요."

키가 큰 카켓타라는 남자가 말하자 이루히도 동의했다.

"뭐가 말이냐?"

"그 얼굴과 위엄과 마술 때문에 『광염왕자』라고 불린 거라고."

광염왕자.

누가 지어냈는지는 모르겠지만, 처음에는 단순한 별칭이었다고 한다.

그 태도, 얼굴 생김새, 분위기.

그리고 마술.

다방면에 걸쳐 뛰어난 요소를 두루두루 갖고 있기에 「왕자」라 불리기 시작했다.

그리고 실제로 정말로 황자였고.

"비범한 면을 세 가지나 갖췄으니 사람들이 어렴풋하게 눈치채는 것도 어찌 보면 당연해. 지오 님의 신분은 아무도 말하지 않았더라도 널리 퍼져나갔겠지.”

“오히려 감출 수 있다는 생각이야말로 지나친 낙관이라고 생각합니다.”

“오호. 이루히, 말 한번 잘하는구나.”

“옙! 황송합니다!”

“칭찬이 아니다만.”

상하관계는 있는 것 같지만, 그래도 서로 친한 듯했다.

즉, 제국 황자로서 권세를 부렸던 건 아니라는 말인가?

2급 클래스가 흉흉해졌다는 이야기가 더더욱 의혹 속으로 빠져들었다.

“―뭐, 좋다. 시시한 얘기는 그만하고 본론으로 들어가지.”

마침 쿠논이 샌드위치를 다 먹었을 때 그 말이 나왔다.

지오에리온은 타이밍을 재고 있었겠지.

“쿠논, 네가 물로 동물을 만들 수 있다는 얘기를 들었을 때부터 난 네게 흥미를 가졌어.”

“아, 예.”

그 말은 자주 들었기에 의외도 뭣도 아니었다.

“나와 똑같아서 조금 기쁘더군.”

그러나 그 대답은 의외였다.

“……예?”

똑같다?

뭐가?

지오에리온이 오른손을 들었다.

검지로 하늘을 가리켰다.

"─넌 색은 볼 수 있지?"

그 손가락 끝에서 붉은 무언가가 두둥실 떠올랐다.

팔락팔락.

붉은 종잇조각 같은 것이 테이블 위를 덧없이 떠돌았다.

쿠논의 눈앞까지 다가왔다가…….

찻잔 가장자리에 내려앉았다.

"생물을 재현하고 동작을 모방한다. 마술 조작과 제어 능력을 키우는 데 안성맞춤이야. 나와 똑같은 결론에 도달한 사람이 있다는 걸 알고서 흥미가 솟았어."

붉은 그것은 마술로…….

불로 만들어져 있었다.

그렇다.

그건 불로 이루어진 나비였다.

"……대단해."

쿠논은 주시했다.

「경안」은 쓰지 않았지만, 마력시로 볼 수 있는 감각을 모조리 할애하여 관찰했다.

찻잔 가장자리에 내려앉은 붉은 나비.

마치 호흡하듯 날개를 서서히 퍼덕이고 있었다.

물질?

아니다.

타오르고 있는 것 같긴 했다.

자세히 보니 날개 끝이 아주 살짝 흔들리고 있었다.

즉―.

"평범한『화종』……인가?"

화속성 초보 마술이다.

수속성으로 말하자면「물 구슬」과 마찬가지로 가장 먼저 익히는 마술이다.

"알겠나?"

"예."

내포하고 있는 마력은 적었다.

형태가 복잡해서 제어하는 게 힘들 테지만, 마술 자체는 수준이 높지 않았다.

그걸 간파했을 때 다른 사실도 알아챘다.

남의 마술을 보고서 비로소 쿠논은 자각했다.

―이토록 약한 마력으로 쓸 수 있는 마술은 상당히 위협적이라는 걸.

이건 감지하기가 어렵다.

사용된 마력이 적기 때문이다.

그렇기에.

지오에리온의「화종」을 보고서 자신의「물 구슬」이 어떤 마술인지 비로소 자각했다.

결투용 마법진이 공격으로 인식하지 않는 마술은 바로 이런 것인가? 하고.

지금까지는 사용하는 쪽이었기에 미처 자각하지 못했다.

이건 확실히 위협적이다.

상상했던 것 이상으로 자신을 상대했던 마술사는 까다로웠으리라 쿠논은 비로소 알아챘다.

그럼에도 제온리와 사프는 자신을 이겼다.

역시나 그들은 대단한 마술사였다는 사실을 새삼스레 깨달았다.

"전 생물의 움직임을 볼 수가 없어서 움직일 수는 없어요. 억지로 움직이면 부자연스럽게 비치는 모양이라서."

쿠논은 불나비를 충분히 관찰한 뒤 보답이라는 듯 「물고양이」를 생성해 보였다.

"이게 그 유명한!"

소리를 내며 테이블에 몸을 내민 사람은 지오에리온이 아니었다.

주변에서 보고 있던 남자들이었다.

"만져도 괜찮아요."

쿠논이 말하자 「물고양이」는 순식간에 그곳에서 사라졌다.

테이블 한가운데에 앉아있던 고양이는 지금 덩치가 큰 남자……밀크 없는 밀크티를 끓여줬던 가스라 불렸던 남자의 손에 있었다. 본명은 가스이스인데, 그와 친한 사람들은 그렇게 불렀다.

그는 고양이를 쓰다듬으면서 고개를 끄덕였다.

"고양이야. 이건 고양이야."

"가스, 치사해."

"이봐. 지오 님이 맨 먼저 만지거나 보거나 쓰다듬어야 하잖아."

"입 다물어. 난 호위로서 이게 위험하지 않은지 확인하고 있을 뿐이야. ……잠깐 만져보기만 해서는 귀엽다는 것밖에 모르겠군. 조금만 더. ……귀여워…….”

그는 지오에리온의 호위이기도 한 모양이다.

그리고 지금은 사리사욕을 풀고 있을 가능성이 대단히 높았다.

지오에리온이 뚫어져라 쳐다보고 있지만, 가스는 한동안 놓아줄 생각이 없는 듯했다. 아무래도 귀여운 걸 좋아하는가 보다.

“뭐, 나름 많이 만들어낼 수 있으니.”

목소리와 체격 모두 남자답다고 여겼던 가스가 예상치 못한 반응을 보이자 쿠논은 조금 당혹해하면서도…….

인원수에 맞춰서 물로 된 동물을 생성했다.

“감촉까지 재현할 수 있다고는 들었지만, 정말로 가능하군.”

지오에리온이 털이 긴 거대 쥐와 털이 없는 거대 쥐를 어루만지면서 말했다.

쿠논의 사업에서 가장 인기가 많은 털 없는 거대 쥐. 털이 없다고 명명하긴 했지만, 실제로는 짧은 털이 있다. 그저 털이 너무 짧아서 살갗이 늘어져 있는 것처럼 보일 뿐이었다.

참고로 좋은 반응을 노리고서 털이 긴 쥐도 만들어봤다. 인조물이라서 그 부분은 상당히 자유롭게 조정할 수 있다.

—또한 이 쥐를 열광적으로 좋아하는 일부 팬들이 있는데, 털 없는 파와 장모파로 나뉘어져 있다고 한다.

쿠논은 양쪽 모두 좋아한다.

정말로 양쪽 모두 좋아하기에 그 문제에는 관여하지 않기로 했다.

“역시나 내 마술은 손댈 수가 없으니까.”

아무리 실체를 갖고 있는 것처럼 보일지라도 불이다.

수속성이나 토속성으로 만든 것과는 달리 물질을 수반하지 않는 연소 현상에 불과하다. 그 특성까지는 바꿀 수 없는 듯했다.

"지오에리온 선배는 그밖에 어떤 걸 생성할 수 있습니까?"

"도감에서 볼 수 있는 동물이나 마물은 대부분 연습했지. 쿠논의 「물 구슬」보다는 만들기 쉬울지도 모르겠군. 적어도 감촉까지 세심하게 만들 필요는 없어."

"그렇군요⋯⋯."

필요는 없다.

과연 그럴까?

쿠논은 용암이나 타오르는 물처럼 「물질을 수반하는 불」을 생각했다.

그걸 이용한다면 어쩌면 만질 수 있는 불을 만들 수 있지 않을까⋯⋯.

거기까지 생각했지만, 입 밖으로 꺼내지는 않았다.

화속성으로 용암 등을 재현해낼 수 있는지는 모른다. 하지만 궁금증을 풀려고 시도했다가 자칫 실패한다면 화상만으로 끝나지 않을 대참사가 벌어질 것 같아서.

가능하다면 언젠가 본인이 떠올리겠지.

그때까지는 함부로 말하지 않는 게 낫다. 시험하는 것조차도 너무 위험하니까.

"전 외피나 외부에 접하는 막 같은 틀을 만드는 게 주라서 선배의 불과는 구성하는 마술의 발상부터 다르군요."

불이라면 형태를 그럴듯하게 갖추기만 하면 된다.

물은 틀만 만들면 그만이다.

어느 쪽이 더 어려운지는 알 수 없었다.

두 속성이 근본적으로 다른지라 동등하게 비교할 수 없었다.

"재밌는 얘기야. 이후 일정은? 만약에 시간이 된다면 대화를 더 나누고 싶은데."

"알겠습니다."

쿠논 역시 이 대화가 매우 흥미로웠다.

다행히도 오늘은 일정이 없는 것이나 마찬가지였다.

화속성 마술사와 얽히고 싶다고 생각하자마자 이 만남이 찾아왔다.

지오에리온과 만난 시점에 이미 오늘 일정은 달성된 거나 마찬가지였다.

광염왕자.

그 별칭에 걸맞게 마술에 정통한 그의 이야기가 재밌지 않을 리가 없었다.

"아앗! 안 됩니다! 전 동물 같은 걸 좋아하지 않습니다! 동물은 귀여움보다는 식용 여부를 따져야 한다고 생각합니다!"

"그런 모습으로 용케도 시답잖은 거짓말을 하고 있군."

"싫다면 얼른 일어서. 계속 늘어날 거다."

왜 이렇게 흘러갔는지는 모르겠지만.

어느새 이루히가 바닥에 눕더니 남자들이 그녀의 위에 물로 된 동물들을 차근차근 올려나가는 묘한 놀이가 시작됐다.

그 결과, 이루히는 파묻혀 있었다.

개, 고양이, 털 없는 거대 쥐, 축소한 말과 포니, 페가수스 등등 동물들 속에. 아니, 그 아래에. 마치 토대가 된 것 같았다.

"바꿀까? 이봐, 바꿀까?"

가스는 매우 부러워하는 눈치였다. 그러나 이루히는 입으로는 불만을 토로하면서도 바꿀 마음은 없는 듯했다.

"—알겠나?"

"—예. 드래곤은 이런 생물이군요……."

"—만지지 마. 화상 입는다."

지오에리온과 쿠논은 주변 소음도 무시하고서 대화에 푹 빠져있었다.

사람들이 조르면 물로 된 동물을 생성해주긴 했지만, 거의 무의식이었다.

그보다도 지오에리온과의 이야기가 더 흥미로웠기에.

지금 테이블 위에는 작은 드래곤이 서 있었다.

지오에리온이 만들어낸 것이다.

그리고 쿠논은 그걸 유심히 관찰하고 있었다.

도감으로는 본 적이 있지만, 그림은 평면이다. 한쪽 면만 봐서는 전체 형태를 파악하기가 어렵다.

그러나 이 「불 드래곤」이라면.

실체는 없지만 입체다. 여러 각도에서 유심히 관찰할 수 있다.

"재밌구나……."

쿠논은 관찰하면서 수중에 있는 「물 구슬」로 그 조형을 재현해내고 있었다.

그리고 지오에리온은 눈도 깜빡하지 않고 그 모습을 응시하고 있었다.

―주변 사람들은 방해가 되지 않도록 테이블에서 멀찍이 떨어졌다.

두 사람이 도저히 따라갈 수 없는 깊은 주제로 신나게 대화를 나누고 있어서였다. 그들이 테이블에서 멀어진 것조차 두 사람은 알아채지 못했다.

여기에는 여러 남자와 한 명의 여자가 있었다.

그러나 쿠논과 지오에리온의 눈에는 이제 상대방밖에 보이지 않았다.

시간이 상당히 흐른 듯했다.

"―죄송합니다. 시간을 너무 오래 사용했습니다."

개인실에서 줄줄이 나왔을 즈음이었다.

쿠논은 오후에 식당 개인실에 들어갔고, 지금은 저녁이었다.

겨울 하늘은 이미 어두워지고 있었다.

지오에리온과 나누는 대화에 푹 빠졌다.

정신을 차려보니 저녁이 다 됐다. 쿠논은 원체 시간에 둔감해서 드물지는 않지만…….

이건 상대방과도 관련이 있다.

마술에 관해서는 남자도 여자도 없다. 거기에 성별을 끌어들일 생각은 없다. ……아니, 굳이 말하자면 여성 쪽이 훨씬 더 좋지만.

뭐, 그건 좋다.

그러나 첫 대면에 이토록 시간을 빼앗았다는 부채감이 들었다.

쿠논은 푹 빠질 만큼 즐거웠지만, 상대도 그랬는지는―.

"사과할 필요 없어. 나도 즐거웠어."

―지오에리온은 진심이었다.

손님이라서 다소 배려하긴 했지만.

그렇지 않았더라도 똑같이 말했겠지.

지금 이 자리에서 지오에리온이 한 말은 틀림없는 진심이다.

"돌아가면 힘드시겠군요. 지오 님."

"알고 있어. 다 각오한 일이야."

"……어?"

이루히와 지오에리온이 방금 나눴던 대화의 의미를 쿠논은 알지 못했다.

"무슨 일정이라도?"

"신경 쓰지 마. 시시한 일이 뒤로 미뤄졌을 뿐이야."

―즐거운 대화를 우선한 바람에 공부 시간을 통째로 쓰고 말았다.

지오에리온은 제국의 제2황자다.

장래에 조국의 요직에 취임하든가, 외국에 장가를 갈 예정이다.

어느 쪽 길로 가든 그건 황족으로서다.

그렇다면 황족으로서 제국에서 정한 과제를 수행해야만 한다. 설령 마술학교에 소속되어 있을지라도.

2급 클래스는 왕후귀족이나 부잣집 자식이 많다.

장래를 위한 학습도 해야만 한다는 뜻이다.

가문을 이을 예정인 사람이나 마술사로서 왕궁에서 근무하기로 정해진 사람. 혹은 데릴사위가 될 예정인 사람도.

보통은 귀족학교에 다녀야 하는 나이다. 그 대신 지금 이 학교에 다니고 있다.

그렇다면 왕후귀족으로서 알아둬야만 하는 지식, 예의범절을 언제 어디서 배울까?

당연히 마술학교를 다니는 틈틈이.

그래서 특급 클래스에는 들어가기가 어려웠다.

마술 공부를 하고, 귀족학교에서 배우는 지식도 머리에 넣으면서 돈까지 벌어야만 한다.

할 일이 그토록 늘어나면 역시나 시간을 짜내기가 어려워진다.

—지오에리온은 대개 오후 시간을 자택에서 공부하는 데 소비한다.

오늘은 우연히 학교에 조금 오래 남았을 뿐이다.

2학기 말에 치러질 예정인, 다른 속성과의 대항전을 미리 연습하기 위해서였다.

수업을 마치고 예행연습을 하고, 늦은 점심을 먹고서 돌아가기 전에 조금 쉬고 있었는데.

이루히가 쿠논을 데려왔다.

지오에리온이 만나고 싶다고 바랐던 쿠논을.

그리고 지금 이 시각이 됐다.

돌아가면 오후에 해야 할 예정이었던 공부를 해야만 한다.

분명 저녁을 먹은 후에도 해야 되겠지. 일정이 꽤 뒤로 미뤄졌으니까.

매우 내키지 않았지만— 쿠논과 보내는 시간과 함께 저울에 달아 봤더니 달리 선택할 여지는 없었다.

그래서 오늘 오후 일정을 전부 무시하고서.

지오에리온은 여기에 있었다.

"만약에 나와 또 대화를 나누고 싶거든 집에 놀러와다오. 분명 학교에서는 거의 만날 수 없겠지."

쿠논의 소문은 일찍부터 귀에 들어왔다.

그러나 입학하고서 몇 달이 지난 후에야 이렇게 만났다.

지오에리온은 바쁘고, 쿠논도 배우느라 바쁘다.

그렇다면 집으로 와주는 편이 빠르다.

"그래도 됩니까? 저, 진짜로 갈 건데요?"

"상관없어. 빈 방도 있으니 묵고 가도 되고."

숙박.

학교 선배의 집에서 묵는다.

—쿠논은 고민했다.

자신과 지오에리온의 관계는 뭐라고 할 수 있을까?

친구일까?

친구네 집에 놀러 간다. 혹은 묵으러 간다고 인식해도 되는 걸까?

아니, 오늘 처음 만났는데 친구라고 할 수 있을까?

"저랑 가스도 함께 살고 있습니다!"

그렇게 고민하던 쿠논의 귀에 그 정보가 들어왔다. 이루히의 목소리였다.

"어? 함께?"

"이루히와 가스는 내 호위도 겸하고 있거든."

그들은 친구 겸 호위라고 한다.

교문으로 걸어가면서 대화를 나눴다.

그토록 대화를 나눴으면서도 아직도 할 이야기가 있었다.

마술이 아닌 이야기는 거의 하지 않았기에 이번에는 어디에 사는지, 단골 가게가 있는지 대화를 나눴다.

허물없이 나눌 수 있는 화제뿐이었다.

"아, 레이에스 양이 사는 곳 근처야."

자세히 물어보니 지오에리온은 고급 주택가에 살고 있었다.

역시 제국의 황자다.

그 근방에는 규모가 크고 정원까지 딸려있는 주택밖에 없다. 그러니 빈 방도 있겠지. 갑작스럽게 방문하더라도 안심할 수 있다.

쿠논도 후작가의 아들이라서 일단은 커다란 주택을 소개받았지만.

그러나 시녀와 단 둘이서 살기 때문이라고…… 해야 할까, 시녀가 할 일이 늘어날 것 같아서 두 사람이 살기에 딱 알맞은 집을 택했다.

특급 클래스는 임대료만 학교에서 지불해준다.

마음만 먹으면 쿠논도 고급 주택에 살 수 있었지만…… 뭐, 시녀가 할 일이 늘어날 테고, 쿠논 자신도 불만이 없기에 이대로가 좋았다.

"아아, 신입생 성녀 말인가? 우리 메이드와 그쪽 메이드 사이에 친교가 있는 것 같더군. 난 인사나 나눈 정도고."

지오에리온과 성녀는 공적 자리에서 얼굴을 몇 번 마주한 적이 있었다.

입학하자마자 지인으로서 인사하러 왔는데.

그 이후로는 만나지 않았다.

"그녀의 실험도 재밌어요."

“소문만은 들었어. 네가 그 실험에 한몫 거들었다는 얘기도 말이야.”

또 마술 이야기로 되돌아갔다.

화제가 끊이지 않았다.

쿠논과 지오에리온.

옆에서 보면 결코 저 두 사람이 오늘 처음 만난 것처럼 보이지 않겠지.

◆

시간을 조금 거슬러 올라가서…….

식당 개인실에서 쿠논과 지오에리온이 대화를 나누고 있을 무렵에 제3실험실에서는 한 사건이 벌어지고 있었다.

“—허억, 허억…….”

2급 클래스 수속성 1학년인 아젤 오 비그 아세르비가가 한쪽 무릎을 꿇고서 어깨를 크게 들썩이고 있었다.

머릿속이 빙글빙글 도는 듯했다.

마술을 과도하게 썼다.

피가 다소 나긴 했지만, 현기증을 일으킬 만한 양은 아니었다.

“아젤 군—.”

마찬가지로 라디아 후 루 로디아도 조금 다친 상태였다.

그녀가 손을 빌려주려고 했다.

그러나 아젤은 손으로 제지했다.

그리고 한계에 거의 다다른 몸에 채찍질을 하여 스스로의 힘으로 일어섰다.

"……우리의 승리야!"

그리고 선언했다.

쓰러지기도 하고, 무릎을 털썩 꿇기도 하면서.

라디아와 둘이서 격파해낸 사람들—.

2급 클래스 토속성 1학년, 다섯 명을 향해서.

"잘 들어! 약속했던 대로 귀공들은 우리 밑으로 들어와야 해! 이제부터 제국이든 뭐든 아무 관계없어. 우릴 따라라!"

동의하는 목소리는 들리지 않았지만, 반대하는 목소리도 없었다.

승부에 패배했다.

게다가 2대5라는 압도적으로 유리한 상황에서 패배했다.

실제로 싸웠던 사람들도, 참전하지 않고 견학했던 토속성 1학년들도— 다른 속성 1학년들도 입을 꾹 다물고 있었다.

이 상황에서 승복하지 않는다면 수치다.

그리고 순순히 「따르겠다」고 말하지 않은 이유는 그저 분한 감정 때문이었다.

솔직히 패배해서 분하니까.

"사전에 설명했던 대로야!"

이로써 드디어.

드디어 아젤과 라디아는 2급 클래스 1학년 모든 교실을 지배하게 됐다.

이제는 드디어 2학년에게 도전할 수 있다.

"다음은 2학년한테 승부를 신청한다! 귀공들은 우리 옆에 서서 승부를 지켜봐!"

다음은 드디어 2학년.

2학년 광염왕자에게 도전하게 된다.

아젤 일당이 일으킨 자그마한 반란의 불씨는 확실히 퍼져가고 있었다.

—제국 세력의 중심인 광염왕자를 처부순다.

그걸 목적으로 시작했던 제압 작전은 비로소 최종 국면에 이르렀다.

이 모든 것은 그를 승부의 장으로 끌어내기 위한 사전 준비였다.

이렇게 바깥을 메워나가면— 제국 사람들을 쓰러뜨려 나가면 결국 광염왕자는 도망칠 수 없게 된다.

제국 황자로서 신청받은 승부에서 도망치는 추태를 보일 수는 없겠지.

그걸 지켜보는 사람들…… 혹은 뒤에서 등을 떠미는 사람들은 지배하에 둔 교실 학생들이다. 벌써 마흔 명쯤 된다.

상황이 이러니 아젤의 승부를 받아들일 수밖에 없겠지.

이렇게 압박을 가한다면 왕후귀족으로서 승부를 받지 않을 리가 없다.

「우선 1학년부터 상대해라」 하고 시간도 벌 수가 없다.

그리고 그를 격파한다면 제국의 힘을 없앨 수 있을 터.

2급 클래스도 지금보다 생활하기 편해지겠지.

반란의 불은 착실히 퍼지고 있었다.

◆

쿠논이 지오에리온과 만난 뒤 이틀날.

"—실례합니다!"

이루히가 연구실을 찾았다.

"어라? 이루히 선배?"

책을 읽고 있던 쿠논은 이루히가 큰소리로 등장하자 조금 놀랐다.

헤어진 지 하루밖에 안 됐다.

너무 빠른 재회였다.

"우와, 늠름한 당신을 오늘도 만날 수 있다니 영광이군요."

뭐, 쿠논에게는 기피할 일이 아니지만.

"황공합니다! 실은 어제 깜빡하고 하지 못했던 말이 있습니다! 그리고 방을 조금 치우는 편이 좋아요!"

깜빡하고 하지 못했던 말.

"뭔가요?"

방 정리는 제쳐두고, 그녀의 용건이 궁금했다.

"실은 지오 님, 지금부터 학교에서 잠시 점심을 드실 예정입니다! 집으로 와도 된다는 말씀은 하신 것으로 압니다만! 점심시간에 와도 좋다는 말씀은 하지 않으신 것 같아서!"

"그런가요?"

쿠논은 어제 일을 떠올렸다.

지오에리온과의 대화는 무척 즐거웠다.

"—우리끼리만 알아야하는 비밀인데요."

이루히가 음량을 낮췄다.

"지오 님, 어제 쿠논 공과 보냈던 시간을 몹시 즐거워하시는 눈치셨거든요. 그분은 늘 바빠서…… 혹시 괜찮다면, 한가하다면 만나 줄 수 없겠습니까? 당장 이번 점심시간에 만날 수 있는데."

"아, 가겠습니다."

집으로 와도 좋다, 묵어도 좋다는 말까지 들었다.

지오에리온의 본심은 모르겠지만.

쿠논은 진심으로 받아들일 만큼 그와 보냈던 시간이 즐거웠다. 시간을 또 함께 보내고 싶었다. 언젠가 정말로 집을 방문하기로 정했다.

그만큼 재밌었다.

상대방이 괜찮다면 쿠논은 이의가 없었다.

마술 이야기를 즐겁게 나눌 수 있다. 거절할 이유 따윈 하나도 없다.

"여성의 권유를 거절하는 건 신사가 아니니까요."

게다가 여성이 권유했다.

신사로서 권유를 거절하여 그녀에게 수치를 안겨줄 수는 없었다.

어제와 마찬가지로.

쿠논은 또다시 제국 출신자들이 있는 식당 개인실을 찾았다.

"잘 왔어. 자, 앉도록."

지오에리온이 환영했다.

―최근에 가장 즐거웠던 시간이다.

그 시간이 어제에 이어 오늘도 찾아왔다.

환영하지 않을 이유가 없었다.

점심을 먹으면서 대화를 나눴다.

쿠논의 이야기는 역시 모든 게 재밌다.

"—나도 특급 클래스에 들어가고 싶었는데."

그가 들려주는 실험이나 개발, 그리고 마술의 심연에 도전하는 이야기.

매우 재밌고 매우 부러웠다.

지금 2급 클래스는 흉흉하다.

자기도 모르는 사이에 중심이 돼버려서 지오에리온은 솔직히 지긋지긋했다. 성가시고 짜증나서 솔직히 얽히고 싶지 않았다. 귀중한 시간을 조금이라도 할애하고 싶지 않았다.

그렇다— 실은 이런 시간을 원했다.

매일 마술만을 생각하고 마술 이야기만 나눈다.

그런 마술학교 생활을 꿈꾸고 있었다.

귀가하면 다른 일 때문에 바쁘긴 하지만…… 적어도 학교에 있는 동안만이라도.

"실험, 흥미가 있습니까?"

"있어. 2급 클래스에서는 그렇게까지 할 수 없으니까."

교사가 마련한 학습 커리큘럼에 따라 배우기만 한다.

단지 그뿐이다.

수업시간 이외에는 스스로 알아서 하라고 하지만…… 적어도 지오에리온에게는 할애할 시간이 없었다.

"시간을 자유롭게 쓸 수 없는 생활을 보내고 있어. 너와 대화를 나누려면 이렇게 식사 시간을 이용해야 하고 말이지."

원래는 제국학교에서 익히는 내용을 마술학교에 다니면서 배우고 있었다.

굳이 말하자면 두 학교를 동시에 다니고 있는 것이나 마찬가지였다.

황족으로서 어쩔 수 없다고 생각해서 지오에리온은 체념했다.

하지만.

"그럼 간단한 실험을 해보겠어요?"

"응?"

"준비가 필요하지만 시간은 걸리지 않는 딱 좋은 주제가 있어요. 어제 지오에리온 선배와 대화를 나누다가 번뜩 떠오른 게 있는데."

─지오에리온은 필사적이었다.

어렸을 적부터 엄격하게 교육을 받았다.

황족은 감정을 얼굴에 드러내서는 안 된다고.

유소년 시절부터 주입된 가르침이기에 지오에리온도 그 기술이 몸에 배어 있었다.

그럼에도.

"정말인가? 나도 가능한 실험이 있다고?"

그럼에도 쿠논의 제안을 듣고서 감정이 얼굴에 드러날 뻔했다.

가슴이 뛰는 걸 느끼면서 필사적으로 표정을, 감정을 억눌렀다.

표정이 조금 미묘해졌는지도 모르겠다.

시야 한구석에서 이루히가 싱글벙글 웃고 있는 걸 보니.

"아주 간단한 건데요? 너무 간단해서 선배한테는 재미가 없을지도……."

"상관없어. 하자."

그렇게 즉답한 지오에리온의 얼굴은.

—주위에 있는 친구 겸 호위들은 물론이고, 적어도 손님인 쿠논에게는 내보여서는 안 됐다.

그러니 이번만은 예외를 둬도 되겠지.

이번만이라고 해야 할까.

오늘만은.

"—이건 뭐지?"

"—그건 마물의 뼈를 가공한 물건이에요. 선배, 이런 걸 좋아합니까?"

"—좋아…… 아니, 모르겠군. 흥미롭다고는 생각하지만. ……뭐에 쓰는 거지?"

"—간략하게 설명하기가 어렵네요. 마적 요소가 담겨있는 뼈는 여러 용도로 쓰이거든요. 주된 용도는 점술이 아닐까요?"

"—점술? 점 말인가?"

"—맞아요. 저도 일단 가능해요. 수견식 점술과 수경을 한바탕 공부한 적이 있어서요. 다음에 선배의 운세를 점쳐서 알려드리죠."

"—훗, 그럼 부탁해볼까?"

쿠논 일행은 마술과 관련한 용품을 다루는 잡화점을 찾았다.

귀가하던 도중에 잠깐 들렀다.

지오에리온과 쿠논이 나란히 서있는 뒷모습은 참으로 화목하게 보였다.

조금 떨어진 지점에서 이루히와 가스이스가 히죽거리며 지켜보고 있었다.

—늘 언짢아하고 시시해하는 지오에리온이 매우 즐겁게 시간을 보내고 있다. 물론 표정은 거의 바뀌지 않았지만.

그 모습이 흐뭇하기도 했고, 희한하기도 했다.

아니.

희한하다고 해야 할까, 누군가에게 저토록 마음을 연 모습을 보는 건 처음일지도 모르겠다.

"정말로 상성이 좋은가 보군요."

"그렇군."

두 사람은 어제 처음 만났다.

그 사실이 믿기지 않을 만큼 친하게 보였다.

"뭐, 지오 님이 충실한 시간을 보내실 수 있다면 뭐든 좋아."

"동감입니다. ……그나저나 데이트 같아."

가스이스는 그 말을 듣고서 생각했다.

「확실히 저 두 사람이 데이트를 하는 것 같군」 하고.

자신과 이루히는 그렇지 않다. 서로 적절한 거리감을 유지하고 있으니까.

저 두 사람은 왠지 가까웠다. 물리적인 거리가 아닌 무언가가.

잘 표현할 수는 없지만.

"……쿠논 공이 동성이라서 다행이군."

동성이라면 연애 문제가 벌어질 일은 없겠지.

황족인 지오에리온이 바란다면 까다로운 문제가 벌어질 수도 있다.

"예, 동성이라서 다행이라고 생각합니다. 저도 꽁냥거리는 남자들의 모습을 보니 마음이 씻기는 기분입니다. 이 두 눈에 진하게 새겨둬야겠어요."

이루히는 필시 다른 의미로 받아들인 것 같지만, 가스이스는 더는 아무 말도 하지 않았다.

마음이 씻겼는지도 모르겠다.

그러나 이루히의 얼굴이 히죽히죽 일그러져 있었다. 이상한 욕망을 훤히 드러내고 있었다. 이런 표정을 지은 녀석에게 무슨 말을 해본들 듣지 않겠지.

"─그럼 내일 또 봐."

잠시 쇼핑을 하고서 쿠논과 지오에리온 일행은 잡화점 앞에서 헤어졌다.

그리고 이튿날.

"안녕. 오늘도 잘 부탁합니다."

이제는 정규 집합장소로 변해버린 식당 개인실.

그곳에 오늘도 쿠논이 찾아왔다.

지오에리온과 가스이스, 이루히, 그리고 친구가 두 명 정도.

오늘은 이렇게 모여있었다.

"슬슬 실험 내용을 알려줄 수 없을까?"

간단한 실험을 하겠다고 했다.

그리고 지금부터 그 실험을 실시한 예정이다.

기대감을 키우기 위해서 어제 지오에리온에게 자세히 말하지 않았다.

정답이었다.

두근거려서 잠이 잘 오지 않을 만큼 기대했다.

이런 기분은 오랜만이었다.

"예, 좀 별난 영구유리세공을 만들까 해서요."

영구유리세공.

간단히 말하자면 유리 세공품이다.

기본적으로 안에 어떤 세공품을 넣어서 가둬두는 유리 세공으로, 아름다운 장식품이다.

만드는 것도 그리 어렵지 않다.

그래서 제작할 줄 아는 토마술사가 많겠지. 현재 이 근방에 너무 흔해서 별것도 아닌 물건이다.

"오호…… 만들 줄 아나?"

"아, 역시 너무 간단해서 김이 샜습니까?"

"아니, 토마술사의 영역이라고 생각했을 뿐이야."

그렇다, 영구유리세공은 토마술사가 제작하는 물건이다.

지오에리온과 쿠논 모두 토속성이 아니라서 과연 둘이서 만들 수 있을지 반신반의했을 뿐이었다.

"원래는 토마술사의 영역이지만, 이번에는 용제를 써서 재현해볼까 합니다."

쿠논이 간단하다는 듯 말했다.

지오에리온은 짐작 가는 바가 없었지만, 속성이 다르더라도 재현할 수 있는 방법이 있는 듯했다.

"가능한가?"

"예. 원리를 간단히 말하자면 유리가 될 용제를 미리 마련해두는 겁니다. 어제 재료를 구입했죠? 작은 유리를 만들려고 해도 그토록 비싸서 보통은 이렇게 쓰지 않습니다. 아까우니까."

쿠논이 태연하게 대답하자 그런가? 하고 납득했다.

그보다도 오히려.

"과연…… 하지만 그러면 난 필요하지 않지 않나?"

지오에리온은 화속성이다.

화속성은 일상생활에서 필요한 영역이 적다.

오히려 경솔하게 썼다가는 위험하다.

겉모습이 화려해서 눈은 즐거울지 모르겠지만, 실용성과 범용성은 결여되어 있다. 써먹을 데가 어디 없을까 고민할 만큼.

"아하하, 무슨 소리를 하는 겁니까? 이 실험은 선배가 주역이에요."

"……화속성이?"

"예, 오히려 선배가 아니면 안 되죠. 선배랑 만나지 않았다면 떠오르지 않았을 테니까."

그런 대화를 나누면서 점심을 다 먹었다.

그리고 드디어 실험을 시작한다.

"그럼 시작하죠."

쿠논은 가져온 짐 속에서 물통 두 개와 비커 두 개를 꺼냈다.

"이건 어제 샀던 소재로 만들어 온 용제입니다. 초립자 액화…… 뭐, 간단히 말하자면 유리 원료라고 할 수 있겠군요."

두 물통에 담긴 용제를 두 비커에 각각 따랐다.

양쪽 모두 무미무취한 물 같았다.

“이 두 가지를 섞으면 유리가 됩니다. 토속성이라면 필요하지 않지만요.”

대체 뭘 하려는 건지 지오에리온은 흥미진진해했다.

물론 제국 사람들도 마찬가지였다. 뭐, 그들은 쿠논과 지오에리온의 대화를 방해하지 않도록 입을 거의 열지 않기로 암묵적으로 정했지만.

“이 『물 구슬』로 불나비를 만들어 주세요.”

쿠논의 눈앞에 작은 「물 구슬」이 생성됐다.

그게 두둥실 떠다니다가 지오에리온 앞에 멈췄다.

“이 물로 말인가?”

“아, 가연성이라서 불에 타요. 괜찮습니다.”

“알겠어.”

쿠논이 말했던 대로 「물 구슬」이 타올랐다.

그리고 형태가 바뀌며 불나비가 됐다.

“……이건…….”

“알겠습니까? 지금 이 나비는 저와 선배가 공유하고 있습니다.”

“첫 공동 작업이군요.”

이루히가 나직이 흥분하며 중얼거렸지만, 모두 무시했다.

“아아, 알겠어.”

타오르는 물로 불나비를 형성했다.

즉— 물질로서 존재하는 불이라는 뜻이다.

“그대로 유지해 주세요. —그다음에는 이 유리 원료로 고정시킵니다.”

쿠논은「물 구슬」로 비커 안에 담긴 물을 떠오르게 했다.

그리고 불나비를 집어삼키게 했다.

"고정됐으니 이제 됐어요. 감사합니다."

간단한 실험이라는 말이 납득이 될 만큼.

정말로 간단한 작업이었다.

그러나―.

"불을, 가둔 건가……."

영구유리세공은 유리 속에 무언가가 갇혀있는 장식이다.

꽃이나 비단벌레 등 주로 아름다운 걸 가두는데.

불을.

하필이면 물질이 아닌 현상을 유리 속에 가뒀다.

그 발상이 실로 재밌었다.

"일단 비커 속에 되돌린 뒤 두 번째 유리 원료를 섞어서 결정화될 때까지 고정시키면…… 이제 됐으려나? 자, 완성."

툭.

결정화된 그것을 비커에서 꺼냈다.

테이블 위에는 원통형 유리에 갇혀있는, 불로 만들어진 아름다운 나비가 남아 있었다.

늘 표정을 바꾸는 불의 흔들림과 그러데이션까지 그대로였다. 한 순간을 잘라내서 가둔 듯했다.

"우와, 가능하군요! 이 생각이 떠올랐을 때는 가능할지 몰랐는데!"

타오르는 물을 타오르는 채로 가둔다.

이런 게 가능할 줄이야.

"그러, 게. 나도 놀랐어."

이게 실험.

가능할지 알 수 없는, 불가능할지도 모르는, 될 리가 없는…….

아이디어를 실현시키려는 시도.

아니면 진위를 확인하는 행위.

─특급 클래스 학생은 정말로 즐거울 것 같다고 지오에리온은 생각했다.

"이 영구유리세공품을 내가 가져도 될까?"

"물론."

"두 사람의 행위가 빚어낸 결정이군요."

이루히가 나직이 흥분하며 중얼거렸지만, 모두 무시했다.

제8화 마음을 졸이며 기다리다

"─지오 님, 지오 님! 재밌는 이야기를 가져왔다!"

카켓타가 식당 개인실에 뛰어들었다.

"노크 정도는 해라. 손님이 있어."

"어이쿠, 실례. 쿠논 군도 와 있었군."

"실례하고 있습니다."

그렇다, 여기에는 쿠논도 있었다.

최근 사흘 동안 쿠논은 그들과 함께 점심시간을 보냈다.

그들이 바쁜 것 같아서 점심시간에만 어울렸다. 못 나눈 대화가
아직도 많았고, 함께 실험도 하고 싶었지만 시간이 허락하지 않으
니 어쩔 수 없었다.

지오에리온을 비롯하여 남자 넷에 여자 하나로 구성된 제국인들.

가스와 이루히는 호위.

카켓타, 유반, 카스테로는 친구라서 함께 있을 때도 있고, 없을
때도 있다.

오늘은 카스테로가 오지 않았고, 카켓타는 방금 막 왔다.

여전히 남자 비율이 높은 모임이었다.

"그래서, 재밌는 얘기는?"

"아, 제가 방해가 되나요?"

"아니, 괜찮아."

쿠논이 눈치껏 자리를 피하려고 하자 카켓타가 대담하고서 테이블에 앉았다.

"1학년이 반란을 일으켰다. 현재 2학년 교실에 쳐들어갔어."

"뭐? ……반란?"

"그래. 표적은 지오 님이야."

"……응? 무슨 소리지?"

전혀 이해할 수가 없었다.

"재밌을 것 같은 얘기로군요!! 이유에 따라서 전 지오 님의 적으로 돌아서고 싶습니다!!"

호위인 이루히가 방금 적이 되고 싶다고 말했는데.

그러나 아무도 대꾸하지 않았다.

그녀는 저런 말을 자주 하는 성격인가 보다.

"저기, 지오 님의 위광을 앞세우고서 제국 녀석들이 횡포를 부리고 다닌다는 얘기가 있었잖아? 그에 반발하여 일으킨 반란이야."

"아아, 그거?"

지오에리온이 납득하자마자…….

쿠논이 아, 하고 목소리를 흘렸다.

"저도 그 문제가 조금 궁금했습니다."

새삼스레 숨길 일도 아니라서 쿠논은 이야기를 했다.

얼마 전에 2급 클래스 수업을 들었다는 이야기를 했다.

그러나 그 목적까지는 말하지 않았다.

그 건은 교사가 개인 수업을 미끼로 내걸어서 쿠논이 참가한 것으로 알려져 있었다.

그 진의는 감춰져 있었다. 그러나.

"선배를 알면 알수록 뭔가 착오라는 생각밖에 들지 않아서."

그러니 감춰둘 이유가 없어졌다.

최근 사흘 동안 매일 그들과 얼굴을 마주했다.

그동안에 그들이 거들먹거리거나 잘난 척을 한 적이 한 번도 없었다.

특히 지오에리온.

광염왕자 때문에 2급 클래스가 흉흉해졌다.

제국 학생들은 그의 존재를 뒷배로 삼고 있다.

그 원흉이 지오에리온—이라는 느낌이 풍기는 이야기를 듣긴 했지만.

"선배는 한 번도 제국 황자로서 발언을 하지 않았고, 행동도 지 않았죠. 그럼 위광도 뭣도 없잖아요."

쿠논이 아는 광염왕자는…….

자신만큼이나, 아니, 그 이상으로 마술에 푹 빠져있는 견습 마술사일뿐이다.

솔직히 다른 것들은 뒷전으로 미루고 싶다는 생각마저 하고 있었다.

그런 사람이다.

여러 번 생각했다.

이 사람은 자신과 닮았다고.

이제는 또 하나의 자신이 아닐까, 하는 생각이 들만큼.

"……그래? 쿠논은 날 그렇게 보나?"

지오에리온이 숨을 작게 내뱉었다.

"내 입으로 말하려니 민망하지만, 난 쉽게 오해를 사. 대단한 듯 거들먹거리지 않았는데도 남들이 고압적이라고 여기기도 한다더군. 내게는 그럴 의도가 없는데 말이지. 이번 건과 난 아무런 관계가 없어. 그저 제국 출신자들이 내 이름을 이용하여 횡포를 조금 부리고 있을 뿐이야.”

그게 2급 클래스가 흉흉해진 이유였다.

“조금 더 정확히 말하자면.”

그때 평소에는 말수가 적은 유반이 평온하게 말했다.

“지오 님이 지닌 마술사로서의 실력까지 반영되어 그런 권력이 형성된 거겠지. 마술사로서 높이 평가를 받기에 그런 구도가 형성됐을 거야.”

요컨대 강자로서의 존재감 때문이라고 할 수 있을까?

“만류하려고는 하지 않았어요?”

“나와 관련이 없는데 내가 나설 이유는 없겠지.”

지오에리온이 딱 잘라 말하자 무릎 위에 물고양이를 올리고 있던 가스가 말을 툭 흘렸다.

“저런 차가운 말투가 오해를 초래하는 거야. 말이 모자란 건 좋지 않아. 오랫동안 알고 지낸 우리는 알아듣지만, 의도를 똑바로 밝히지 않으면 언젠가 쿠논도 질려버릴지 모른다고.”

“……그래, 그렇겠군.”

이런 말투 때문에 지오에리온은 여러 번 실패한 적이 있는 듯했다.

“여기 있는 난 일개 마술학교 학생이야. 권력을 끌어들이지 않는다는 규칙을 준수하는 일개 학생이야. 설령 내 위광이나 신분을 이용하는 사람이 있더라도 그게 나와 관계가 있을까? 난 마술을 배우고 싶을 뿐이야. 다른 일에 신경을 쓸 시간은 없어.”

지오에리온은 바쁜지라 학교에서 보내는 시간을 아주 중요하게 여긴다.

성가신 일에 관여할 생각은 없고, 흥미가 없는 일도 하고 싶지 않았다.

그래서 가문명을 밝히지 않았다.

여기 있는 자신은 한 명의 학생일 뿐.

현재 지오에리온에게 황자로서의 역할을 요구하면 곤란하다는 의미였다.

“만약 **제국 세력인지 뭔지**가 횡포를 부리다가 누군가를 다치게 하거나, 죄를 저지른다면 그때는 내가 나설 이유가 생겨. 제국의 명성에 오물을 끼얹은 사람이 있다면 가문명을 내세워서라도 처리해야겠지. 하지만 지금은 내가 나설 때가 아냐. 아직은 제국에 민폐를 끼치지 않았으니까.”

자신은 아무것도 하지 않는다.

아직 그들은 모국에 민폐를 끼치지 않았다.

그러니 아무것도 하지 않겠다.

—여기에는 다른 나라의 왕자나 공작가의 자식도 있다.

함부로 움직였다가는 나라 사이의 분쟁으로 번질 수도 있기에 철저히 자국에만 초점을 두고 있다.

“애당초 양쪽 모두 이상해. 이 학교에서는 부릴 만한 권력이 없어. 굳이 있다고 한다면— 쿠논, 여기에 뭐가 있다고 생각하나?”

분명 나와 같은 생각이겠지.

지오에리온의 그런 기대가 느껴졌다.

"여기에는 마술밖에 없죠. 선배가 말한 대로 권력은 없어요."

그리고 쿠논은 확실히 대답했다.

기대했던 대답을.

"맞아. 마술밖에 없어. 그렇다면 해야 할 일은 정해져 있어. 불만이 있다면 마술로 결판을 내면 돼. 그 누구든, 어떤 분쟁이든 말이야. 애당초 존재하지도 않는 국가나 신분이나 권력에 연연해하니 **제국 세력** 따위가 활개를 치고 다니는 거야. 거창하게 반란 같은 사건을 일으킬 이유는 없어. 그저 곧장 내게로 오면 돼. 마음에 안 든다고 따지면서 말이야."

단적으로 말해서 불만이 있다면 마술로 따지라는 이야기였다.

"2급 클래스는 좋군요."

쿠논은 부러웠다.

"당신한테는 맞서야 하는 이유가 많아요. 몇 번이고 싸울 수 있고, 반란도 일어나게 할 수 있죠. 당신도 몇 번이고 그걸 받아줄 작정이겠죠? 이 학교에 들어와 처음으로 특급 클래스에 소속되어 있다는 게 불만스럽네요."

지오에리온은 웃었다.

"공교롭다고 해야 하나, 당연하다고 해야 하나? 나도 줄곧 너와 싸우고 싶었어."

만약에 같은 2급 클래스였다면.

진즉에 쿠논은 지오에리온에게 도전했겠지.

제국 세력이 횡포를 부리고 있다는 등 싸워야 하는 이유를 적당히 내세우면서.

분명 여러 번 도전했겠지.

"제 도전도 받아주겠습니까? 싸울 이유는 없지만."

"물론 받아주지. 하지만 지금은 시기가 좋지 않군."

2급 클래스는 곧 기말시험을 앞두고 있다.

그리고 반란도 벌어진 상황이다.

분명 가까운 날에 지오에리온에게 도전하는 사람이 나타나겠지.

"―2급 클래스였다면 이런 교섭도 필요치 않겠죠? 그냥 마음에 안 드니까 나랑 싸우자, 하고 말하면 그만인데."

"나도 네게 똑같은 말을 선사하지."

지오에리온이 일어섰다.

점심식사는 이제 끝났다.

"서로 마음을 졸이며 기다리지 않겠나?"

◆

그 이후로 점심시간에 만나지 않았다.

쿠논은 자신이 해야 하는 일을 수행하면서 시간이 지나가기를 기다리기로 했다.

쿠논은 그 영구유리세공을 제작한 시점에 어느 정도 만족했다.

처음에 계획했던, 화속성 마술사와 무언가를 하고 싶다는 바람이 이뤄졌으니까.

상반되어 보이는 수속성과 화속성으로 하나의 작품을 만들었다.

한정된 시간 속에서 실행한 실험치고는 나쁘지 않았다.

그리고 더불어서 지오에리온과 만난 것도 만족스러웠다.

싸우기로 약속도 했다.

지오에리온이 말했던 것처럼 어서 만나고 싶다고 마음을 졸이면서.

분명 상대방도 같은 기분이리라 확신하면서 꾹 참고 있었다.

―반란은 실패했다고 한다.

1학년 수속성 클래스가 광염왕자에게 도전했다가 패배했다.

그러나 반란의 불씨는 꺼지지 않았고, 1학년들이 여러 번 도전하고 있다고 한다.

딱 한 번 만났던 아젤과 라디아.

그리고 그들의 뜻에 동조한 협력자들이 일어섰다.

지오에리온을 필두로 제국 출신이라는 이유만으로 싸움을 거는, 이야기만 들으면 흉흉하기 짝이 없는 학교생활을 보내고 있다나?

그것도 부럽네, 하고 쿠논은 생각했다.

지오에리온과 싸우는 것도, 다른 학생과 싸우는 것도 솔직히 부러웠다.

특급 클래스는 자신의 마술과 연구에 푹 빠져있는 사람이 많아서 누군가에게 싸움을 거는 생각을 하지 않는다.

쿠논 자신도 특급 클래스에서는 협력하여 무언가를 하는 편이 더 낫다고 생각한다.

늘 제각기 흩어져 활동하고 있기에 가끔 협력하는 게 알맞다.

다들 같은 목표를 추구하기에 2급 클래스에서는 다툼이 벌어지기 쉽겠지.

출신과 사상이 각기 다른 동년배들을 같은 장소에 밀어 넣었고, 게다가 다들 동일한 목표를 지향하고 있으니까.

뭐라고 해야 할까. 이유는 모르겠지만, 저마다 고집을 부리고 싶은 환경이겠지.

"―아, 쿠논 군이잖아."

오랜만에 듣는 목소리였다.

"오랜만입니다. 카시스 선배. 오늘의 포인트는 가슴속에 있는 소녀의 마음인가요?"

"아니, 의미를 모르겠는데."

쿠논은 사업과 관련하여 어느 교사의 연구실로 불려갔다.

일을 마치고서 돌아가다가 건물 밖으로 나가려고 할 차에 「합리파벌」 카시스와 마주쳤다.

그녀는 쿠논에게 딱히 좋은 인상이 없는지 조금 무뚝뚝하다.

목소리도 언짢아하는 듯 낮다.

그러나 쿠논은 신경 쓰지 않았다.

여성이라면 여성으로서 대한다. 그저 그뿐이었다.

"그 합동 연구 이후로 처음 보네요."

"그만."

목소리가 더욱 낮아졌다.

"손실을 봤던 얘기는 그만."

―예전에 쿠논을 비롯하여 수마술사들이 팀을 꾸려 난파선 탐색에 나섰다.

이런저런 이유로 최초 연구 주제에서 크게 벗어나 결국에는 난파선을 탐색하게 됐다.

거기서 보석 등 금품을 무사히 인양하는 데 성공했다.

거기까지는 좋았지만.

결국 어른들의 사정으로 금품은 원래 소유주…… 선박의 소유국가가 가져가버렸다.

그래서 예상보다 수입이 크게 줄어들었다.

쿠논은 돈을 벌려는 목적이 아니었기에 나름 짭짤한 연구였다고 생각하지만.

단위도 땄고, 돈도 나름 벌었으니까.

무엇보다 「합리 파벌」 대표인 루뤼메트의 암속성 마술을 본 것은 커다란 수확이었다. 뭐, 보이지는 않지만.

"……계획이 전부 어그러졌어. 좋은 남자를 데리고서 호화롭게 놀러 다닐 예정이었는데……."

그로부터 시간이 상당히 지났지만, 카시스는 아직도 꿍해 있는 듯했다.

"좋은 남자라. 전 안 되나요?"

"난 그런 말을 쉽게 하는 남자를 좋아하지 않거든."

"그런가요?"

"왜냐면 아무한테나 그렇게 말하잖아?"

분명 말한다고 쿠논은 생각했다.

"이제는 인사 같은 기분으로 말하잖아?"

분명 그런 기분으로 말한다고 쿠논은 생각했다.

그러나 그렇게 대답했다가는 화를 낼 것 같아서 마음속에만 담아
뒀다.

"난 오직 내게만 그렇게 말해주는 좋은 남자를 찾는 거야."

그렇다고 한다.

"찾았으면 좋겠네요."

우연히 맞닥뜨렸을 뿐이라서 딱히 할 말은 없었다.

두 사람은 간단한 대화만 나누고서 헤어졌다.

"—아, 쿠논 군 잠깐만!"

아니, 카시스가 쫓아왔다.

"들었어! 요즘에 광염왕자랑 사이가 좋다면서?!"

광염왕자.

어디에서 쿠논과 지오에리온에 관한 소문을 들었나 보다.

"소개해줘! 부탁해!"

"아, 그건 어렵겠네요."

"왜 즉답하는 거야? 심술부리는 거야?"

심술.

여자의 입에서 나와서 그런지 가슴이 조금 두근거렸다.

여자력이 담겨있는 좋은 단어였다.

"그 사람도, 그 사람의 주변 사람들도 그런 느낌이 아니기 때문이
에요. 들떠있지 않다고 해야 할지, 가볍지 않다고 해야 할지. 누군
가를 가볍게 소개할 수 있는 사람이 아니고, 누군가한테 소개해줄
수도 없어요. 어렴풋하게 느끼기는 했죠? 그래서 카시스 선배도 스
스로 말을 걸지 못했던 거잖아요?"

"······분하긴 하지만, 무슨 뜻인지 조금 알겠어."

―분명 여자를 소개할 만한 느낌은 아니라고 카시스는 생각했다.

호위가 늘 곁에 붙어있고, 그 황자가 주변에 있는 동년배처럼 친구와 즐겁게 노는 모습을 본 적도 없었다.

그렇다. 요컨대 분위기가 딱딱했다.

일부러 그러는 건지, 자연스럽게 그렇게 된 건지는 모르겠지만.

그런 분위기를 풍겨서 다가가기가 어려웠다.

가뜩이나 낯을 가리는 편이건만.

"······흥. 뭐, 좋아. 그 사람은 관상용으로 삼아야겠네."

아무래도 카시스가 마음속으로 정리를 한 듯했다.

이전처럼 바라보기만 하겠다고.

"그나저나 기말 시험이 언제더라? 이제 얼마 안 남았지?"

"시험? 특급 클래스인데요?"

"특급 클래스에는 시험도 수업도 없잖아. 2급 말이야. 그 녀석들은 2학기 말에 대항전을 벌일 예정이잖아?"

그러고 보니 그랬지, 하고 쿠논도 떠올랐다.

3급 교실에서 수업을 받았을 때도 제니에가 「이제 곧 시험이라서 시험 문제를 만들어야 한다」면서 분주했다.

사프에게서도 들었고, 2급 교실에서도 그렇게 들었고, 지오에리온에게서도 들었다.

특급 클래스라서 관계가 없다고 생각하고 있었는데······.

"2급 시험이 왜요?"

"어라? 쿠논 군은 견학하러 안 가?"

"어? 가도 되는 건가요?"

처음 듣는 말이었다.

특급과는 관계가 없다는 이야기를 들었던 것 같은데.

"아, 맞아. 너 1학년이지? 그럼 모르려나? 이거 비밀인데, 희망자는 은밀히 보러 갈 수 있어. 물론 시험을 치르는 쪽한테 들키지 않도록 말이야. 그래서 표면적으로는 구경할 수 없도록 되어 있어. 규칙이 아마 그럴 거야."

이럴 수가.

마지막 대목이 조금 모호했지만, 중요한 건 그게 아니었다.

중요한 건 견학할 수 있다는 사실이었다.

"그럼 저도 견학을 해도 돼요?"

"가능할 거야. 광염왕자의 전투를 아직 본 적 없지? 왜 광염왕자라 불리게 됐는지 보면 알 수 있을걸?"

그런 말을 들었으니 보러 가지 않을 수가 없었다.

―고 말하고 싶었지만.

"그렇다면 전 이번에는 사양하겠습니다."

쿠논은 사양하기로 했다.

애끓는 심정이었다.

속내를 말하자면 당연히 보러 가고 싶었다.

전투가 이제 곧 시작된다는 소리를 듣는다면 이후 일정을 모조리 취소하고서라도 견학하러 가고 싶었다.

그러나 지금은 차마 그럴 수가 없었다.

“어? 아, 그래? 딱히 상관없지만.”

쿠논이 덥석 수락할 줄 알았기에 카시스는 김이 샜다.

그리고 이번에야말로 가버렸다.

“……지금은 양심상 갈 수가 없단 말이지.”

가고 싶다.

견학하러 가고 싶다.

지금 당장 뛰어가서 카시스를 붙잡은 뒤 「함께 가고 싶어요」 하고 말하고 싶었다.

그러나 지금은.

지금만은 안 된다.

지금은 지오에리온과 싸울 때까지 마음을 졸이고 있어야 하는 때다.

실험이나 연구에 몰두하지 못한 채 오로지 그때가 오기만을 기다리는 상황이다.

그러한 심정을 품고 있는 외중에 혹여나 그의 마술을 먼저 봐버린다면.

혹은 알아버린다면.

분명 후회한다.

승패에 연연해하지 않는다고는 할 수 없다.

그러나 승패보다는 공정하지 않은 싸움을 하고 싶지 않다는 마음이 더 컸다.

무례를 범하는 것도, 경의를 잃는 것도, 자신이 유리해질 만한 정보를 미리 얻는 것도.

전부 피하고 싶었다.

그와는 되도록 대등하게 대결하고 싶으니까.

그로부터 며칠 뒤.

2급과 3급 클래스는 무사히 시험을 치르고서 2학기를 마쳤다고 한다.

지오에리온과 만날 날은 분명 얼마 남지 않았다.

에필로그 편지

친애하는 약혼자님께.

혹독한 추위 속에서 봄을 그리워하는 이 시기에 어떻게 지내고 계신가요?

전 봄보다도 당신을 더욱 그리워하고 있습니다만.

그쪽에는 별고가 없는지요?

전 진급하기 위해 단위를 취득하느라 시간에 쫓기고 있습니다. 실험하고 고찰하느라 바빠서 하루하루가 순식간에 지나가네요.

마술도시 디라싯크에서 학교생활이 시작된 지 어언 5개월. 약 반 년이 지났습니다.

학교생활에도 완전히 익숙해졌고, 저보다도 대단한 마술사가 많다는 사실을 깨달아 기쁘기 그지없습니다.

여성 친구도 많이 늘었습니다.

지난번에는 바다에 가서 1박으로 마술 실험을 했습니다.

언젠가 반드시 당신과 바다에 가고 싶어요.

여러 여성을 알 때마다 당신의 매력을 다시금 깨닫습니다.

아직은 졸업하려면 멀었지만, 당신을 향한 마음은 커져만 갑니다.

맞다, 맞아.

학교에서 은사인 제니에 코스 선생님과 만났습니다.

당신과 선생님이 얼굴을 마주했던 기억은 없지만, 이름은 여러 번 언급했던 적이 있습니다.

옛날의 저를 아는 사람이라서 조금 민망하기도 했지만, 재회해서 기뻤습니다.

전하는 어떻게 지내나요?

기사 훈련은 분명 힘겹겠죠.

언젠가 당신에게 도움이 되는 마도구를 개발해서 보내고 싶어요.

그게 지금 제가 남몰래 세운 목표입니다.

저라고 여기고서 소중히 여겨주세요.

하지만 시간이 아직은 더 걸릴 것 같은데…… 혹여나 잘되지 않더라도 화내지 말아주세요.

밤이 몹시 춥습니다.

부디 건강을 잘 챙기시길.

당신의 쿠논 그리온이 영원한 사랑을 담아서

추신

동경하는 여성 교사와도 만났습니다.

근사한 사람이라서 조금 흥분하고 말았습니다.

전하께서도 동경하는 사람이 있나요?

추가 번외편 : 기사과 1학년생, 겨울의 어느 날

―너무 빠르다.

모두가 그렇게 생각했다.

아니.

"내 제자잖아? 당연하지."

제온리 핀롤만은 예상하고 있었다.

자신보다는 떨어지지만 제자의 수준은 상당하다. 그 나이에 그렇게까지 잘난 녀석은 거의 없을 거라고.

그렇기에 자신의 제자로서 자신감을 갖고서 보냈다.

"헌데 자네는 이걸 어떻게 할 셈인가?"

론디몬드의 질문은 지극히 당연했다.

―여기는 휴그리아 왕국의 왕궁마술사를 총괄하는 론디몬드 총감의 집무실이다.

시각은 저녁.

겨울답게 날이 짧다. 창문에서 새어드는 빛은 이미 어둑해졌다. 석양이 점점 기울어가는 게 보였다.

테이블을 끼고서 마주 앉아있는 사람은 론디몬드와 제온리 둘뿐이었다.

"필시 왕족들이 잠자코 있지 않겠지."

늦봄에 보냈던, 제온리의 제자 쿠논 그리온.

그가 스승에게 보냈던 편지를 제온리가 갖고 온 시점에 문제가 발생했다.

―벌써부터 문제를 일으켰다.

론디몬드는 내심 히죽거리면서 애써 떨떠름한 표정을 지었다. 이 노인은 문제아를 좋아해서 정말로 전혀 신경 쓰지 않았다.

"입은 웃고 있는데? 숨길 거면 제대로 숨겨."

"어이쿠, 실례."

아무래도 완전히 감추지 못한 모양이다.

"허나 어떻게 할지 생각할 필요는 있겠군. 자네는 이걸 어찌할 셈이지?"

"그래서 의논하러 당신한테 온 거잖아."

"의논이라……."

이제는 가식을 떨 마음이 사라진 론디몬드는 히죽거리면서 제온리가 건넸던 편지를 다시금 눈으로 훑었다.

역시 이건.

대단히 재밌다.

"동기가 된 성녀와 손을 잡았나? 재밌는 선택이야. 그리고 벌써 결과도 냈고 말이야. 개인적으로는 지나치게 이른 성과라고 보네만, 자네가 확실히 보증했던 제자이니 의외라고 할 수는 없겠군."

"뭐, 그렇지."

쿠논이 성녀와 손을 잡은 건 제온리도 의외라고 여겼다.

그보다도 마술학교 학생이었던 시절의 제온리는 고독, 아니, 고고한 존재였다.

거의 혼자서 활동했고, 충분한 결과를 내놓았다.

그런 점에서 남과 협력할 줄 아는 쿠논은 강하다. 뭐, 개성이 강한 스승과 잘 맞았을 정도이니 이제는 그 누구와도 손을 잡을 수 있겠지.

―제자의 활약이 자랑스러운 한편으로, 조금 분하기도 했지만.

서로의 진심과 진심을 맞부딪치면서 누군가와 협력하며 작업을 한다.

제온리가 그 행복을 깨달은 건 제자를 거둔 이후였다. 학생 시절에 그게 가능한 친구가 있었더라면. 지금은 후회가 조금 됐다.

분명 더 많은 경험을 할 수 있었을 테고, 더 많은 결과를 낼 수 있었겠지.

뭐, 천재인 자신의 눈에 띌 만한 사람이 없었으니 어쩔 수 없다.

"위에 보고하지 않을 수는 없는 거지?"

"그건 어렵겠군."

영초 시 시루라를 재배하는 데 성공했고, 약을 개발했으며, 현재 「약상자」를 구상하고 있다.

양쪽 모두 세계에 보급할 수 있을 만한 커다란 성과라고 할 수 있다.

이 이권은 크다.

나라에 보고하지 않더라도 금세 들통이 날 만큼 크다. 그러니 지금 숨겨봤자 아무 의미도 없다. 오히려 나중에 알려지게 되면 더 귀찮아지겠지.

"이거 시끄러워질 것 같아. 미리카 전하도 고생하겠구만."

◆

"─미리카 님. 미렛사 전 전하께서 차담회에 초대하셨습니다."

"어?"

날벼락 같은 소리였다.

욕조에서 곯아떨어질 뻔했지만 가까스로 나와서 한숨을 돌리고 있으니 전속시녀 로라가 그렇게 말했다.

"미렛사 언니가?"

미레사 아그리아. 전 제3왕녀다.

나이는 스물두 살. 몇 년 전에 아그리아 공작가에 시집을 간 언니로, 미리카와는 거의 면식이 없는 상대였다.

"인사만 나눈 게 고작인데……."

나이도 많이 차이나고, 접점도 없었고.

서로 한가하지 않아서 굳이 만날 일도 없었다.

우연히 스쳐 지나갔을 때 인사만 나눈 게 고작이었다.

인상은…… 나쁘지 않았다.

그보다도, 없었다.

미리카가 인사를 했더니 상대도 붙임성 있게 웃으며 인사를 받아 줬다. 그 기억밖에 없었다.

왕위계승권 상위자가 그렇게 반응한 것만으로도 온건한 편이라고 생각한다.

휴그리아 왕족은 왕위 계승 문제 때문에 관계가 상당히 찌릿찌릿하니까. 다른 사람은 모르겠지만, 피붙이에게는 차갑다. 신랄하게 대하거나 적대시하는 것도 드물지 않다.

"가시겠어요?"

"가지 않는다는 선택은 불가능하겠네."

성에서 나간 언니지만, 성의 사람들과 교류가 끊어진 건 아니다. 어설프게 대응하여 성에 적을 늘리는 건 상책이 아니다.

미렛사가 여왕의 자리를 노리고 있는지는 모르겠다.

모르기에 방심은 금물이다.

"—응, 역시 거절할 수는 없을 것 같아."

미리카는 차담회에 초대한다는 편지를 읽고서 한숨을 내뱉었다.

시간대가 기사과 종료 시간에 딱 맞춰져 있었다.

상급 귀족학교에 다니는 건 왕족의 의무이기에 그 시간과 겹친다면 거절할 수 있는 명분이 되겠지만, 그 수는 쓸 수 없을 것 같았다.

미리카의 상황과 생활을 다 알고서 초대했다는 뜻이었다.

—요컨대 도망칠 생각은 하지 말라는 의사 표시였다.

"그럼 이만, 미리카 전하."

"안녕."

학교가 끝나고 모두가 제각기 흩어졌다.

미리카는 여전히 불량공주라 불리고 있어서 여전히 다들 꺼려하고 있지만.

그러나 친구가 생겼다.

여름 시험 때 승부를 겨뤘던 키아즈 후렉심과 조금이나마 우호 관계를 맺었다. 뭐, 서로 훈련하느라 바빠서 가끔 대화나 나누는 사이이지만.

그가 돌아가는 모습을 바라본 뒤 미리카도 움직였다.

오늘은 미렛사가 초대한 차담회에 참석해야 한다.

공교롭게도 날씨가 좋았다. 겨울치고는 온화해서 활동하기 좋았다. 절대로 중지될 리 없겠지. 매우 안타깝다. 중지됐다면 좋았을 텐데.

밖으로 나와 마차를 타고서 아그리아가로 향했다.

한동안 바깥을 멍하니 바라보고 있으니 머지않아 도착했다. 본택은 아그리아 공작령에 있지만, 왕도 별택 역시 훌륭했다.

마차에 탄 채로 부지에 들어선 뒤 저택 앞에서 내렸다.

"어서 오십시오, 미리카 전하."

"오늘 초대해 주셔서 감사합니다."

마중을 나온 집사의 안내를 받아 손질이 잘 된 넓은 정원 안으로 향했다.

—고상한 척 하는 여성들의 목소리가 들려왔다.

얼핏 작은 새가 지저귀는 것 같았지만.

귀족 여성은 주의해야 한다. 겉모습은 아름답지만 내면은 광폭한 맹금류인 경우도 있으니까.

제복을 차려입은 미리카가 다가가자 한껏 꾸민 작은 새들이 지저귐을 멈췄다.

"오랜만입니다. 미렛카 언니."

"어서 오렴. 미리카."

대화를 나눈 적은 거의 없지만, 그런 내색은 일절 하지 않고 생글

거리며 인사를 나눴다.

"소개하겠어. 내 여동생인 미리카야."

미렛사를 제외하고서 테이블에는 네 명이 있었다.

나이를 보아 미렛사의 친구 세 명.

그리고 동년배…… 혹은 미리카보다 조금 어린 것 같은 여자가 한 명 있었다.

"미리카, 이쪽은 시렌 히쥬아. 아네 호넨. 마레네 와이나. 그리고 마레네의 여동생인 이리란다."

"처음 뵙겠습니다."

물 흐르듯 소개한 이름들을 미리카는 필사적으로 머릿속에 새겼다.

히쥬아 후작가 장남의 아내인 시렌.

호넨은 아세르비가 왕국의 귀족으로 알고 있다.

와이나는 현재 사업으로 잘 나가고 있는 남작가.

간신히 가문명과 현황을 떠올려내고서 안도했다.

미리카도 왕족. 귀족들의 이름을 「몰라」서는 안 되는 처지다.

"다들 학생 시절 친구야. 아, 이리는 아니지만."

딱 한 명만 나이대가 다르니 그렇겠지, 하고 미리카는 생각했다.

"저만 제복 차림으로 와서 죄송합니다."

미리카는 미렛사가 권한 의자에 앉고서 그렇게 말했다.

미렛사가 제복 차림으로 참석해도 된다고 했지만, 예의가 아니라는 점은 변함없다.

그러나 학교에서 귀가했다가 옷을 갈아입고서 다시 외출하는 수고로움을 덜 수 있어서 좋았다.

"제복, 정겹구나."

"그러게. 마지막으로 입었던 게 벌써 몇 년 전이더라?"

작은 새들이 또다시 지저귀기 시작했다.

표면적으로는 다정하면서도 온화하게.

―그러나 왠지 팽팽한 긴장감을 풍기면서.

시간이 지나갔다.

두서없이 담소를 나누는 사이에 해가 기울기 시작했다.

어느덧 시간이 무르익었으니 슬슬 의도를 밝히겠구나 싶어서 미리카는 웃음 뒤에서 대비하고 있었다.

거의 면식 없는 언니가 느닷없이 차담회에 초대했다.

아무 의도도 없을 리가 없다.

"얘, 미리카."

―반면에 미렛사는 조금 초조해하고 있었다.

미리카의 가드가 의외로 단단했다.

아직 본격적으로 사교계에 데뷔하지도 않았는데 귀족다운 품행을 갖추고 있었다. 태도도 당당하고, 우물쭈물거리지도 않았다. 약한 면을 전혀 내보이지 않았고, 약점도 드러내지 않았다.

미리카가 왕위계승권 상위자였다면 나름 위협이 됐을지도 모르겠다.

"약혼자와는 어떻게 지내니?"

특히 약혼자인 쿠논 그리온에 관한 이야기를 전혀 하지 않았다.

이제 시간이 없기에 미렛사는 에두르지 않고 직접 물어보기로 했다.

"어떻게 지내냐니요? 무슨 의미일까요?"

"네 약혼자가 올해 늦봄에 마술학교에 갔잖니? 그로부터 줄곧 만나지 못했고, 앞으로 몇 년 동안은 만날 수 없을 거야. 불만이나 불안은 없니?"

"언니께서는 어떠실 것 같아요? 부군을 몇 년 동안 볼 수 없다면 심정이 어떨 것 같아요?"

"지금 네 얘기를 하고 있잖니."

"우린 자매인걸요. 분명 언니와 똑같은 심정일 거예요."

—역시 이 계집애, 요리조리 잘 피한다.

이렇게 초점을 틀어버리는 바람에 그저 시간만 보내고 말았다.

이번에는 꽤 직접적으로 물어봤는데, 또다시 회피했다.

"뜸을 들이지 않고 확실히 말할게. 너, 쿠논 님과 헤어질 생각은 없니?"

"없습니다."

"만약에 네게 그럴 마음이 있다면 쿠논 님 못지않은 상대를 소개해줄게."

"그럴 필요는 없습니다."

"이런 말은 하고 싶지 않지만, 쿠논 님은 옛날에 왕성에서도 사건을 일으켰다고 하잖니? 이미 오점이 찍혀 있는 거나 마찬가지야. 그런 분과 결혼한다면 넌 분명 고생하게 될 거야."

"신경 쓰지 않습니다."

"기사과에 들어간 이유도 쿠논 님과 결혼하기 위해서지? 매일 땀과 흙투성이가 되면서까지 필사적으로. 도저히 왕녀의 생활이라고 할 수 없어. 성에서도 붕 떠있지 않니? 학교에서도 평판이 좋지 않다고 들었단다. 무엇보다 네가 괴로울 때, 외로울 때, 쿠논 님은 곁에 없어. 어쩌면 곁에 있더라도 알아채지 못할지도 몰라. 새로운 약혼자는 그러지 않을 거야. 줄곧 네 옆에서, 너만을……."

미렛사가 말을 멈췄다.

아무것도 들리지 않는다는 듯 미리카가 대기하고 있는 사용인에게 홍차를 더 달라고 요청했으니까.

─무례한 행위로써 「그 모두가 어리석은 물음」이라고 대꾸한 것 같았다.

"……아무래도 어려울 것 같구나."

미렛사는 쓴웃음을 지었다.

이렇게까지 단호할 줄이야.

이 자리에서 미리카의 뜻을 바꾸는 건 절대로 불가능하다는 걸 깨달았다.

"말씀은 다 마치셨나요?"

미리카가 물었다.

"뒤흔들거나 달콤한 말로 현혹되는 단계는 이미 지났어요, 언니. 전 기필코 쿠논 그리온과 결혼합니다."

─이미 각오를 굳혔다.

약혼자와 결혼한다. 그에 따르는 고생도 받아들인다. 그 각오를 굳혔다.

그렇다면 더 이상 물어보는 건 정말로 어리석다고 할 수 있다.

"미리카, 거래를 하고 싶어."

"……예?"

쿠논 그리온을 빼앗는 건 어렵다.

그렇다면 다른 수를 강구할 뿐.

"—너무 빨라."

자기 방으로 돌아가자마자 미리카는 머리를 싸쥐었다.

"차담회에서 무슨 일이라도?"

짐을 받은 전속시녀 로라가 걱정스레 말을 걸자 미리카는 고개를 홱 들었다.

"너무 빠르다구!"

"예, 예?"

최후의 최후.

미렛사는 「거래」를 하고 싶다면서 현 상황을 간단히 설명해줬다.

"쿠논 군이 저질렀어."

"……예? 뭘?"

로라는 한순간 「아이라도 만들었나?」 하고 걱정했지만, 역시나 그럴 리는 없겠지.

"쿠논 군이 저질렀어."

"그러니까 뭘?"

"—실적! 만들어버렸어!"

아앗, 하고 한탄하면서 미리카는 또다시 머리를 싸쥐었다.

그렇구나, 하고 로라는 고개를 끄덕였다.

아이는 만들지 않았지만, 실적은 만든 모양이다.

올해 마술학교에 입학했고, 어느덧 반년쯤 지났다.

고작 반년 만에 쿠논은 벌써 휴그리아에도 닿을 만한 실적을 만들었다.

"구체적으로 뭘?"

"성녀와 손을 잡고서 영초를 재배하는 데 성공했대!"

그렇구나, 하고 로라는 고개를 깊이 끄덕였다.

영초는 비싼 값에 거래되는 약초다.

아마도 영초 재배 성공은 세계 최초의 위업이다. 이건 확실히 위험하다. 역사에 이름을 새기더라도 이상하지 않을 공훈이다.

"게다가! 영초로 만든 약을 오래 보존하는 데도 성공했대!"

그렇구나, 하고 로라는 미리카를 가엾게 여기면서 고개를 끄덕였다.

공훈이 또 있었구나, 하고 생각하면서.

영초로 만든 약은 대부분 취급하기가 까다롭다. 그 문제를 해소할 수 있다면 널리 보급되는 발판이 될지도 모른다.

새로운 사업의 싹이 될지도 모른다.

즉— 쿠논은 자신이 유능하다는 걸 널리 증명했다. 벌써.

"이제 제1왕자를 비롯한 상위자들이 잠자코 있지 않을 거야."

그래서 미리카가 가여웠다.

인맥도 강하고, 권모술수도 구사하는 왕위계승권 상위자인 오빠와 언니들.

그들은 쿠논을 갖고 싶겠지.

그들이 마음만 먹는다면 현재 미리카의 실력으로는 감히 상대할 수도 없다.

"……확실히 조금 빠르긴 하네요."

두 사람 모두 알고 있었다.

쿠논이 반드시 실적을 남기리라 예상했다. 언젠가 성과를 거둬서 휴그리아까지 명성을 떨치리라 짐작했다.

그에 지지 않도록 미리카도 준비하고 노력해왔다.

하지만.

반년 만에 그런 실적을 거두다니 너무 빠르다. 지나치게 빠르다. 상상도 하지 못한 속도다. 미리카는 아직 아무것도 해내지 못했는데.

"어, 어, 어쩌지, 로라?! 오빠와 언니들이 필시 술수를 부릴 텐데?!"

"예. 앞다투어 수작을 부리시겠죠."

"어쩌지?!"

"이제는 그걸 실행하는 수밖에 없지 않을까요?"

"아직 준비가 안 끝났어! 조금 일러! ……아, 아니."

문득 미리카는 주머니에서 종이 한 장을 꺼냈다.

"조금이나마, 어떻게든 될지도…….”

그건 아까 전에 미렛사와 거래하고서— 아니, 약속하고서 받은 증서였다.

미렛사의 목적은 쿠논이었다.

그 뜻을 이룰 수 없음을 알자마자 방향을 바꿔서 거래를 청했다. 성녀와 영초, 쿠논의 실적에 관한 이야기는 그때 들었다.

미렛사는 동석하고 있던 와이나 남작의 아내를 지원하고 있고, 와이나 상회를 봐주고 있다. 그 상회와 쿠논이 거래를 했으면 좋겠다는 이야기였다.

그러나 미리카는 쿠논이 지금 어떤 상황인지 잘 몰라서 확약을 할 수 없었다.

그래서 어디까지나 최우선으로 교섭을 하겠다는 것만 약속했다. 그것도 미리카가 최대한 거든다는 조건이 붙은.

이게 그 증서였다.

—이 증서는 미리카가 쿠논과 결혼한 후에 효력이 발휘된다.

즉, 이걸 내세우면 미렛사 아그리아가 자신의 뒷배라고 증명할 수 있다.

이미 결혼했다고 해도 미렛사는 제3왕녀. 게다가 그녀가 시집을 간 가문은 아그리아 공작가다. 공작가를 막는 건 왕족일지라도 쉽지 않다.

요컨대 이 증서로 시간을 다소 벌 수는 있다는 뜻이다.

"조금, 아니, 상당히 빠르지만 준비를 시작할게."

"알겠습니다."

미리카와 로라 모두 쿠논이 언젠가 실적을 쌓을 것을 알고 있었다.

그래서 생각했다.

오빠나 언니가 진심으로 쿠논을 빼앗으려고 움직인다면 어떻게 대처해야 할지를.

"—가까운 시일에 왕도를 나가겠어."

오빠, 언니들과 물리적으로 거리를 둔다.

그것 말고 다른 대책은 떠오르지 않았던 측면도 있긴 했지만.

이건 꽤 유효할 듯했다.

왕위계승권 상위자는 자신의 처지와 우위를 지키기 위해 매일 눈을 번뜩이고 있다—. 뒤집어서 말하자면 현장에서 떠날 수 없고, 이

성에서 나갈 수 없다는 뜻이다.

오빠와 언니끼리 성에서 꼼짝 않고 실컷 서로 노려보고 있으라지.

그동안에 미리카는 쿠논과 결혼한다!

……일이 그렇게 잘 풀리지는 않겠지만.

지금은 시간이 필요했다.

몸부림을 치는 수밖에 없다.

그래서 행동하는 수밖에 없다.

◆

미리카가 그렇게 결심했던 때에서 시간을 조금 거슬러 올라가서.

어느 날, 론디몬드의 집무실에서는.

제온리와 나누던 대화가 이런 식으로 이어지고 있었다.

"이거 시끄러워질 것 같아. 미리카 전하도 고생하겠구만."

론디몬드는 쿠논의 약혼녀가 어떻게 처신하고 있는지도 제온리에게서 듣고 있었다.

제온리치고는 희한…… 아니, 제자가 소중하기에 신경 쓰고 있는 거겠지. 사제 관계를 맺으면서 그의 심경도 다소 변화했다.

제온리는 미리카도 걱정하고 있었다.

현재 쿠논과 어울리는 존재가 되기 위해 기사를 목표로 정진하고 있다나?

아무런 실적도 없는 제9왕녀와 앞으로 수많은 실적, 성과, 결과를 내놓을 쿠논.

이대로는 두 사람이 결혼할 수 있을지 매우 의심스럽다.

쿠논의 평가가 오르면 오를수록 라이벌에게 빼앗길 가능성이 높아지니까.

쿠논을 포섭하고 싶어 하는 파벌이 반드시 등장하겠지.

그때 어떻게 될까.

뭐, 인재를 포섭하는 가장 쉬운 방법은 가족이 되는 것. 자기 식구로 만들면 된다. 결혼으로 붙들어 매는 건 정통적인 방식이라고 할 수 있겠지.

"그쪽은 걱정하지 않아. 그 여자는 이미 각오를 굳혔으니까."

"오호."

"그 녀석도 나름 강해졌고, 다리오도 붙어있어. 게다가 라일도 있지."

"라일? 라일 전하 말인가?"

"그래, 그 문제아 전하 말이야. 사이가 좋다나 봐."

의외의 연줄이로군, 하고 론디몬드는 생각했다.

"라일은 성 밖에서 강하니까― 최악의 경우가 발생하더라도 그 녀석이 있으니 미리카 왕녀를 성 밖으로 방출하는 방법도 가능하리라 봐."

"방출이라니, 자네……."

"어차피 쿠논이 귀국한다면 영지가 내려질 거야. 분명 변경에 있는 개척지를 받겠지?"

우수한 마술사는 땅을 개척하는 데도 쓸 수 있다.

평범한 사람에게 개척은 일생일대의 대사업이지만, 마술사라면 그 정도는 아니다. 쿠논이라면 언젠가 도시쯤은 태연하게 만들 수 있는 경지에 도달하겠지.

"미리카 왕녀를 얼른 개척지로 보내버리는 방법도 괜찮다고 생각하는데."

"그건 너무 일러……. 아, 꼭 그렇지도 않겠군. 묘안 아닌가?"

제온리가 내뱉은 말의 의미를 짐작하고서 론디몬드는 더더욱 히죽거렸다.

"성 밖에서는 우리도 나름 자유롭게 움직일 수 있지."

"바로 그거야."

성 안에서는 자질구레한 연구밖에 할 수 없지만, 바깥에서는 그런 제한이 사라진다.

"주변 녀석들한테 여행하는 기분으로 변경지에 가서 자유롭게 연구하지 않겠느냐고 권하면 몇 명쯤은 냉큼 따라가겠지. 그리고 짬이 날 때마다 개척을 도와달라고 부탁하면 돼."

사람이 없는 변경에서는 대규모 실험이나 개발도 마음껏 할 수 있다.

사람이 없는 곳이라서 외출 허가도 쉽게 받을 수 있겠지. 물론 감시는 붙겠지만.

"그렇군. 나도 여행을 가고 싶구만."

"당신은 어렵겠지."

"자네도."

"—그럼 뒷일을 부탁한다. 나도 주변 정리를 해야겠구만."

"이봐. 자네는 안 돼. 나와 여길 지켜야지. ……정말로 여길 지켜야 한다고! 제온리 핀롤!"

불량공주, 왕도에서 쫓겨나다.

그 사건이 벌어지는 건 조금 더 훗날이다.

안녕하세요. 미나미노 우미카제입니다.

「마술사 쿠논은 보인다」, 여차저차해서 3권이 발매됐습니다.

개인적인 사정 때문에 이번 권은 각별합니다. 발매돼서 기쁘네요.

이 후기를 쓰고 있는 때는 2022년 10월 말입니다.

그 즈음에 여러 일들이 있었습니다.

그중에는 여기에 쓸 수 없는 내용도 있지만, 그걸 감안하고서 조금만 밝히겠습니다.

우선 상태가 안 좋은 컴퓨터님을 교체했습니다. 그런데 데이터를 옮길 때, 소중한 데이터의 8할 정도가 사라져서 눈물이 났습니다.

그다음에는 상태가 안 좋은 스마트폰님을 새로 구입했습니다. 꼭 최신형을 구입할 생각은 없었는데 재고 문제로 최신형을 골랐습니다. 제대로 써먹지도 못하면서. 가격이 비싸더군요.

스플래툰3에 푹 빠졌다가 은퇴했습니다. 시간을 더 썼다가는 큰일 날 것 같아서요. 애끓는 결단이었습니다. 뭐, 좌절했기 때문이기도 하지만요. 의문사를 너무 많이 당했거든요.

프로틴을 주문했는데 깜빡 실수를 했는지 웨이트업 제품이 배달됐습니다. 체중을 줄이고 싶은데 오히려 늘려주는 가루를 어떻게

섭취합니까.

스마트폰을 새로 교체했는데, 텐카잇핀의 무료 쿠폰을 옛날 스마트폰에 남겨두고 말았습니다. 정확히는 모르겠지만 무슨 아이디 문제 때문에 승계하는 데 실패했습니다. 분합니다.

새로운 스마트폰이 써먹기 불편합니다. 그래도 명일방주 데이터만은 제대로 승계돼서 일단은 안심했습니다. 이건 기쁘네요.

명일방주 애니가 방영된다는 소식에 업계가 들끓고 있는데, 아마도 제가 사는 지역에서는 방영되지 않을 겁니다. 이건 슬퍼요.

근처 회전초밥집의 가격이 올랐습니다. 이건 어쩔 수 없네요.

작가로서 처음으로 사인을 했습니다. 이건 처음이자 마지막일지도 모르겠습니다. 귀중한 체험이었습니다.

헌터×헌터 연재가 재개됐습니다.

평소에는 책이 발매되면 현황을 살펴보려고 서점에 가는데, 쿠논 2권 때는 발이 삐어서 단념했습니다. 「많이 팔리게 해주세요」 하고 빌려고 신사에 갔는데, 도리이를 지나는 순간에 발목이 접질렸습니다. 아팠습니다. 한 달쯤 아팠습니다. 뭐, 이건 8월 이야기지만.

요즘에 이렇듯 우여곡절을 겪었습니다. 정말로 여러 일들이 있었어요. 전 평온하고 무사히 살고 싶은데. 무탈한 평화를 가장 좋아하는데.

특히 텐카잇핀의 무료 쿠폰은 정말 분하네요. 개인적으로. 매우.

일러스트를 맡아주신 Laruha 선생님, 이번에도 일러스트를 멋지게 그려주셔서 감사합니다.

미소녀스러운 카시스의 모습을 참을 수가 없습니다. 이리도 귀여운 여자가 일러스트일지라도 존재할 수 있는 거냐고 제 눈을 의심했습니다만, 그녀는 사실 남자라서 아무 문제도 없네요.

월간 코믹 얼라이브에 연재 중인 만화판을 맡고 계신 La-na 선생님. 만화 1권 발매를 축하드립니다. 그리고 원작자로서 고맙기 그지없습니다. 감사합니다.
앞으로도 선생님이 그려주시는 세심하면서도 정갈한 만화를 기대하겠습니다.

담당 편집자 O씨, 이번에도 신세를 졌습니다.
분명 이번에도 마감일을 크게 어겼겠지요……. 근래에 보기 드물만큼 바둥거렸던 시기였던지라. 정말로 송구스럽습니다.

마지막으로 독자 여러분께.
구입해 주셔서 감사합니다.
3권입니다. 여러분이 응원해 주신 덕분에 3권이 나왔습니다.
「소설가가 되자」에서 계속 연재되고 있지만, WEB판과 서적판은 맛이 상당히 다를 겁니다. 새롭게 추가된 부분이나 수정된 부분도 많으니 WEB판을 읽고 계시는 분도 즐기실 수 있지 않을까 싶습니다.
그러니까 구입을 망설이고 계시는 분은 얼른 계산대로 들고 가세요!

그럼 4권에서 뵐 수 있기를 바랍니다.

마술사 쿠논은 보인다 3

초판 1쇄 발행 2026년 1월 20일

지은이_ Umikaze Minamino
일러스트_ Laruha
옮긴이_ 박춘상

발행인_ 최원영
본부장_ 장혜경
편집장_ 김승신
편집진행_ 권세라 · 최혁수 · 김경민 · 최정민
편집디자인_ 양우연
국제업무_ 박진해 · 조은지 · 박지현
관리 · 영업_ 김민원 · 조은걸

펴낸곳_ (주)디앤씨미디어
등록_ 2002년 4월 25일 제20-260호
주소_ 서울시 구로구 디지털로 32길 30, 코오롱디지털타워빌란트 1301-1308호
전화_ 02-333-2513(대표)
팩시밀리_ 02-333-2514
이메일_ lnovellove@naver.com
ㄴ노벨 공식 카페_ http://cafe.naver.com/lnovel11

MAJUTSUSHI KUNON HA MIETEIRU Vol.3
©Umikaze Minamino, Laruha 2022
First published in Japan in 2022 by KADOKAWA CORPORATION, Tokyo.
Korean translation rights arranged with KADOKAWA CORPORATION, Tokyo.

ISBN 979-11-278-8582-3 04830
ISBN 979-11-278-6877-2 (세트)

값 11,000원

© 2022 by Hamuo, Mo
EARTH STAR Entertainment Co.,Ltd

헬 모드 1~6권

하무오 지음 | 모 일러스트 | 김성래 옮김

"로그아웃 중에도 저절로 레벨이 올라? 이건 쉬운 게임을 넘어 방치 게임이잖냐!"
야마다 켄이치는 절망했다. 열심히 플레이하던 온라인 게임은 서비스 종료.
몇만 시간을 쏟아부어 파고들 가치가 있는 작품은 거의 살아남지 못했다.
"어디 보자……. 끝나지 않는 게임에 당신을 초대합니다, 라고?"
그런 켄이치가 우연히 검색하게 된 타이틀 없는 수수께끼의 온라인 게임.
난이도 설정 화면에서 망설이지 않고
최고 난이도 「헬 모드」를 선택했더니 이세계의 농노로 전생해버렸다!
농노 소년 「알렌」으로 전생한 그는 미지의 직업 「소환사」를 능숙하게 다루며
공략본도 없는 이세계에서 최강으로 향하는 길을 더듬더듬 걸어 나아가는데—

©Harajun, fixro2n 2024 / KADOKAWA CORPORATION

황금의 경험치 1~5권

하라쥰 지음 | fixro2n 일러스트 | 김장준 옮김

주인공 레아가 정신력 능력치를 올리고 얻은
히든 스킬 『사역』.
그것은 권속이 된 캐릭터가 획득한 경험치를
자신에게 집약하는 어처구니없는 스킬이었다.
레이드 보스급 몬스터마저 다채로운 정신 마법으로 굴복시키며
줄줄이 권속을 늘려나간 레아는 끝없이 불어나는 경험치로
자신과 부하를 강화!
자신만의 최강 군단을 만든 끝에
결국 이 세계에서 「특정 재해 생물」로 판정받는데……?

모처럼 마왕이 됐으니까 멸망시켜 볼까, 인류를!